DAS MEER, IN DEM ICH SCHWIMMEN LERNTE

FRANZISKA FISCHER

DAS MEER, IN DEM ICH SCHWIMMEN LERNTE

ROMAN

|Amelie|

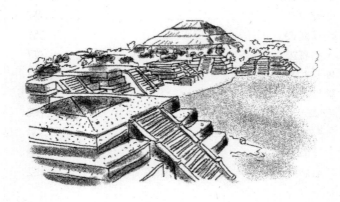

INHALT

PROLOG 7
1. EIN BUCH IM REGEN 9
2. JULIA 15
3. DAS ERSTE MAL: MEER 29
4. GESTRANDET 47
5. EIN GEBURTSTAG IM JULI 61
6. WENN ETWAS BEGINNT 75
7. UMZUG 87
8. WO DER HIMMEL DAS MEER BERÜHRT 101
9. LEBENSFÄDEN 117
10. GEMALTE GEDANKEN 131
11. GESTOHLENE ZEIT 143
12. ABSCHIEDE 155
13. KOJOTEN 169
14. FAMILIEN 183
15. ZU BESUCH 197
16. NUR EINE PARTY 211
17. ISLA HOLBOX 229
18. DORT, WO DIE GESCHICHTEN LEBEN 249
    EPILOG 264
    GLOSSAR 266
    DANKSAGUNG 270

*Manche Menschen sind schon in deinem Leben,
bevor du geboren wirst.
Andere kommen später hinzu, suchen sich einen Platz,
als hätten sie schon immer dorthin gehört.
Die meisten von ihnen verschwinden irgendwann wieder,
mal von heute auf morgen,
mal langsam, ganz leise, sodass man es kaum bemerkt.*

*Doch am wichtigsten sind diejenigen, die auch bleiben,
wenn sie schon gegangen sind.*

*Für Werner, weil du den Unterschied gemacht hast zwischen
einem Hobby und einer Berufung.*

*Und vor allem für dich. Ich hoffe, wenigstens ein bisschen
von mir ist so, wie du es dir gewünscht hättest.*

PROLOG

Niemand hört das leise Knallen, mit dem der Korken in meine Hand gleitet. Ein sanftes Ploppen, ausgelöst durch den Druck des Gases, und ein vorsichtiges Drehen, gefolgt von der sprudelnden Melodie, mit der die Kohlensäureblasen an der glatten Wand meines Sektglases zerplatzen.

»Du kannst nie wieder zurück«, sagt jemand, der nicht hier ist. Die Stimme kommt von draußen und sie klingt etwas verrauscht und fern. Worte, die nicht echt sind, nach einem Drehbuch aneinandergereiht.

Ich nippe an dem fruchtigen Getränk. Von der Kopfsteinpflasterstraße dringt das Holpern eines Autos, das Gelächter von ein paar Jugendlichen poltert in die Fernsehstimmen und verschwindet wieder.

Endlich ist es dunkel geworden. Ich ziehe die Vorhänge zu, schließe die Tür zu dem Balkon, den ich fast nie betrete. Das rote Kleid, das mir meine Mutter damals für den Abiball gekauft hat, schleift auf dem dunklen Teppich, meine Haare habe ich zu einer Frisur zusammengesteckt, die aus lauter kleinen Zöpfen und Locken besteht. Ein bisschen wie eine Braut sehe ich aus, nur eben in Rot. Und ohne Bräutigam. Ich gieße Sekt nach.

Es ist nie vollkommen finster in meinem Zimmer, obwohl der Efeu die Fenster schon fast komplett zugewachsen hat. Von irgendwoher dringt immer Licht, winzige, tanzende Punkte in der Dunkelheit, nahezu unsichtbar. Trotzdem stoße ich gegen einen der Kartons, die sich schattenhaft an der Wand auftürmen. Kisten voller Dinge, die eigentlich nicht meine sind.

Das Zeichenpapier liegt bereits auf dem Boden, exakt in der Mitte des Zimmers. Daneben warten die Pastellkreiden.

Ich lasse mich in dem grauschwarzen Dämmerlicht auf dem Boden nieder, stelle das Sektglas und die Flasche neben mir ab. Zaghaft tastend berühre ich den Kasten mit den Kreidestiften, wische mit den Fingern über sie hinweg, bis sich etwas ganz warm oder ganz kalt anfühlt, ganz nah oder ganz fern, nehme dieses Stück, das das richtige ist für diesen Moment, und beginne zu zeichnen. Es ist ganz einfach, eigentlich.

Ich sehe mir meine Bilder nie an. Wenn ich fertig bin, fixiere ich sie mit Haarspray, lege sie in eine Mappe, in der bereits andere solcher Bilder warten, schließe die Mappe wieder und verstaue sie an ihrem Platz im Regal, neben Biologiebüchern, einem Atlas und zwei Ordnern. Das ist alles.

Der Wind rauscht in den Blättern der Platanen und kündigt ein Gewitter an. Ein Telefon klingelt, es ist nicht meins.

KAPITEL 1

EIN BUCH IM REGEN

Der erste Regentropfen. Kristallklar, weich und ein wenig kühl. Ich beobachte ihn, wie er langsam meinen Arm hinunterläuft, eine nahezu unsichtbare Spur darauf hinterlässt, die von der Wärme unter meiner Haut rasch getrocknet werden wird. Irgendwie bin ich überrascht von diesem Tropfen. Wahrscheinlich dachte ich, Regen würde sich anders anfühlen in einem anderen Land, auf einem anderen Kontinent, obwohl er überall aus Wasser besteht.

Mein Blick richtet sich nach oben auf den grauen Wolkenteppich, der schon seit heute Morgen den Himmel verwebt. Ich trage nur ein kurzärmeliges T-Shirt zu meiner Jeans, keine Jacke, keinen Pullover, und noch während dieser erste Tropfen von meinem Zeigefinger perlt, stürzen weitere auf mich herab. Ich lächle, als sie sich in meinen Haaren verfangen, und für einen Moment fühlt sich der Lärm um mich herum weniger nah an. Nicht wie Lärm zumindest, nur wie die Sinfonie einer Großstadt – dichte, ineinander verschränkte Melodien, ein rascher, undurchdringbarer Rhythmus, der ständig wechselt.

Eilig laufe ich weiter und betrete das nächste Geschäft, um dem Regen von dort aus zuzusehen. Ein Buchladen. Die erste Buchhandlung, die mir hier auffällt. Tief atme ich ein, mit einem Mal verlangsamt sich der Rhythmus und der staubige, alte Duft der Bücher verdrängt den schweren Geruch der Stadt. Erst dann sehe ich mich um. Ein Mann, wohl der Buchhändler, nickt mir freundlich zu und reicht mir ein Glas Rotwein, obwohl es erst Mittag ist oder früher Nachmittag, und noch bevor ich mich dafür bedanken kann, stürzen seine Worte auf mich ein. Er erzählt von einem Konzert, das heute Abend stattfinden soll, ich nicke und erwidere sein Lächeln, so gut ich kann, nippe an dem fruchtigen Wein, wende mich den Büchern zu, die in dem Raum verteilt sind, auf schmalen Tischen und in den Regalen. Sie lehnen aneinander wie alte Freunde, vielleicht unterhalten sie sich, wenn niemand hier ist. Jetzt spricht nur ihr Besitzer, sein Wortmeer rauscht leise über mich hinweg, während meine Finger über die Buchrücken gleiten, mal schnell, mal langsamer, bis sie an etwas hängen bleiben, das sich merkwürdig warm anfühlt, eine Wärme, die mich das Schlagen meines Herzens spüren lässt. Der Einband ist unauffällig, auf dem Cover nicht einmal ein Foto oder Bild zu sehen, sondern nur ein Muster aus weinroten und dunkelblauen ineinander verschlungenen Linien. *¿A quién pertenece el mar?* Der erste Satz darin klingt ebenso warm, wie der Umschlag sich anfühlt. Wem gehört das Meer? Der Buchhändler lächelt, als ich ihn nach dem Preis frage, und schenkt es mir. Während der Regen gegen die Fensterscheibe klopft, setze ich mich auf einen Klappstuhl und versuche zu lesen, doch immer wieder wandern meine Gedanken davon, folgen meinem Blick, der an etwas dort draußen Halt sucht, und ich frage mich, was der Anfang war, der mich bis hierher führte, bis in diese kleine, staubige Buchhandlung in Mexico City. Vielleicht war es die Postkarte, die eine Woche zu spät kam. Vielleicht war es auch jener neblige Tag im November, an dem alles wie nebenbei geschah. Vielleicht das Telefonat mit meinem Vater, der ungewöhnlich laut sprach gegen das lärmende Spiel meiner Schwester und das Bellen des Hundes. Vielleicht das Reisebüro wenige Tage später, als er mich in Berlin besuchte und ich nur mit den Schultern zuckte und mit dem Finger irgendwo auf dem Globus stehen blieb und wir trotzdem mit einem Flugticket hinaustraten in die Sonne, die grell und fern die noch feuchte Straße trocknete. »Wieso Mexiko?«, fragte mich mein Vater damals, vor einem Monat, und ich schloss für einen Moment die Augen, bevor ich antwortete: »Wegen der Jaguare.«

Der Regen versiegt. Das Rotweinglas steht leer auf dem Holztisch, auf dem sich Zeitungen und Zeitschriften stapeln. Ich verabschiede mich und streife weiter durch die schmalen, fremden Straßen. Es ist ganz leicht, immer weiter zu gehen, wenn man kein Ziel hat. Das Laufen ist ein bisschen wie Musik hören, die Häuser und kleinen Parks gleiten an mir vorüber wie die Klänge eines Liedes. Manchmal sickert etwas in mich hinein, der Anblick dieses Baumes zum Beispiel, der ein wenig kahl wirkt mit seinen unauffälligen Blättern und den lilafarbenen Blüten. Oder die Brücken, von denen es so viele gibt. Eine von ihnen führt über eine mehrspurige Straße, die Autos rauschen unter mir hinweg, kommen von irgendwo aus der Ferne und verschwinden in die andere Richtung. Sie scheinen durch nichts aufgehalten zu werden, keine Fußgänger, nur wenige Ampeln, und ohne diese Brücke würde man sein Leben riskieren, nur um auf die andere Seite zu gelangen. Ich bleibe stehen und sehe den Autos eine Weile lang zu und denke, dass ich noch nie an einem Ort gewesen bin, an dem ich niemanden kannte. Dabei gibt es so schon kaum Menschen, die in mein Leben gehören.

Viele Biegungen und Straßen später erreiche ich einen weitläufigen Platz, der säuberlich aufgeteilt ist in gerade Wege und kleine, bepflanzte Areale. An den Wegen mit Planen überdachte Stände voller Süßwaren, Kleidung, Spielzeug und Handarbeiten. Ich finde eine freie Bank und blättere in meinem Reiseführer, versuche, mich zu orientieren, auf dem Muster der Straßennamen die letzte Stunde nachzuvollziehen, bis mein Finger auf der *Plaza Hidalgo* innehält. Ich umkreise den Namen des Platzes und male ein Kreuz an die Stelle, an der die Buchhandlung gewesen sein müsste, bevor ich eintauche in die Gerüche von Zucker und gebratenem Fleisch, in die Stimmen, die laut Waren anbieten. Eine Frau legt Tarotkarten, neben ihr sitzt ein grauhaariger Mann auf einem Klapphocker und zeichnet Porträts. Auf einer freien Fläche hat sich eine Gruppe indigen gekleideter Männer versammelt, einer mit Federschmuck auf dem Kopf, und die Männer führen von Trommelrhythmen und Räucherstäbchengeruch begleitete Rituale durch, die sehr traditionell wirken, es aber wahrscheinlich gar nicht sind. Eine vierköpfige Familie steht in einer Reihe vor dem Mann mit dem Federkopfschmuck und sieht ihn an. Er tanzt zu der Musik, die an seinen Knöcheln befestigten Rasseln unterstreichen den Rhythmus und er bewegt seine Hände vor dem Gesicht des Vaters.

Mein Blick bleibt an jemandem haften, an einem unter den vielen Zuschauern, an jemandem mit langen, gelockten Haaren, mit dunklen, fast schwarzen Augen. Für einen Moment sieht der Fremde mich an, dann wendet er sich um und verschwindet zwischen den anderen Zuschauern. Ein Moment wie ein Lächeln, das kommt und wieder geht, ohne dass es festgehalten werden kann. Übrig bleibt eine Spur, die unsichtbar wird im Laufe der Zeit.

Vielleicht ist auch das der Anfang.

*

Weit weg zu sein, das ist etwas, das ich mir nie hatte vorstellen können. Selbst mit dem Flugticket in der Hand habe ich es nicht gefühlt, und an diesem kühlen, orangegoldenen Morgen auf der Dachterrasse des Hostels fühle ich es noch immer nicht so richtig. Ich lese in dem Buch, das mir geschenkt wurde, aber mein Spanisch reicht nicht aus, um alles zu verstehen. In einer halben Stunde schaffe ich gerade mal zwei Seiten und noch immer weiß ich nicht, wem es gehört, das Meer.

Immer mehr verschlafene Backpacker scharen sich um das spärliche Frühstücksbuffet. Von der Straße dringen Schreie und laute Stimmen auf das Dach, die Ruhe vor dem Sturm, bis der Markt, der hauptsächlich aus auf dem Boden ausgebreiteten und mit Plastikkrimskrams übersäten Tüchern besteht, fertig aufgebaut ist und Menschenmassen die breite Kopfsteinpflasterstraße fluten.

Ich setze mich an einen der altersschwachen Computer und lese meine Mails. Mein Vater schreibt mir von seiner Familie, dass Sarah jeden Tag mehr sprechen könne und dass er sich freuen würde, wenn ich bald wieder zurückkäme, obwohl ich doch gerade erst abgereist bin und es seine Idee war, überhaupt fortzugehen. Auch wenn er sich vielleicht eher Spanien oder Italien vorgestellt hat, nicht ein Land, das so weit weg ist und so gefährlich.

Ich betrachte die Bilder von Sarah und dem Hund und der schlanken, herzlich lächelnden Frau neben meinem Vater und warte darauf, dass sich etwas in mir bewegt, so etwas wie Sehnsucht vielleicht oder Heimweh, aber alles bleibt still. Also tippe ich ein paar Buchstaben, genügend, um zu versichern, dass es mir gut geht. Einige Worte bleiben übrig, viel zu viele, und es gibt nur einen Menschen, dem ich sie schreiben kann. Nur einen, der mich schon länger kennt als ich selbst.

Die Luft umschließt einen wie eine Decke, schwer und eng. Dennoch liegt in jeder Bewegung so etwas wie Freiheit. Eine einsame Freiheit zwar, aber Einsamkeit bin ich gewohnt. Andererseits gab es früher nie etwas, das ich unbedingt teilen wollte, oder wenn, dann teilte ich es mit dir. Das Los der einzigen Tochter, nehme ich an. Du hast mir keine andere Wahl gelassen, weil du immer wusstest, auf welchem Lebensweg ich gerade gehe und dass dieser Weg zu deinem gehört. Hier gibt es niemanden, mit dem ich teilen kann, niemanden außer – wieder einmal – dir. Aber es ist nicht das Gleiche wie sonst, natürlich nicht. Ich bin hier so weit weg und manchmal denke ich, dass ich immer weit weg von allem sein werde.

Gestern fand ich ein Buch, das sich anfühlt wie ein Tagebuch. Immer wenn ich versuche, einen Schritt weiter zu gehen, etwas mehr zu lesen, stoße ich gegen eine Grenze. Es lässt mich nicht an sich heran, steckt voller Worte, die ich nicht kenne, sodass ich das Gefühl bekomme, in Wirklichkeit fast gar kein Spanisch zu sprechen oder zumindest viel weniger, als ich dachte.

Ich werde weiterreisen, irgendwohin, um Papa Fotos und Anekdoten schicken zu können. Bis die Zeit vergangen ist.

KAPITEL 2

JULIA

Verkleidete Erinnerungen. Das Gefühl zu ertrinken, wie über ein halbes Jahr zuvor, kurz nachdem das Telefon klingelte.

Erschrocken fahre ich hoch. Dunkelheit belagert das Zimmer. Erst nach und nach nehme ich das Hupen der Autos wahr, die sich auf der schmalen Straße unten vor dem Fenster stauen, Stimmen aus der Küche eine Etage tiefer, jemand lacht und es riecht nach Knoblauch. Nach sechs Stunden Busfahrt von Mexico City nach Oaxaca und einer halben Stunde Hostelsuche in glühender Nachmittagshitze bin ich einfach eingeschlafen.

Das Buch ist neben das Bett gefallen, ich hebe es auf und schiebe es unter mein Kopfkissen. Eine Weile lang sitze ich auf der unteren Matratze eines Doppelstockbettes, ohne an etwas zu denken oder etwas zu fühlen, noch gefangen in dieser Zwischenwelt, die mich in sich festzuhalten versucht. Langsam erhebe ich mich, bemerke erste Signale meines Körpers: volle Blase, Sehnsucht nach frischer Luft, Hunger, abzuarbeiten in dieser Reihenfolge.

Aus meinem Rucksack suche ich die Umhängetasche, die ich mir im Mercado Uruguay in Mexico City gekauft habe, weinrot, von blauen Mustern durchzogen. Packe alles ein, was ich brauche: Portemonnaie, Reiseführer, Fotoapparat und einen schmalen Band mit Cortázar-Erzählungen.

Es ist wohl gerade die Zeit der Heimkehr von Tagesausflügen. Stimmen erfüllen das Hostel, vor allem unten, in der Küche und der Eingangshalle mit dem Billardtisch. Fremde Eindrücke flattern durch die Gänge, ich gehe durch sie hindurch hinunter auf die Straße und laufe auf den nahe gelegenen *zócalo* zu.

Auf einer Seite streckt sich die Kathedrale in die Höhe, ein dominanter Bau aus goldweißem, marmorartigem Stein, die Fassade verziert mit zahlreichen Reliefs und Heiligenfiguren. Das rundbogenförmige Hauptportal ist noch geöffnet. Ich werfe einen Blick in die Kirche hinein, ohne sie zu betreten.

In der Mitte des Hauptplatzes thront der *quiosco*, ein runder Pavillon, um den sich bereits einige Menschen versammelt haben und zu dem Schauspiel hinaufblicken, das darauf dargeboten wird. Ein Mann und eine Frau, er weiß gekleidet mit einem grauen Bart, sie mit langem schwarzen Haar. Ich versuche, über die Köpfe der anderen Schaulustigen hinweg etwas zu erkennen, die Sprachfetzen zu verstehen, die zu mir herüberwehen, auch wenn die beiden Schauspieler wenig reden. Sie bewegt sich langsam, geschmeidig, er mit forschen, eckigen Schritten auf sie zugehend.

Bisher war ich nur ein einziges Mal im Theater, mit ihr, meiner Mutter. Shakespeare, *Ein Sommernachtstraum*, sie hatte etwas Leichtes sehen wollen. Ein Sommernachtstraum mitten im Februar, vor anderthalb Jahren.

»Die Eroberung Mexikos«, flüstert eine junge Frau neben mir. Ich sehe sie an, blonde Haare drängeln sich wild um ihren Kopf, ihre Frisur sieht aus wie ein halb fertiges Vogelnest. Sie hat deutsch gesprochen, wohl eher zu sich selbst als zu mir.

»Willst du nicht Schauspielerin werden?«, fragte meine Mutter mich damals, als wir nach dem Theaterbesuch bei ihrem Lieblingsitaliener aßen. Schneeflocken tanzten leise vor dem Fenster. »Ich kann mir vorstellen, dass dir das liegt«, fuhr sie fort, während sie ein Stückchen butterweiches, noch warmes Baguettebrot in ihre Lasagnesauce tauchte.

Fast hätte ich gelacht. Vor anderen Leuten stehen, allen Blicken ausgesetzt, ein Magnet der Aufmerksamkeit. Ich verstand nicht, wie meine Mutter auf diese Idee kam.

Mehrere Dutzend Vögel flattern um den *quiosco*, ihre Schreie bemerke ich erst jetzt und ihr dunkel glänzendes Gefieder reflektiert das Laternenlicht. Die Frau fällt zu Boden, die Arme nach oben gestreckt. Die Leute um mich herum beginnen zu klatschen, auch das Mädchen neben mir. Ich mache es ihnen nach und dann wird es wieder ruhig, die Menge zerteilt sich und der Mann und die Frau verlassen den *quiosco*, sammeln hier und dort ein paar Münzen ein und auch ich werfe etwas in den Becher, den sie mir reichen, und nicke nur, als sie mich fragen, ob es mir gefallen habe. Die blonde Frau unterhält sich mit ihnen, sie lacht und bleibt auf ihrem Fleck stehen, bis die beiden ihre Sachen zusammengepackt haben, und geht danach mit ihnen mit. Ihr Kichern blubbert über unsere Köpfe hinweg. Gemeinsam verschwinden sie zwischen den anderen Menschen und bald kann ich selbst das blonde Vogelnest nicht mehr erkennen. Ich blättere in meinem Reiseführer, um ein Restaurant zu finden, das man ruhigen Gewissens betreten kann, laufe die Straßen mit ihren schmalen Bürgersteigen entlang, mit dem gelblichen Nachtlicht, das eine ganz andere Farbe hat als zu Hause, dunkler irgendwie, aber wärmer, mit den vielen Menschen, die sich an mir vorbeidrängen, und den Gerüchen, die ich nicht zuordnen kann.

*

Auf einem Tisch stehen Bierflaschen und ein überquellender Aschenbecher. Es ist still im Hostel, eine Pause in der Zeit zwischen dem Aufstehen der Ersten und der Letzten. Meine innere Uhr gehorcht noch immer einer anderen Zeit. Durch das Glasdach fällt gedämpfter Morgensonnenschein, eine ältere Frau putzt die ersten verlassenen Zimmer. Ich lasse mich auf einem Sofa nieder und studiere meinen Reiseführer. Mein Magen grummelt herausfordernd und erinnert mich an meine zweifelhafte Fähigkeit, zu allen möglichen Tageszeiten alles Mögliche in variationsreichen Kombinationen und bedenklichen Mengen zu essen. Was schwierig ist, wenn man nicht so genau weiß, was sich hinter den Begriffen auf den Speisekarten verbirgt. Vielleicht sollte ich selbst kochen, um Geld zu sparen. Oder gar nichts essen.

»Dabei ist es das Essen«, erklärte mir mein Vater, »mit dem man ein Land wirklich in sich aufnimmt, es erkundet und fühlt. All seine Facetten, seine Schönheiten und Hässlichkeiten.« Dabei lächelte er und sah mich an und ich fragte mich, woher er das weiß. Ob er auch einmal gereist ist, früher. Bevor es mich gab. Bevor es seine Familie gab, die, zu der er jetzt gehört.

Ich kann gehen, wohin ich will.

Ein Mädchen setzt sich neben mich auf das Sofa und beginnt, in einem Buch zu lesen. Ich betrachte ihr blondes, noch duschfeuchtes Haar, das sich, wenn es getrocknet ist, ungeordnet und etwa kinnlang um ihren Kopf wuscheln wird, der perfekte Nistplatz für ein Spatzenpaar. Erst als ihre hellen, blauen Augen abwesend und ein wenig verärgert ihren Blick auf mich richten, bemerke ich, dass ich sie wohl etwas zu lange angestarrt habe.

»Ich wollte fragen«, setze ich rasch an, »ob du weißt, wo man relativ preiswert frühstücken gehen kann.« Ich frage auf Deutsch, und die Stimme, die gestern Abend auf dem *zócalo* wie zu sich selbst gesprochen hat, antwortet: »Auf dem Markt«, als wäre es das Selbstverständlichste der Welt. »Oder in einer der *taquerías*, von denen öffnen viele aber erst nachmittags.«

Sie sind mir unheimlich, diese einheimischen Essanstalten, in denen immer irgendwo ein Fernseher hängt, der Musikclips mit dicken Männern mit Cowboyhüten spielt, die Melodie schwungvoll und mit einer tiefen Tragik, und in denen die Speisekarte, sofern es überhaupt eine gibt, einem Verzeichnis von für mich unverständlichen Codewörtern gleicht.

Die Frau klappt das Buch zu. »Weißt du was?«, sagt sie. »Ich habe auch noch nichts gegessen, meistens lasse ich das Frühstück ausfallen, wenn ich allein reise. Aber ich bin auch ein wenig hungrig, also kann ich dir gern den Markt zeigen und wo man die besten *caldos* der Stadt bekommt.«

*

Mehrere Häuserblocks lang sprechen wir nicht, was wohl auch nicht möglich wäre. Die Bürgersteige bieten kaum genügend Raum für zwei Personen nebeneinander. An einigen Stellen sind sie überfüllt, immer dort, wo Menschen auf die kleinen Busse warten, an deren Fensterscheiben Zielorte geschrieben sind, die irgendwo liegen mögen und die teilweise so klingen, als existierten sie gar nicht, nicht auf dieser Welt zumindest. *La Soledad*, Die Einsamkeit, *Valle Esmeralda*, Smaragdtal. Vielleicht sollte ich mich einmal in einen solchen Bus setzen und einfach mitfahren, denke ich, während wir durch Staub und Straßenlärm gehen. Mitfahren ins Märchenland.

»*Hola, guapa*.« Sie sieht nicht einmal hin, wenn jemand sie anspricht, geht einfach weiter, den Blick nach vorn gerichtet.

Wir landen in einer weitläufigen Halle, die von zahlreichen Ständen eingenommen wird, zwischen denen sich lange Gänge erstrecken. Die blonden Haare dieser Frau, die sich so selbstverständlich in diesem fremden Land bewegt, leuchten fast zwischen den dunklen Köpfen, während sie scheinbar ziellos hierhin und dorthin einbiegt, vorbei an großen Kochtöpfen, aus denen es dampft und brodelt, ratternden Mixern, Ständen überfüllt mit Orangen, Papayas, Tomaten und Avocados, anderen, an denen Tierbeine von Haken herabhängen, oder wieder anderen, an denen Gewürze, Kerzen und Werkzeuge angeboten werden. Schließlich läuft sie durch einen noch schmaleren Flur, der vor einem kleinen Raum endet. Ein älterer Mann mit mehreren Zahnlücken begrüßt sie freudig, die dunkle Haut faltig von Sonne und Arbeit, ihre Worte rauschen an mir vorbei. Wir setzen uns auf Plastikstühle an einen Plastiktisch mit Plastiktischdecke. Meine Begleiterin übersetzt und erklärt mir einige der mit schwarzer Farbe an die Wand geschriebenen Gerichte. Ich entscheide mich für *chilaquiles*, frittierte und in grüner Sauce eingelegte Tortillaecken mit Hühnchenfleisch, während sie eine Art Suppe und zwei *aguas de Jamaica* bestellt.

»Ich bin Julia«, erklärt sie schließlich, nachdem wir unsere Getränke bekommen haben. Sie sagt das völlig selbstverständlich, als würde sie lediglich etwas bekräftigen wollen, was ich schon längst weiß und nur wieder vergessen habe.

Ich sauge vorsichtig etwas von der dunkelroten Flüssigkeit, die ein wenig an kalten, süßen Hagebuttentee erinnert, durch den Strohhalm. »Lecker«, stelle ich fest. »Ich heiße Ronja.«

»Ronja, ehrlich? Das ist dein richtiger Name?«

»Soweit ich weiß, ja.«

Julia bedankt sich bei der fülligen Frau, die das Frühstück vor uns ablädt. Ich koste von dem dampfenden, mit weißem Käse bestreuten Gericht, das mir sämtliche Geschmacksknospen aus dem Mund brennt.

»Und?«, fragt Julia. Sie legt eine *tortilla*, von denen mehrere, in ein blaues Tuch gewickelt, in einem Körbchen auf dem Tisch stehen, in die flache Hand und rollt sie mit der anderen zu einer Art schmaler Röhre. Von dieser beißt sie ab, taucht dann den Löffel in die fettige Brühe, in der ein Hühnerschenkel, ein wenig Gemüse und gebratener Reis schwimmen.

»Kann man essen«, antworte ich, während das Brennen nachlässt und ich langsam den Geschmack des Essens herausfiltern kann.

»Das wird schon noch. Alles Gewöhnungssache.« Aus einem Schälchen schaufelt sie Zwiebelwürfelchen mit frischem Koriander in ihre Suppe, würzt mit Salz nach und drückt den Saft aus zwei Limettenvierteln dazu. »In Guatemala oder Nicaragua ist das Essen sehr viel weniger abwechslungsreich. Ich bin schon froh, nicht mehr jeden Tag Reis mit Bohnen essen zu müssen.«

Mit dem Löffel verteile ich etwas von meinem Essen auf einer *tortilla*, klappe sie ebenfalls zusammen und beiße davon ab.

»Du warst vorher in Mittelamerika?«, frage ich, während ich nach den ersten Happen eine kurze Pause einlege, um meinen Körper langsam auf den neuen Mexiko-Essmodus umzustellen.

»Ja. Ich habe erst drei Monate ein Praktikum in Panama gemacht und bin dann fast ein Dreivierteljahr lang durch die anderen Länder Mittelamerikas gereist.«

»Wow.« Ich lausche ihren Erlebnissen, die uns bunt und schillernd umweben wie eine Seifenblase. Ein Leben voll von Abenteuern, voller Reisen, die viel zu zahlreich sind, als dass sie in ein paar Monate passen könnten. Nach drei Minuten bestelle ich mein zweites *agua de Jamaica* und verbrauche sechs dünne Papierserviettchen, um die mir aus Nase und Augen herausströmenden Flüssigkeiten aufzufangen. Julia isst weitaus eleganter als ich, gelegentlich unterbricht sie ihre Erzählung, um mit dem runzligen Mann oder der fülligen Köchin zu scherzen, ich versuche, so gut es geht, sie zu verstehen. Mit einem dritten *agua de Jamaica* in einem Styroporbecher mit Plastikdeckel und Strohhalm folge ich Julia hinaus in die blendende Sonne. Unentschlossen bleiben wir vor dem Marktgebäude stehen und ich blicke mich unruhig um. Das Essen rumort in meinem Magen.

»Verdauungsspaziergang oder Hängemattennickerchen?«, fragt sie schließlich.

»Ich fühle mich eher nach Hängematte.«

Wir laufen durch Hitze und Menschenmassen, die sich beide während unseres Aufenthaltes im Markt mindestens verdoppelt haben, und als wir die Eingangshalle erreichen, wird aus dem Rumoren eine Explosion, ich stürme in das Hostel und nach hinten zu den Toiletten. Die Türen sind oben offen und ich denke mir, dass das die Hässlichkeiten des Essens sein müssen, von denen mein Vater gesprochen hat. Nach mehreren Minuten komme ich erschöpft zurück.

»Besser?«, fragt Julia mitfühlend.

Ich lächele beschämt, schiele zu der Rezeptionistin, die mit unbewegtem Gesichtsausdruck etwas auf einen Zettel kritzelt. »Ja, besser. Ich esse nie wieder was, nie wieder. Erst recht nichts Mexikanisches.«

Julia schüttelt grinsend den Kopf. »Wollen wir wetten?«

*

Ich erwache in einem Gefühl lähmender Erschöpfung. Mein Mund fühlt sich an wie ausgetrocknet, dafür drücken die anderthalb Liter *agua de Jamaica* gegen die Innenwände meiner Blase. Langsam erhebe ich mich, gegen die Müdigkeitsschleier in meinem Kopf kämpfend, schleiche zum Badezimmer und bedenke hinterher meine Tagesplanung.

Ich könnte in ein Museum gehen, zu der nahe gelegenen Zapotekenstätte nach Monte Albán fahren, ein wenig durch die Stadt schlendern, über die Handwerksmärkte, doch ich entschließe mich, erst einmal im Hostel zu bleiben und zu lesen, bis mein Magen diese erste Herausforderung vollständig überstanden hat und ich keinen plötzlichen Rückfall befürchten muss.

Ich suche meine Cortázar-Erzählungen heraus. Fast mit schlechtem Gewissen verstaue ich das in Mexico City erworbene Büchlein tiefer in meinem Rucksack.

Jetzt noch nicht.

Durch den Vorraum laufe ich zu einer Leiter, die auf das Dach führt.

Julia sonnt sich bäuchlings auf einer Decke, den Kopf auf die Arme gebettet, die Augen geschlossen, ein Kopfhörerkabel windet sich von ihren Ohren zu dem MP3-Player hinüber, der neben ihr auf der Decke liegt. Ich lächele aus irgendeinem Grund, stelle einen der drei Stühle ins Licht und schiebe die Sonnenbrille vor die Augen, gegen das blendende Weiß der Buchseiten.

Julia gähnt leise, als sie erwacht. Kurz blinzelt sie in meine Richtung, konzentriert sich dann wieder auf ihr eigenes Buch, das aufgeschlagen neben ihr geruht hat. Auf dem Bauch liegend, wippt sie mit angewinkelten Beinen zu einer unhörbaren Melodie. Ich denke an die Stereoanlage, die meine Mutter mir kurz nach dem Auszug meines Vaters geschenkt hat, weil sie der Meinung war, vierzehnjährige Mädchen müssten sich für aktuelle Popmusik interessieren. Ich habe sie fast nie benutzt.

Hin und wieder blättert eine von uns eine Seite um. Hin und wieder blicken wir in den Himmel oder auf die Kirche, die herrschaftlich und selbstsicher auf der gegenüberliegenden Straßenseite hinaufragt. Hin und wieder steht eine von uns auf, um Autos und Menschen unten auf der Straße zu beobachten.

Hin und wieder sehen wir uns an und lächeln, einfach so.

*

Wir schlendern an Schmuck- und Kleidungsgeschäften, Galerien, Restaurants und Internetcafés vorbei, untergebracht in Gebäuden, die noch aus der Kolonialzeit stammen.

»Wohin gehen wir?«, frage ich Julia. Sie lutscht an einem Stück Wassermelone aus ihrem Obstbecher, der mit rotem Paprikapulver bestreut ist und den sie sich kurz zuvor an einem kleinen mobilen Stand gekauft hat.

»Zur Santo Domingo, der größten Kirche der Stadt. Sie ist ganz hübsch, wenn du Lust hast, können wir dort noch ins Museum gehen oder uns in ein Café setzen.«

Wir laufen schweigend mal nebeneinander, mal hintereinander, plötzlich fühlen sich die Geräusche um mich herum viel weniger fremd an als noch einen Tag zuvor.

Auf der großen Betonfläche, einige Meter vor der Kirche, bleiben wir stehen. Ich betrachte das imposante weiß-bräunliche Gebäude, die zwei Türme, die das Hauptportal säumen und in andere Gebäude und Torbögen überlaufen.

Bewegungslos stehen wir nebeneinander, um uns herum prallt das Sonnenlicht auf den Boden.

»Ganz schön kahl, der Platz, oder?«, meint Julia. »Ohne die Kakteen dahinten wäre es ganz schön langweilig.«

»Das sind Sukkulenten.«

Sie starrt mich an, eine Augenbraue hochgezogen und ein Lächeln, das mit ihren Mundwinkeln spielt.

»Anderthalb Jahre Biologiestudium. Ich kann nichts dagegen tun, dass sich das ein oder andere unwichtige Wissen in meinem Gehirn festgekrallt hat.«

Julia lacht. »Wie auch immer. Willst du ins Museum?«

»Lass uns lieber in ein Café gehen«, schlage ich vor. Ich fühle mich etwas wackelig, als wir zurückschlendern und uns auf Korbstühlen unter Sonnenschirmen niederlassen. Vorsichtshalber bestelle ich eine Cola, Julia ein *horchata*, ein milchiges, kühles Reisgetränk. Nur wenige Menschen spazieren über den Platz zur Kirche oder betreten die Buchhandlung neben dem Café. Es ist die erste Buchhandlung seit meinem Besuch im Antiquariat, die mir auffällt.

Ein Moment, um Tagebuch zu schreiben, doch ich habe es im Hostel gelassen. Die Seiten darin sind noch cremefarben und leer, unbenutzt.

»Konntest du schon vor deiner Reise so gut Spanisch?«, frage ich Julia. »Also, bevor du in der elften Klasse in Argentinien warst?«

Sie blickt von ihrem Buch auf, das sie eben erst aufgeschlagen hat. »Ich habe in der Schule Spanisch gelernt, aber nicht viel. Das Wichtigste lernt man beim Reisen, weißt du, das kann dir niemand beibringen. Begriffe für Obst und Gemüse werden viel lebendiger, wenn du die Frucht auch in den Händen hältst.«

»Es klingt schön, wenn du spanisch sprichst.«

Sie lächelt, dieses Lächeln, das einfach so kommt und wieder verschwindet, das aber immer Spuren hinterlässt, irgendwo, bei irgendwem. »Danke. Und du? Reist du zum ersten Mal?«

»Ja, merkt man wohl?«

»Ein bisschen.« Sie nippt an ihrem Getränk, ihr Blick streift über unsere Umgebung und ihre blauen Augen scheinen alles aufzunehmen, was um sie herum geschieht.

»Findest du es eigentlich schwierig zurückzukehren?«, frage ich.

»Wie meinst du das?«

»Wenn du nach deinen Reisen nach Hause zurückkehrst, ist das schwierig für dich?«

»Du stellst irgendwie merkwürdige Fragen. Aber ja, nach längerer Zeit ist es nicht so einfach. Ich glaube, weil sich Freundschaften dadurch verändern. Man nimmt jedes Mal etwas mit und irgendwie ist es Entfernung und Nähe zu den anderen gleichzeitig. Nähe, weil man etwas mitzuteilen hat, Entfernung, weil man es doch nicht wirklich teilen kann. Eine Auszeit aus dem Alltag. Wie zwei Leben, die kaum miteinander verbunden sind, nur in einem selbst.«

Zwei Leben, die kaum miteinander verbunden sind, nur in einem selbst. Mit einem Bleistift schreibe ich Julias Satz in das Cortázar-Buch, füge in Klammern das Datum und ihren Namen hinzu und frage mich, ob ich irgendwann, in zehn oder zwanzig Jahren, wenn ich zufällig dieses Buch aus dem Regal nähme, aufschlüge und den Satz läse, ob ich in jenem fernen Augenblick die Erinnerung an diese Stunden wiederfinden würde.

*

Auf einem samtroten Tuch glänzt der Silberschmuck. Der Straßenhändler reicht mir eine Kette mit einem blassblauen Anhänger, ich verstehe sein nuscheliges Englisch kaum. Julia umfasst meinen Arm und zieht mich sanft weiter. »Nicht hier«, sagt sie. »Weiter vorn, bei denen, die keinen Tisch haben. Dort ist es meist preiswerter und du kannst besser handeln.« Ein paar Stände weiter bleiben wir dennoch stehen. Sie sucht einen schwarzen Schal aus, der auch nach viermaligem Umwickeln noch lang an beiden Seiten hinunterhängt. »Perfekt für kalte Wintertage in Hamburg. Oder, was meinst du?«

»Sieht kuschelig aus.«

»Jetzt brauche ich nur noch ein paar Souvenirs für meine Mutter und meine Schwester.«

Nach den Ständen folgen die angekündigten, auf dem Boden ausgebreiteten Tücher, auf denen meist Schmuck anboten wird. Hier und da bleibt Julia stehen, guckt kurz, schüttelt den Kopf, geht weiter. »Der da«, flüstert sie und blickt in Richtung eines *artesano*, der, auf einem kleinen Klapphocker unter einer Laterne sitzend, silberglänzenden Draht mit einer Zange bearbeitet. Nur ganz kurz sieht er auf und ein verlorener Moment kehrt zurück. Seine Augen schimmern schwarz und seine dunkel gelockten Haare sind zu einem Pferdeschwanz zusammengebunden.

Sie schreitet auf ihn zu, sein Tuch ist deutlich kleiner als das der anderen. Verschiedene Ohrringe, Ketten und Armbänder liegen darauf, scheinbar unsortiert, fast wie hingeworfen, aber nicht achtlos. Sie ergeben Muster auf dem königsblauen Untergrund. Er nickt uns zu und begrüßt uns auf Spanisch, Julia antwortet knapp. Ich knie mich neben sie und beobachte ihr Kaufritual, wende den Blick zwischen ihr und ihm hin und her. Er bleibt in seine Arbeit vertieft, als wären wir gar nicht da.

»Was hältst du von denen hier?«, fragt sie und deutet auf ein Paar silberner Ohrringe, an denen Jadesteine hängen.

»Sehen ziemlich schwer aus«, erwidere ich wenig hilfreich. Ich erhebe mich wieder, schlendere zu einer Bank ganz in der Nähe, die eingetaucht ist in dunstiges Laternenlicht.

Der *artesano* legt seine Arbeit beiseite und beginnt ein Gespräch mit Julia. Sie scheint sich bald entschieden zu haben, nimmt die Ohrringe und noch ein Armband, er reicht ihr weitere Schmuckstücke und sie lacht und redet rasch und sicher auf ihn ein. Sie wirken beide sehr zufrieden, als sie drei Paar Ohrringe und ein Armband in einem Plastiktütchen entgegennimmt und dem *artesano* dafür ein paar Scheine reicht.

»Der sah nett aus«, meine ich, nachdem wir ein paar Schritte weitergegangen sind. Etwas in mir zittert, als ich das sage.

»Ja. Und er hat dich immer wieder angesehen, bevor du weggegangen bist.«

»Ach Quatsch.« Ich lache, Julia schüttelt nur leicht den Kopf.

»Was denkst du denn, wieso ich so viel Zeug bekommen habe? Die Bernsteinohrringe hier hat er mir für dich mitgegeben. ›Deine Freundin sieht so aus, als bräuchte sie etwas, das sie beschützt‹, hat er gesagt.«

Abrupt bleibe ich stehen. »Etwas, das mich beschützt? Wovor denn?«

»Woher soll ich das wissen? Bernstein schützt gegen negative Energien. Man sagt, wenn er Risse bekommt, hat er etwas aufgefangen, schlechte Schwingungen oder so was.« Julia schlendert weiter, während ich stehen bleibe, ihr nachsehe, mich schließlich langsam zu dem nun einige Meter entfernten Schmuckhändler umwende. Er sitzt wieder auf seinem Stuhl, über seine Arbeit gebeugt, dennoch habe ich das Gefühl, er würde mich beobachten.

KAPITEL 3

DAS ERSTE MAL: MEER

Ein blasser, müder Morgen. Die lange Fahrt klebt an meinem Körper, als ich mit zerzausten Haaren und verquollenen Augen hinter Julia aus dem Bus stolpere. Vor genau zweiundzwanzig Stunden haben wir beschlossen, zusammen nach Puerto Escondido zu reisen. Die Hitze der Sonne deckte uns zu, während wir auf der Dachterrasse des Hostels nebeneinander auf Julias Decke lagen. Die Bernsteinohrringe ruhten neben mir, sie glänzten und fühlten sich warm an, immer, egal, wann und wo ich sie berührte. In diesem Moment spürte ich es wieder, eine Sehnsucht, irgendwohin. Dann unsere Stimmen, Gesprächsfäden, die sich zu einer Idee verwoben. Weiterzuziehen, gemeinsam.

»Ein Freund von mir arbeitet hier«, murmelt Julia. »Ich weiß nur nicht mehr genau wo. Es war eines der neuen und teureren

Hotels, aber wenn ich mich richtig erinnere, gehört es seinem Onkel oder so. Vielleicht kann er uns etwas Preisgünstiges anbieten.«

Vor den Souvenirgeschäften in der Fußgängerzone sind noch die Rollläden heruntergelassen. Nur wenige Menschen laufen den Weg entlang, Schlaf in ihren Gesichtern, in unseren wahrscheinlich auch. Das Rauschen des Meeres, ganz nah, ein leichter Wind, der lockend über meine Arme streicht.

Der Strand, hell und morgenleer. Salzige Finger greifen in den Sand, finden keinen Halt, ziehen sich wieder zurück. Für einen Moment bleibe ich stehen, blicke hinaus in die Unendlichkeit, will in sie eintauchen, bewege mich jedoch nicht.

»Ich glaube, wir müssen da hoch.« Julia deutet auf eine in den Felsen geschlagene Treppe, die zu einer schmalen Straße führt. Ihr Weg schlängelt sich den Berg hinauf, wir laufen und gelangen kaum höher, der Rucksack wird immer schwerer.

Die Häuser, an denen wir vorbeikommen, sehen immer weniger nach Touristengeschäften und immer mehr nach Wohngebäuden aus. Nackte graue Mauern, nur ab und zu mit Werbung in Form von Cola- und Bierlabels bemalt oder dem Namen des darin beherbergten Kiosks oder Restaurants.

»Ich denke, du warst hier noch nicht«, schnaufe ich, während ich versuche, keinen allzu großen Abstand zwischen Julia und mir entstehen zu lassen.

»Nein, aber ich habe eine ziemlich genaue Wegbeschreibung zu dem Hotel, in dem Matías arbeitet.«

»Und die hast du dabei?«

»Ja, in meinem Kopf. Vertraue mir. Ich kenne niemanden, der einen so guten Orientierungssinn hat wie ich.«

Plötzlich bleibt sie vor einem vierstöckigen Gebäude stehen. »Hotel El Pájaro« steht nahezu unauffällig über einer moosgrün gestrichenen Eingangstür.

»Ich hoffe, er hatte die Nachtschicht.« Julia drückt auf einen kleinen schwarzen Knopf an der Wand, wartet. Ich drehe mich um, das Morgenlicht glitzert auf einem graublauen Teppich, der sich hier und da übermütig aufbäumt.

Ein junger Mann öffnet die Tür, er umarmt Julia erfreut, was komisch aussieht, weil er fast einen Kopf kleiner ist als sie. Sie werfen rasche Worte hin und her, bis sie plötzlich verstummen. Julia deutet auf mich. »Das ist Ronja«, sagt sie, das Anfangs-R rollt über ihre Zunge.

»Matías«, stellt sich der Junge vor. Ich kann sein Alter nur schwer schätzen, etwas zwischen sechzehn und fünfundzwanzig vielleicht. Er verschwindet in dem kleinen, hell gefliesten Eingangsraum und hinter den Tresen, öffnet das dicke Buch, das darauf liegt, und murmelt vor sich hin. Ich stelle den Rucksack ab und lasse mich auf ein Sofa fallen. Rechts über mir, an der Wand befestigt, hängt ein eingeschalteter Fernseher, der Bildschirm zeigt in Richtung des Tresens und ein Mann teilt einer überschminkten Blondine langsam und in tragischem Tonfall mit, dass sie nicht die Tochter ihres Vaters ist, sondern seine. Langsam dämmere ich in einen nicht zu Ende geträumten Traum hinein, bis Julia mich anstupst. »Also, wir können für zweihundert Pesos ein Doppelzimmer mit Bad und Fernseher haben. Ist das okay?«

Ich nicke müde und wir folgen Matías die schmale Treppe hinauf in die zweite Etage, einen Gang entlang an drei, vier Türen vorbei. Schmale, stille Türen, hinter denen noch alles schläft. Nummer 204. Links befindet sich das Bad, der kurze Eingangsbereich weitet sich zu dem eigentlichen Zimmer, ein nicht sehr großer, aber heller und sauberer Raum, zwei Einzelbetten, eine dunkle Kommode. Ich lehne meinen Rucksack an das erste Bett und überlasse Julia das am Fenster.

»*Perfecto*«, ruft sie begeistert und lädt ihr Gepäck ab. Sie schiebt den Vorhang beiseite, warmes Sonnenlicht tastet sich über die Wände. Ich suche meine Kosmetiktasche und das letzte saubere Shirt aus meinem Rucksack und verschwinde im Bad. Muschelbilder auf weißen Fliesen, große, blaue Handtücher, der Geruch von Seife. Rasch putze ich mir die Zähne und verschwinde unter einem warmen Wasserstrahl, spüle die Reise davon, die sprudelnd im Ausfluss verschwindet.

*

»Die Ohrringe stehen dir ziemlich gut«, stellt Julia fest. Wir liegen auf unseren Betten, sie auf ihrem, ich auf meinem, den Rücken auf der Matratze und die Beine an der Wand angelehnt, sodass sie einen rechten Winkel zu unseren Oberkörpern bilden. Julia hat behauptet, das würde entspannend wirken nach der langen Bewegungslosigkeit während der Busfahrt. Ich wackele ein wenig mit den Zehen, fremd fühlen sie sich an, von mir entkörpert. Ein Kribbeln läuft durch meine Beine und Motorengeräusche dringen durch das geöffnete Fenster.

»Findest du?« Ich befühle den warmen Stein an meinem rechten Ohrläppchen. Eigentlich trage ich nur selten Schmuck, doch diesen spüre ich kaum, als wäre er bereits ein Teil von mir.

»Ja. Du siehst erwachsener damit aus.«

Ich lache. Erwachsen. Wann ist man das, mit achtzehn? Mit zwanzig? Oder erst, wenn etwas in einem geschieht? So etwas wie ein Verständnis für das Leben, ein Wachsen der Seele vielleicht, ganz schnell oder ganz langsam.

Fast gleichzeitig nehmen wir die Beine von den Wänden. Julia legt sich auf die Seite, die Knie angewinkelt, ich setze mich auf, mit dem Rücken gegen das Kopfende des Bettes gelehnt.

»Wieso hast du eigentlich keinen Freund?«, fragt sie. »Oder hast du einen und erzählst nur nie von ihm?«

»Hm, nein, keine Ahnung. Ich schätze, Beziehungen sind nicht wirklich etwas für mich.« Auf der bunt bestickten Überdecke ist ein kleiner Fleck, die Ränder verlaufen, eine braune Kaffeewolke.

»Woher willst du das wissen? So alt bist du doch noch gar nicht, dass du schon so viele Erfahrungen gesammelt haben kannst.«

»Nein, das ist wahr. Aber die Erfahrungen, die ich schon gesammelt habe, reichen eigentlich aus.«

»So schlimm?«

Ich schüttele den Kopf, lächele auf meine Knie hinab. »Schlimm eigentlich nicht, nein.« Einen Moment lang zögere ich, beobachte meine Gedanken dabei, wie sie sich zu Erinnerungsgebilden verdichten. Bilder, die man nur teilen kann, wenn man Worte für sie findet. »Meinen ersten Freund hatte ich mit fünfzehn. Ich war schon seit über einem Jahr in den Typen verknallt, er ging in dieselbe Klasse wie ich. Meine damals beste Freundin hatte wegen ihm unsere Freundschaft beendet. Dafür ging sie ein paar Wochen lang mit ihm und fand eine andere beste Freundin. Auf deren Geburtstagsparty hat er mich dann angesprochen, als ich schon ein paar Gläser Bowle getrunken hatte. Wir knutschten rum, unternahmen die Sommerferien über ständig etwas zusammen, irgendwie war es sogar schön und lustig, auch wenn ich jetzt nicht mehr weiß, worüber wir uns eigentlich unterhalten haben. Eigentlich passten wir gar nicht zueinander, aber das ist wahrscheinlich immer so in dem Alter, glaube ich. Da passt doch kein Junge zu einem. Aber gut, wir waren eine Weile zusammen, irgendwann habe ich mich auch dazu überreden lassen, mit ihm zu schlafen. Danach wollte ich nicht mehr, ich fand einfach nichts Schönes daran, während er natürlich immer wieder wollte. Also trennte er sich von mir.«

»Das war's?«

»Das war's, ja. Aber was will man von Fünfzehnjährigen schon groß erwarten?« Ich versuche, mich an seine Haare zu erinnern, die dunkelblond waren oder von einem hellen Braun, wahrscheinlich diese Farbe dazwischen, die ich zum Glück nicht von meiner Mutter geerbt habe. Seine Gesichtszüge verschwimmen, die Farbe seiner Augen, sein Zimmer, die Poster an den Wänden. Er wechselte kurz darauf die Schule und ich sah ihn nie wieder.

»Der Zweite war Mark. Wir studieren zusammen Biologie, na ja, haben zusammen studiert. Als ich noch regelmäßig zu den Vorlesungen ging. Wir haben uns häufig mit anderen Leuten zum Lernen getroffen. Eigentlich ist er wirklich toll, sehr aufmerksam. Aber es ist einfach geschehen. Ich habe mich nicht dagegen gewehrt und nichts dafür getan, obwohl ich schon früh gemerkt habe, dass er mehr von mir wollte als Freundschaft und ich im Grunde genommen nicht.«

»Und dann hast du auch mit ihm Schluss gemacht.«

Ich sehe sie an, ein wenig verlegen. »Ja, na ja. So in der Art. Ich bin eines Nachts einfach gegangen und habe mich danach nicht wieder bei ihm gemeldet. Das war ziemlich einfach, zur Uni bin ich ja auch nicht mehr gegangen. Schon komisch, wie leicht man aus dem Leben anderer verschwinden kann.«

Julia erhebt sich aus ihrer Liegeposition, die Füße auf den Boden gestellt, bleibt sie auf ihrem Bett sitzen. »Du hast einfach den Richtigen noch nicht gefunden.«

Ich muss lachen, ihre Bemerkung klingt wie aus einem Rosamunde-Pilcher-Roman. Ein Satz, der irgendwie nicht zu ihr passt. »Den Richtigen? Gibt es so was überhaupt?«, frage ich dann, plötzlich wieder ernst.

»Hm, ich weiß nicht, wahrscheinlich nicht. Dann bist du eben noch nie jemandem begegnet, der etwas in dir berührt.«

Ich betrachte sie schweigend, auf einmal erscheinen mir die dreieinhalb Jahre, die zwischen uns liegen, wie ein Weg, den sie bereits gegangen ist und ich nicht.

»Bist du seinetwegen nicht mehr zur Uni gegangen? Weil du ihm dort nicht begegnen wolltest?«

Langsam schüttele ich den Kopf. »Nein. Nein, nicht nur.« Er könnte auch eine Ente sein, der Kaffeewolkenfleck. Oder ein kleines Schwein. »Lass uns etwas essen«, sage ich. »Und danach schauen wir uns ein wenig die Gegend an.«

*

Wir sitzen auf dem warmen Sand, die letzten Surfer verlassen das aufgebrachte Meer, nass glänzende Körper, salziger Geruch im Haar. Bunte Sonnenschirme überall, rot, gelb, blau. Die Wachposten sind kaum noch von Rettungsschwimmern besetzt.

Ich blicke hinüber zu einer der Strandbars, eine einfache, offene Hütte mit Strohdach, davor Liegestühle, auf denen sich hier und da jemand zurücklehnt, die Augen geschlossen, ein Bier in der Hand. Das Rauschen der Wellen reißt den mehrsprachigen Stimmenlärm davon, der immer schwächer wird, je mehr Leute zum Abendessen nach Hause oder ins Hotel zurückkehren.

Die Sonne nähert sich bereits den Felsen, die an einer Landzunge rechts von uns über dem Meer thronen, der Himmel ist orange gefärbt. In meiner Tasche wartet der Fotoapparat, den ich erst selten benutzt habe.

»Hast du deinen Freund während all deiner Reisen und Auslandsaufenthalte auch mal betrogen?«, frage ich Julia.

»Hm.« Ihre Augenbrauen ziehen sich ein wenig zusammen, als würde sie angestrengt nachdenken. »Ein paar Mal fast, aber nie wirklich.«

»Wie meinst du das?«

Sie legt sich ein wenig zurück, abgestützt auf ihren Unterarmen, um mit ihrem Gesicht den letzten Rest Sonnenwärme aufzufangen. »Na ja, es gab diverse Möglichkeiten, natürlich gab es die. Begegnungen beim Reisen sind viel intensiver und gleichzeitig schnelllebiger als sonst und manchmal sind das auch die Gefühle. Selbst wenn man nicht reist, irgendwie begegnen einem doch ständig Menschen, die interessant sind, die Dinge in sich tragen, die man nicht kennt, aber gern kennenlernen würde, oder die einem etwas geben können, was man woanders nie gefunden hat.«

Mir ist noch nie so jemand begegnet, denke ich.

»Als ich zum Beispiel in Bolivien gereist bin, lernte ich einen Israeli kennen. Er schrieb Theaterstücke und fotografierte, glaub mir, ich habe noch nie solche Fotos gesehen. Hauptsächlich waren es Naturaufnahmen, doch die Farben wirkten so anders, wahrscheinlich benutzte er spezielle Filter dafür. Das Meiste war verschwommen und nur ein winziges Detail deutlich erkennbar, zum Beispiel der Tropfen auf einem Blütenblatt, ein winziges Vogelei, solche Dinge eben, aber es sah so lebendig aus, als könnte man es anfassen und zusehen, wie dieses Vogelei gleich aufbrechen und ein verklebtes, blindes Küken daraus schlüpfen würde. Natürlich lag das auch an seiner Kamera, aber er hat solche Sachen einfach gesehen, weißt du. Wir sind nebeneinander spazieren gegangen und plötzlich ist er stehen geblieben und hat etwas fotografiert, und als er mir das Foto dann zeigte, dachte ich, dass es nicht sein kann, dass ich einfach daran vorbeigegangen wäre und er nicht. Wir haben uns in einer Mischung aus Spanisch und Englisch unterhalten und sind für fast eine Woche zusammen gereist. Wir haben sogar ein oder zwei Nächte lang im selben Bett geschlafen.« Ein schwaches Lächeln huscht über ihr Gesicht, viel zu schnell, um es einzufangen. »Ich kann dir kaum noch sagen, wieso zwischen uns nicht wirklich etwas passiert ist. Nur ein paar längere Umarmungen und ein Kuss und ein Blick zum Abschied, den ich nie vergessen werde. Das war alles, was passieren konnte, nehme ich an. Ich habe lange darüber nachgedacht und es meinem Freund doch nicht erzählt. Irgendwann einmal werde ich es tun, denke ich.« Sie atmet tief, schweigt und ich schweige auch, warte. »Wahrscheinlich erlebt er ganz ähnliche Dinge, während ich nicht da bin, oder vielleicht sogar, während wir zusammen sind.« Ihre Stimme ist ganz sanft, so leise, dass ich sie kaum verstehe. »Nur dass ich bestimmt mehr Möglichkeiten habe, Menschen kennenzulernen. Außer diesem Israeli gab es aber nie jemanden, der wichtig gewesen wäre.« Julia schiebt ihre Sonnenbrille über die Augen, ihr Blick verborgen.

»Habt ihr noch Kontakt?«

»Wir haben unsere E-Mail-Adressen, haben uns aber nie geschrieben. Das ist mittlerweile auch schon über zwei Jahre her.«

»Zwei Jahre? Und ihr habt euch nie geschrieben? Wieso nicht?«

»Ich weiß nicht. Wir hatten ein paar Tage, mehr würde es für uns ohnehin nicht geben. Ich wollte nichts herausfordern. Ich denke, ihm ging es ähnlich. Wenn wir den Kontakt aufrechterhalten hätten, wären die Mails von selbst immer seltener und kürzer geworden, bis es irgendwann egal gewesen wäre, ob wir uns schreiben oder nicht. Der Kontakt wäre belanglos geworden, weißt du. Trotzdem, irgendwann, sollte der Moment kommen, könnten wir uns schreiben, erfahren, wie es uns geht und wer wir geworden sind. Das reicht doch.«

Ich mache ein Foto von den dunklen Felsen, ein Foto von Julia mit dem letzten Schimmer Sonnenlicht auf ihrer Haut.

»Außerdem ist mir die Beziehung mit Dennis sehr wichtig. Ich würde sie nie durch irgendetwas gefährden wollen.« Sie öffnet die

Augen und betrachtet den Horizont, die verfärbten Wolkenfetzen am Himmel. Ein perfekter Sonnenuntergang für meinen ersten Abend am Pazifik, an irgendeinem Salzgewässer überhaupt.

»Findest du das komisch?«, fragt sie plötzlich.

Ich schüttele den Kopf. »Nein. Ich finde es schön, dass du die Entscheidung getroffen hast, von der du denkst, dass es die richtige für dich war.«

Eine Frau im Bikini rekelt sich im feuchten Sand, ab und zu von einer Welle umspült, ein Fotograf läuft um sie herum, hockt sich hin, nimmt ein Foto auf, läuft wieder um sie herum, sucht eine andere Position für eine neue Aufnahme.

Jemand ruft etwas über den Strand, eine Stimme, die sich im Rauschen des Meeres verliert.

»Der Israeli«, murmele ich in unser Schweigen hinein, »hat er etwas in dir berührt?«

Julia regt sich nicht. »Ja«, sagt sie dann.

*

In einem Supermarkt kaufen wir Weißbrot, Scheibenkäse, Tomaten und eine Dose Thunfisch, dazu einen Tetrapak Mangosaft, eine Flasche Wasser und zwei Einliterflaschen Bier. Mit den Einkäufen kehren wir in unser Hotel zurück. Matías ist nicht mehr da, dafür sitzt ein anderer junger Mann auf einem Stuhl neben dem Rezeptionstresen, die Telenovela eingetauscht gegen Männer mit weißen Anzügen und Trompeten und einen Typen mit Schnauzbart und weißem Cowboyhut, der seiner ehemaligen Geliebten Trauer, Demütigungen und Einsamkeit wünscht, damit sie zu ihm zurückkehrt.

Wir laufen die Treppen hinauf in unser Zimmer.

»Ich habe einen Teller und einen Becher«, sage ich.

»Du hast Geschirr dabei?«

»Als ich noch ein Kind war, waren wir häufig campen, vielleicht dachte mein Vater deshalb, so was könnte man gebrauchen, wenn man viel unterwegs ist. Wer weiß.«

»Komm, wir packen alles in den Beutel hier und suchen die Dachterrasse, von der Matías mir erzählt hat.«

Wir verlassen unser Zimmer und laufen die Treppe weiter nach oben. In der letzten Etage führt eine schmale Wendeltreppe zu einer geöffneten Luke, durch die wir hinaus auf das Dach klettern.

»Wow«, rufe ich begeistert. Das Meer erstreckt sich bis zum Himmel, Lichtpunkte beflecken den Berg bis hinunter zum Strand. Wir lassen uns auf zwei Plastikstühlen nieder und breiten unsere Einkäufe auf dem Tisch aus. Ich zünde Julias Kerzen an, während sie die Thunfisch-Tomaten-Käse-Sandwiches zubereitet. Das Öl läuft mir das Kinn hinunter, wortlos reicht mir Julia ein Taschentuch. Lachend und mit fettigen Fingern zeigen wir hierhin und dorthin, auf ein paar Spaziergänger unten auf der Straße, einen Tacostand, vor dem sich Menschen sammeln.

»Das Meer«, sagt Julia und wieder muss ich lachen. Es ist nichts, das man übersehen könnte.

Wir mischen das Bier mit dem Mangosaft und beschließen, dass es doch besser wäre, beides getrennt zu trinken. Julia nimmt meine Hände und wir tanzen zu imaginärer Musik, legen uns schließlich erschöpft auf das noch warme Dach und betrachten den glitzernden Teppich über uns, der nur schwach funkelt gegen die Erdenlichter.

»Und, gefällt dir Mexiko?«, fragt Julia irgendwann.

»Ja«, antworte ich nach einer Weile. Ich atme tief ein, oben das weite Schwarz, unten die Geräusche von Autos und Menschenstimmen, dazwischen ich, für einen Moment losgelöst von allem. »Ja, ich glaube schon.«

*

Eine Welle von über drei Metern Höhe nähert sich, bricht zusammen, kurz bevor sie den Strand erreicht, doch ich spüre noch ihre Kraft in dem Wasser, das meine Füße umspült. Julia schwimmt bereits gegen das Meer an, spielerisch, aufmerksam. Über das Rauschen der auslaufenden Wellen fliegt ihr Lachen zu mir, sie winkt und ruft mir etwas zu.

Heute noch nicht, denke ich. Heute gehe ich noch nicht hinein.

*

Julia malt mir schwarzen Kajal unter die Augen. Heute Morgen haben wir in einem riesigen Waschbecken auf der Dachterrasse unsere Klamotten gewaschen und sie von der Mittagshitze und dem leichten Meereswind trocknen lassen. In kleinen Haufen liegen sie nun auf unseren Betten. Ich habe nichts dabei, das irgendwie zum Ausgehen geeignet wäre, trage daher nur ein schwarzes T-Shirt mit halbrundem Ausschnitt, das eigentlich Julia gehört, und meine olivgrüne Leinenhose. Matías hat uns zu einer Party eingeladen und ich ließ mich dazu überreden mitzukommen. Wenigstens für eine, maximal zwei Stunden. Solange es sein muss.

Nur kurz denke ich an das Buch, das ich noch lesen will, vielleicht heute Abend wirklich anfangen würde, wenn ich allein hier wäre. Aber ich bin nicht allein, Julia ist bei mir. Ein letztes Mal überprüft sie meine braunen Haare, ungewöhnlich ordentlich sehen sie aus, zusammengesteckt zu einer richtigen Frisur. Zufrieden betrachtet sie mich wie ein soeben geschaffenes Kunstwerk.

Schweigend beobachte ich Julia dabei, wie sie mit ihrer eigenen Frisur fortfährt, mit ein paar Klammern einzelne Haarsträhnen um ihren Hinterkopf schlingt. Ich nehme mir vor, mir den Weg zu der Party zu merken, um nach einer Höflichkeitsstunde allein ins Hotel zurückkehren zu können. Wir trinken jede eine Flasche *Sol*, zur Einstimmung, dann noch eine und kichern leise. »Psst, ich hau mir sonst mit der Mascara ins Auge«, sagt Julia und lacht trotzdem weiter, irgendwann ist sie endlich fertig und dreht sich vor mir, die braun gebrannten Arme weit ausgestreckt. Ihr leichtes, helles Kleid weht um ihren schmalen Körper, alles an ihr sieht nach Sommer aus, nach langen Tagen, die erst enden, wenn man wirklich zu müde ist, um noch mehr zu erleben.

Gemeinsam laufen wir hinunter, Julias Flipflops klatschen auf die Treppenstufen. Der Rezeptionist löst sich von den Sportnachrichten, aufgeschreckt durch das Klirren des Schlüssels auf dem Tresen, fast überrascht sieht er uns an, als hätte er uns noch nie zuvor gesehen.

Die warme Nacht regnet mit Gerüchen und Geräuschen auf uns herab, gebratenes Fleisch, frisch gebackener Ölteig, Lachen, das Gedudel von Fernsehern. Matías wartet an einer Strandbar auf uns. Er wirkt schon etwas angetrunken, es ist sein freier Abend und er muss erst die Nachtschicht des nächsten Tages wieder übernehmen. Mit einem kurzen Schulterklopfen verabschiedet er sich von ein paar US-Amerikanern und kommt mit uns, um uns den Weg zum Haus seines Freundes zu zeigen. Wir gehen durch abendlich belebte Straßen, ich höre dem Gespräch der beiden kaum zu, werfe neugierige Blicke in kleine Restaurants und bekomme Appetit auf *tacos*. Zum Abendessen haben wir die letzten Brotreste vertilgt und tagsüber kaum etwas gegessen. Julia sieht mich kurz an, wir bleiben stehen und sie ruft Matías zurück, der munter redend weitergelaufen ist. In einer *taquería* setzen wir uns an einen freien Tisch, ich bestelle vier *tacos*, weiß noch, welche Sorten ich mochte und welche nicht. Die kleinen Teigfladen sind heiß und frisch, Limettensaft, Salz und scharfe grüne Sauce über das gebratene Fleisch. Matías scheint überall jemanden zu kennen, winkt ein paar Typen am Nebentisch zu, die Schnurrbärte tragen und Cowboyhüte, frisch einem Videoclip entlaufen.

»Die sind aus Mazatlán«, erklärt er, »und nur zu Besuch hier.«

Die Straßen werden einsamer, vereinzelt sitzen Leute auf Stühlen auf den schmalen Bürgersteigen. In Berlin wird das nie gemacht, denke ich, außer in Cafés oder vor kleineren Geschäften, ansonsten stellt niemand seinen Stuhl nach draußen, um noch ein bisschen länger im Rhythmus der Stadt zu bleiben.

Wir treten durch das geöffnete Eingangstor eines zweistöckigen Wohnhauses, hinein in einen menschengefüllten Innenhof.

Julia verliere ich schon nach wenigen Minuten in der Küche oder in einem der anderen Räume, die sich um den *patio* drängen. Fünf oder sechs Zimmer gibt es insgesamt, eine Küche, ein bereits ziemlich schmutziges Badezimmer ohne Toilettenpapier. Ich trinke aus einem Becher sahnige Bowle, die nach Alkohol und Kaugummi schmeckt. Zwei Australier neben mir unterhalten sich mit zwei Schweizerinnen, ich lausche eine Weile ihrem Gespräch über die Strände Belizes, werde dann von einem der Bewohner des Hauses angesprochen. Er kann ein paar Brocken Deutsch, die er freudestrahlend an mir ausprobiert, langsam und betont, immer wieder rutscht ihm seine Muttersprache in die Worte. Er würde gern einmal nach Berlin kommen, erzählt er gerade, als ihn ein langbeiniges Mädchen auf die Tanzfläche zerrt.

In jedem Zimmer steht ein Sofa oder ein Bett oder es liegt eine Matratze auf dem Boden, jeder Raum sieht anders aus, gehört zu jemand anderem. Das Zimmer, an das sich die Küche anschließt, ist das größte, mit rundem Tisch und einigen Stühlen, einem Fernseher auf einer Kommode. Das Fenster weist auf einen zweiten, weitflächigeren Hof, auf dem gegrillt wird. Ich studiere die CD-Sammlung neben der Stereoanlage.

»Da bist du ja.« Julias Stimme klingt ein wenig wackelig. »Hab dich schon gesucht. Hast du von der Bowle gekostet? Schmeckt komisch, oder?«

»Ein wenig, ja.«

»Aber auch irgendwie lustig. Und, wollen wir tanzen?«

»Na ja, eigentlich wollte ich gerade ...«

»Super, dann komm.« Sie umschließt mein Handgelenk und zerrt mich auf den *patio* hinaus, auf dem sich bereits zwanzig bis fünfundzwanzig Leute nach scheinbar unterschiedlichen Rhythmen bewegen. Julia beginnt ebenfalls, die Hüften zu schwingen, mit den Armen zu fuchteln, die Knie zu beugen, sie scheint doch ein wenig mehr als nur angeheitert zu sein. Ich versuche, einen Rhythmus zu finden, nach dem ich mich möglichst unauffällig bewegen kann, doch Julias unkontrollierte Tanzeinlagen bringen mich immer wieder aus dem Takt. Mit einem Zug trinke ich die minzige Bowle aus und dann noch einen Becher, der mir von irgendjemandem in die Hand gedrückt wird, unterdrücke einen spontanen Würgereiz und versuche es erneut mit dem Tanzen. Nach zwei oder drei Liedern werde ich leichter, mein Körper löst sich auf in der Musik und der tanzenden Menge. Meine Gedanken verschwinden, immer wieder schließe ich die Augen. Julia lacht und berührt mich am Arm und sagt: »Sieh mal, eine Sternschnuppe.«

Stell dir vor, du wachst morgens auf und deine ganze Welt ist eine andere. Du bist weit weg von dem, was vorher war, Augenblicke reihen sich aneinander, die keinem bestimmten Zweck dienen. Du würdest es wahrscheinlich verschwendete Zeit nennen und vielleicht ist es das auch. Aber denk nur an deinen Marokkourlaub letztes Jahr, deinen ersten Urlaub seit Langem und dann auch noch allein, ohne mich. Wie frei du dich manchmal gefühlt hast, so stand es auf deiner Karte. Genauso frei fühle ich mich jetzt, doch etwas in mir treibt mich weiter, als hätte ich noch etwas zu erledigen, eine Aufgabe, eine Mission. Meine Reise ins Irgendwo. Bevor ich zurückkehren muss. Ich denke tatsächlich müssen, mittlerweile, ich merke, dass an mir gezogen wird, von zwei verschiedenen Seiten, und ich kann nicht in die eine Richtung weitergehen, ohne den Zug von der anderen noch stärker zu spüren. Wenn ich eine Entscheidung treffen müsste, weiterzureisen oder das fortzuführen, was ich zuvor getan habe, wieder zu studieren, nachdem ich all das einfach verloren, oder besser, nicht festgehalten habe. Was für eine Entscheidung wäre das? Vielleicht eine andere Wohnung suchen, auch eine mit Efeu, der über die Fenster wächst und alles abschirmt nach außen, ein Zimmer für mich allein, vielleicht aber auch eine andere, eine, die Licht hereinlässt. All die Zeit vor dieser, in der ich nicht wirklich etwas gemacht habe. Was habe ich das letzte Jahr getan, während der Efeu immer dichter wurde? Weißt du es? Kannst du es wissen? Wie schnell es gehen kann, dass man solche Dinge vergisst, obwohl sie doch der Grund dafür sind, jeden Morgen aufzustehen. Und wie merkwürdig ist es, eine Entscheidung treffen zu wollen zwischen etwas, das ganz nah ist, und etwas, das wie zu einem anderen Menschen gehört.

*

Julia ist bereits geduscht und angezogen, als ich aus dem Internetcafé zurückkehre, sie liegt bäuchlings auf ihrem Bett und liest in dem Buch, das ihr Freund ihr geschenkt hat.

»Nur ein Buch für ein ganzes Jahr?«, habe ich sie gefragt und sie zuckte mit den Schultern und sagte: »Lesen ist nicht so meins. Ich rede lieber.«

»Ich habe uns so was wie Frühstück organisiert«, verkünde ich nun stolz, das erste Mal, dass ich mich um die Nahrungssuche gekümmert habe.

»Hm, *quesadillas*, lecker.« In einer kleinen, zugeknoteten Plastiktüte schwimmt grüne Sauce, ein paar Salatblätter liegen neben den sechs mit Käse und Hühnchenfleisch gefüllten, noch warmen Weizenmehltortillas.

Wir setzen uns auf den Boden, vor uns der Styroporbehälter mit den *quesadillas* und mein roter Becher mit verdünntem Guavensaft.

»Tolles Frühstück«, stellt Julia fest. »Ich sollte dich ab jetzt jedes Mal einkaufen schicken.«

Gedankenverloren trinke ich einen Schluck Saft, tunke einen Finger in die Saucenreste und lecke ihn ab. »Was machen wir heute?«

»Ausspannen, was sonst? Oder hast du Lust auf einen Ausflug?«

»Ich weiß nicht.« Ich zögere einen Moment. »Irgendwie, na ja, ich glaube, ich würde gern weiterreisen.«

»Weiterreisen?« Ich lege mich auf den Boden, Julia wirft den Styroporbehälter in den Mülleimer. »Weiterreisen wohin?«

»Ehrlich gesagt, habe ich keine Ahnung.«

Ihr Blick ist beobachtend und ruhig, ihre hellblauen Augen schimmern sanft. »Ich fliege in fünf Tagen zurück, weiter nach Süden reise ich jetzt nicht mehr. Vielleicht noch ein bisschen am Meer entlang, aber mir ist momentan eher nach Ruhe. Ein bisschen Entspannen, weißt du?«

Ich betrachte unser Zimmer, zerwühlte Laken auf dem Bett, halb geöffnete Rucksäcke, aus denen Kleidungsstücke quellen, ein paar leere Bierflaschen an der Wand, Kekskrümel auf dem Boden. Unser Zimmer, Julias und meines.

»Morgen vielleicht«, sage ich. »Morgen reise ich vielleicht weiter.«

*

Julia nimmt meine Hand, während sie langsam auf die Wellen zugeht, hält mich fest. Füße, Knie, Hüften. Das Wasser steigt schneller, als ich laufen kann.

»Jetzt«, ruft Julia gegen das Tosen des Meeres, lässt mich los und sich fallen, taucht unter und wieder auf, lachend, die Arme nach oben gestreckt. Ich versuche, gegen die Wellen zu schwimmen, werde festgehalten von etwas, das ich nicht sehen kann. Ich schwimme ans Ufer, gehe zurück zum Strand, die Füße umspült, meinen Körper umfängt ein frischer Wind.

KAPITEL 4

GESTRANDET

Die Felsen des Cañón del Sumerido ragen weit über uns auf. Brian, einer der beiden Kanadier, mit denen ich mir den *dormitorio*, den nur halb besetzten Schlafraum in San Cristóbal de las Casas, teile, deutet aufgeregt auf die Alligatoren im Wasser, die Geier in der Luft. Wir tragen hässliche, orangeleuchtende Schwimmwesten. Müll liegt überall am Uferrand, braungrünes Wasser klatscht gegen das Boot, mit dem wir über den Fluss gleiten. Ich mache ein paar Fotos, achte kaum darauf, was ich aufnehme, packe die Kamera wieder ein und beobachte ab und zu die anderen Touristen, die immer wieder begeistert auf irgendetwas zeigen.

Das Boot steuert auf die Anlegestelle zu, Brian lädt mich auf einen *licuado*, einen Milchshake, ein und erzählt etwas über seine Heimat, sucht immer wieder nach Worten, die er mir schenken kann. Dass er seit einem Jahr Physik studiert, erzählt er. Und dass er und ein paar Freunde schreiben und sie ihre Geschichten in kleinen, selbstgedruckten Büchlein sammeln, die sie sich gegenseitig schenken und aus denen sie vorlesen, mit denen sie richtige Vorleseabende veranstalten.

»Vielleicht kann ich dir ja auch eine Geschichte zeigen?«, fragt er vorsichtig und ich nicke und lächele freundlich, was sonst, und vielleicht kann er das ja tatsächlich, schreiben. Wieder denke ich an das Buch, das in meinem Rucksack liegt, nahezu ungelesen.

Zurück im Hostel, kochen Brian und sein Kumpel Mike matschige Spaghetti mit einer faden Tomatensauce und wir sitzen mit anderen Hostelgästen um den Küchentisch, alle in Pullis und Jacken eingepackt gegen die Kälte, die nachts durch diese Bergstadt zieht. Brian liest etwas aus seinem Büchlein vor und irgendjemand öffnet eine Flasche Tequila, von dem ich nur ein kleines Glas trinke. Der Schnaps brennt in der Kehle und wärmt nur kurz und ich wünsche mir einen langen, dicken Schal, so einen, wie Julia sich in Oaxaca umgewickelt hat. Vielleicht kaufe ich mir auch so einen, morgen, auf dem Markt, falls ich dann noch hier bin. Irgendwann verkrieche ich mich in meinem Bett, unter Pullovern, Schlafsack und mehreren Decken verborgen.

*

Die Sonne taucht Wolkenränder in ein schimmerndes Goldgelb, während ich mit meinem Rucksack vor dem Hosteleingang in San Cristóbal de las Casas warte. Weiterreisen nach zwei Tagen schon, obwohl mir die Stadt mit den niedrigen Kolonialbauten und der farbenfrohen Innenstadt gefällt, diese Stadt, in der man morgens aufsteht mit steif gefrorenen Gliedern und in der die

Tagessonne in wenigen Minuten die Kälte aus einem schmilzt. Brian hievt seinen Rucksack neben mich, Mike folgt ihm, wirkt etwas mürrisch, dass er zu dieser Abenteuerreise überredet wurde. Brian lacht ihn an. »Das wird bestimmt spannend«, sagt er. Unsere Tour soll uns bis nach Veracruz führen, mit Halt an verschiedenen Orten zwischendurch, kleineren, nicht den großen, eine alternative Reise durch Mexiko, deren Beschreibung in dem Flyer sehr romantisch klang.

Ein Minivan hält am Straßenrand und ein agiler kleiner Mann hüpft aus ihm heraus, winkt mir zu, als würden wir uns kennen, und schleudert uns seinen Namen, »Alejandro«, entgegen. Mühelos schwingt er meinen Rucksack in den Kofferraum, die beiden Jungs stopfen ihr Gepäck dazu. Ich klettere in das wartende Gefährt und setze mich auf den letzten freien Platz in der letzten Reihe. Brian lächelt mir von seinem Sitz hinter dem Fahrer aus zu, dann begrüßt er die anderen im Wagen, die nur erschöpft nicken, ein oder zwei Gespräche werden murmelnd fortgeführt. Ich blicke aus dem Fenster und sehe die Lichter der Stadt an uns vorüberziehen. Mit beeindruckender Geschwindigkeit stiehlt sich die Dunkelheit herein. Diese Stadt mit einem großen *mercado*, in dem es hervorragende *tacos* gibt, und mit dem *Artesanía*-Markt, auf dem ich mir doch keinen Schal gekauft habe und über den ich trotzdem immer wieder gelaufen bin, als würde ich etwas suchen.

Ich öffne meine Tasche und wickele das kleine Geschenk aus, das ich heute Vormittag, beim Rucksackpacken, zwischen meinen Sachen entdeckt habe. Julias MP3-Player liegt darin. *Ein möglicher Soundtrack für deine Reise*, hat sie in ihrer weiten, lebendigen Handschrift auf das weiße Packpapier geschrieben und ein paar Blumen und Wolken und Sonnen darum herum gemalt. *Vergiss das Meer nicht*, steht daneben, ein wenig kleiner. Über mein Gesicht schleicht ein Lächeln. Julias Musik. Nach kurzem Zögern packe ich das Gerät wieder ein und verstaue es in der Handtasche, zwischen dem Fotoapparat und meinem Cortázar-Büchlein.

*

Wir warten im nebligen Morgenlicht. Der Fahrer werkelt unter der geöffneten Motorhaube, er und Alejandro diskutieren, schrauben und putzen, holen ein Teil (»Der Vergaser«, erklärt der Typ neben mir und seine Freundin nickt wissend) heraus und setzen es wieder ein, versuchen, den Motor zu starten, der noch immer nicht anspringt.

Irgendwann hält Alejandro einen vorbeifahrenden Bus an. Wir lassen unseren Fahrer allein bei dem Minivan zurück und werden im nächsten Städtchen abgesetzt. Ein wenig müde und zerrupft stehen wir auf dem *zócalo* und blicken Alejandro ratlos an. Zielsicher bringt er uns zu einem Hotel, wohl dem einzigen in diesem nicht auf Touristen eingerichteten Ort. Das Zimmer teile ich mir mit einer jungen Dänin, die noch weniger spricht als ich. Ich öffne das Fenster zu dem ruhigen Innenhof, die Ersten warten bereits unter dem einzigen Baum, der darin steht, und ich folge der Dänin hinaus, als Alejandro munter hüpfend zu der Gruppe dazustößt. Die Reparatur des Motors, so erklärt er uns, wird noch mindestens einen Tag lang dauern. Anscheinend besitzt sein kleines Reiseunternehmen nur diesen einen, wohl schon etwas altersschwachen Wagen. Während er redet und Ausflugsziele für diesen Ort vorschlägt, lächelt er begeistert, völlig ungeachtet des Murrens und der misslaunigen Blicke, die ihn treffen. Gestrandet in Ocelotlán, das in meinem Reiseführer nicht einmal erwähnt wird. Brian blättert noch gut gelaunt in seinem und ich denke, dass auch er ihn nicht finden wird, diesen Ort zwischen den Zeilen, vielleicht gibt es ihn gar nicht wirklich.

Die Ersten debattieren bereits über Preisnachlässe. Ich löse mich von der Gruppe und schlendere die Straße vor dem Hotel entlang, an den üblichen Eisenwarenhandlungen, Apotheken und *taquerías* vorbei, auch ein Internetcafé gibt es. Julia würde dieser Ausflug gefallen, denke ich, fotografiere den *zócalo*, der ausgestattet ist mit dem obligatorischen *quiosco*, Bäumen und Bänken, von denen um diese Uhrzeit nur wenige besetzt sind.

*

Die Dänin hat sich hingelegt und erfüllt unser kleines Zimmer mit ausdrucksstarken Schnarchgeräuschen. Ich flüchte in das Internetcafé, eine lange Mail von meinem Vater wartet auf mich. Ob es mir gut geht, fragt er, und ob Mexiko nicht doch ein bisschen zu gefährlich ist und dass ich auch einfach zurückkommen kann, wenn ich das will, er würde die Umbuchung für den Flug bezahlen. Vielleicht weiß er nicht, dass man manche Wege nicht wieder zurückgehen kann, nicht einfach so, ohne Grund. Ich antworte ihm knapp, doch hoffentlich ausführlich genug, frage nach Sarah und dem Labradorwelpen und wie der Sommer so ist bei ihnen, in England.

Wenn wir uns jetzt nicht schreiben, schreiben wir uns nie, denke ich.

Manchmal probiert man einfach etwas aus, egal, wohin es führen wird. Du hast das bestimmt auch schon mal getan, bist irgendwo mitgefahren, ausnahmsweise einmal nicht in einem klimatisierten Großbus, mit Menschen, die du nicht kanntest.

Ocelotlán ist ein Ort, der erschrickt, wenn Fremde ihn betreten. Es ist ein Ort, in dem man lebt oder vor dem man flüchtet. Wir waren in einem Museum, das normalerweise wahrscheinlich nur der Hausmeister von innen sieht, und es war so klein, dass ein

Zehn-Quadratmeter-Zimmer ausgereicht hätte, um seine Schätze zu beherbergen. Keiner von uns hat wirklich hingesehen, auch ich nicht, aber vielleicht gehe ich noch einmal zurück, schaue sie mir an, die wenigen Dinge, die von der Geschichte dieses Ortes übrig geblieben sind.

Ich bin nicht allein unterwegs, sondern mit einer kleinen, bunt gewürfelten Reisegruppe. Den MP3-Player habe ich erst gestern gefunden. Ich mag es, dass er die Spuren deiner Reisen trägt, dass an manchen Stellen die Farbe abgeplatzt und das Display zerkratzt ist und dass die Playlists Namen tragen, die deinen Stimmungen entsprechen.

Ich weiß nicht einmal, wo genau Ocelotlán überhaupt liegt, und wir sind ja auch nur versehentlich hier. Trotzdem fühlt es sich merkwürdig vertraut an, über den zócalo zu schlendern, Menschen zu begegnen, die Gerüche auf dem Markt einzusaugen, nach Suppe und nach heißem Fett, nach süßen licuados und frisch gepressten Orangen. Wie sie hier reden, fühlt sich vertraut an, dieses etwas melodiösere Spanisch, das fast schon Gesang ist. Wie sie durch den Tag gehen, ganz ruhig, ohne Hektik, auch wenn es in diesem Land generell selten jemand eilig hat. Wie die warme Luft sich auf die Haut legt, fühlt sich vertraut an. Fast so, als wäre ich schon einmal hier gewesen.

Wie fühlen sich deine letzten Tage an?

*

Die Sonne wärmt mein Gesicht und ich lausche den Vögeln, die immer aufgeregter werden, je näher die Dämmerung rückt.

»Es gibt hier ein kleines Kulturzentrum, in dem nachher eine Ausstellung mit nachgebildetem aztekischen Kunsthandwerk eröffnet wird.« Alejandro lächelt begeistert, ein Enthusiasmus, der nur von wenigen geteilt wird. Es kommen auch nicht viele mit, als wir schließlich aufbrechen, durch die kleine Stadt schlendern. Hin und wieder bleibt Alejandro stehen, um jemanden zu begrüßen, eine Frage zu stellen, ein paar Witze zu machen. Wir warten daneben, Brian dicht neben mir, während sich der Abend auf uns legt.

Grelles, weißes Scheinwerferlicht flutet auf ein Fußballfeld in den letzten Ausläufern des Ortes. Die Spieler rufen sich Befehle zu, ein paar Leute jubeln, als ein Tor geschossen wird, und Alejandro sagt etwas dazu, seit wann es das Stadion gibt und dass hier schon wichtige Spiele gespielt wurden, aber niemand hört ihm wirklich zu.

Er dirigiert uns nach rechts auf einen breiten, ausgetretenen Sandweg, vereinzelt reihen sich kleine Wohnhäuser daran, bis auch diese verschwinden und dichtes Gestrüpp den Weg säumt. Auf einem schmalen Pfad durch die Hecken hindurch gelangen wir auf eine weitläufige, ausgetrocknete Rasenfläche, auf der drei ovale Holzhütten und ein flaches, schmuckloses Betongebäude stehen. Vor einer dieser Hütten sind ein paar Menschen versammelt und eine ältere Frau mit streng nach hinten gekämmten Haaren winkt Alejandro zu sich. Ich lasse meinen Blick über das Gelände streifen, denke, dass es sich hier schön anfühlt, so still trotz der Stimmen, nach einem Ort, der schon immer existiert hat, älter als die menschliche Zeit. Dann erstarrt alles in mir, als meine Aufmerksamkeit auf schwarze, zu einem Pferdeschwanz zusammengebundene Haare trifft, auf dunkle Augen, deren Blick achtlos über mich hinweggleitet.

Ganz langsam beginnt sich die Welt wieder zu drehen.

Unwillkürlich berühre ich die Bernsteinohrringe, und bevor ich irgendetwas denken kann, werde ich von Alejandro in die Hütte gedrängt, die als Ausstellungsraum dient, und muss blinzeln und für einen Moment ganz still stehen, und erst als wir sie verlassen, fällt mir auf, dass ich wieder nicht richtig hingesehen und wieder nicht richtig zugehört habe. Der Platz ist leer, aus einer der Hütten dringt eine murmelnde, freundliche Stimme.

»Dort geben sie jetzt Nahuatl-Unterricht«, erklärt mir Alejandro. »Wenn du willst, kannst du dich bestimmt mit reinsetzen.«

»Ach, danke, nein«, murmele ich.

Ich spaziere auf dem Terrain herum. Die Hütte neben dem Ausstellungsgebäude scheint als Büro zu dienen. Auf einem wackeligen Tisch stapeln sich Papiere, ein Plastikstuhl steht davor.

»Das wird hier gerade erst alles aufgebaut«, schreckt mich eine Stimme auf. Die Frau lächelt zaghaft, eine Traurigkeit liegt in ihrem Blick, die mich an jemanden erinnert. Sie hat englisch gesprochen, graue Haare umrahmen ihr Gesicht. Ihr geblümtes Kleid flattert bei der kleinsten Bewegung um ihren Körper. »Gehörst du zu der Reisegruppe dort?«, fragt sie und nickt in Richtung Alejandros und der anderen, ich sehe ebenfalls zu ihnen und fange Brians Blick auf, wende mich rasch wieder ab.

»Ja«, antworte ich, auch wenn es sich fremd anfühlt. Zu jemandem gehören, das habe ich mir anders vorgestellt.

»Hier kommen selten Touristen her«, bemerkt die Frau, als wäre sie selbst nicht von anderswo, als würden ihre helle Haut und das blütenreine Englisch völlig normal sein für diese Stadt. »Ihr seid hier schon fast eine Berühmtheit, könnte man sagen.«

Ich erwidere ihr Lächeln. »Ja, kann ich mir vorstellen. Wir sind auch eher versehentlich hier gelandet, weil unser Reisevan liegen geblieben ist. Morgen fahren wir wieder ab.«

Alejandro winkt mir zu.

»Heute ist ein kleines Fest im Zentrum«, sagt die Fremde. »Mit Livemusik.« Wie selbstverständlich läuft sie neben mir, als ich auf unsere Gruppe zugehe und das Gelände verlasse.

»Lebst du hier?«

Sie neigt den Kopf unbestimmt hin und her, ihre kurzen Haare bewegen sich dabei kaum. »Ich arbeite für eine kleine Stiftung und bin nur für den Aufbau des Kulturzentrums hier verantwortlich, aber meine Arbeit ist schon fast erledigt, zumindest vorerst.«

»Wie kommt deine Stiftung dazu, ausgerechnet in diesem kleinen Ort ein Kulturzentrum aufzubauen?« Ein Auto fährt dicht an uns vorbei, ein Mann steckt seinen Kopf durch das Fenster, »Hey, *gringa*«, ruft er uns zu, aber ich weiß nicht, wen von uns beiden er damit anspricht. Wir werden eingewirbelt von einer Staubwolke, die sich nur langsam wieder legt.

Ihr Blick richtet sich auf den schwarzblauen Himmel, der uns völlig unbewegt bewacht. Die Nächte beginnen früh. Sie atmet tief, es klingt wie ein Seufzen. »Ich habe die Stiftung gegründet und bin schon immer viel gereist, früher vor allem mit meinem Mann und wir waren häufig in Mexiko. Auch einmal hier, ich weiß gar nicht mehr, wie wir hier gelandet sind. Der Ort hat mir damals gefallen. Seit«, ein Zögern schleicht sich in ihre Worte, »seit seinem Tod und meiner Pensionierung habe ich einfach zu viel Zeit. Zu viel Zeit für mich allein. In den USA wohne ich in einer recht kleinen Stadt, wo ich mich schon immer für soziale Projekte engagiert habe. Dort lernte ich ein paar Mexikaner kennen, die hier aus der Gegend kommen. Den meisten ist es zwar gelungen, sich ein neues Leben aufzubauen, aber sie haben immer noch ihre Wurzeln hier. Manche mussten ihre Kinder zurücklassen. Sie erzählten mir so viele Geschichten, dass ich mich immer mehr für dieses Land interessierte.« Das Fußballspiel ist zu Ende, nur das Rauschen hin und wieder vorbeifahrender Autos begleitet uns. »Gerade in so kleinen Orten wie diesem gibt es kaum einen kulturellen Anreiz, kein Theater, nicht mal ein Kino. Irgendwann kam ich auf die Idee, die Stiftung zu gründen und gezielt Gelder zu sammeln. Das Kulturzentrum hier ist unser erstes Projekt. Es soll noch eine kleine Bibliothek gegründet werden. Dafür ist das Betongebäude gedacht, du hast es vielleicht gesehen. Momentan ist es nur ein großer, leerer Raum, später kommt noch eine Trennwand hinein. Ein Teil ist für die Bibliothek und ein paar Computer, der andere soll ein Veranstaltungsraum werden. Vielleicht können wir einen Beamer organisieren und dort Filme zeigen oder kleinere Theaterstücke produzieren. Nun ja, momentan fehlen uns noch die finanziellen Mittel für die Bücher und die ganze Technik, aber das wird sich mit der Zeit auch finden.«

Ich betrachte die große Frau, die ganz aufrecht neben mir läuft, und frage mich, wie alt sie sein mag. Ob ich das auch tun würde, mit Mitte sechzig oder über siebzig, in ein anderes Land fahren, um dort etwas Neues aufzubauen. Als Fremde, ganz allein.

»Wenn man erst anfängt, wenn alle Gelder da sind, kommt man nie dazu, Projekte umzusetzen«, fügt sie nach einer Weile hinzu. Sie spricht langsam, sorgsam, als wolle sie sich entschuldigen. »Ich bin geblieben, weil ich noch Ideen sammeln will für weitere Projekte, vielleicht etwas mit Kindern und Jugendlichen. Momentan überlege ich mir etwas für ein Theaterstück, besonders weit bin ich aber noch nicht. Früher war ich Englischlehrerin und habe immer die Weihnachtsveranstaltungen an meiner Schule organisiert.« Sie sieht mich an, ihr Blick ist ernst und gleichzeitig von einer intensiven, ansteckenden Lebendigkeit. Ihre Augen leuchten in einem hellen Grau, fast so hell wie ihre Haare. »Mein Spanisch ist nicht besonders gut, aber es reicht, um hier zurechtzukommen. Mittlerweile kennen mich auch schon viele.«

Ich frage nicht, ob es bei ihr zu Hause nicht jemanden gibt, der sie vermisst, zu dem sie zurückkehren will. In ihren Augen schwimmt eine Einsamkeit, wie sie auch meine Mutter früher manchmal spürte, eine Einsamkeit, die aus Erinnerungen an längst vergangenes Glück entsteht.

An den Essständen neben dem Eingang zur Markthalle bleiben wir stehen. Alejandro flirtet mit einer rundlichen Gemüsehändlerin, während sich die Dänin und eine Französin ein paar *tacos* holen. Brian sieht mich an. Kommst du?, scheint sein Blick zu sagen.

»Wie lange lebst du schon hier?«, frage ich die US-Amerikanerin. Musik schallt vom *zócalo* zu uns.

»Seit etwa zwei Monaten. Ich wohne in einem kleinen Zimmer, das mir günstig vermietet wird. Ich bin übrigens Helen. Wenn du willst, kannst du dir die Gebäude morgen noch einmal genauer ansehen. Sie sind zwar noch leer, aber vielleicht hast du ja ein paar Ideen, auch für das Theaterstück. Ich freue mich immer über Vorschläge.«

Unbeholfen zucke ich mit den Schultern. Brian kommt auf uns zu. Wortlos reicht er mir einen *licuado* mit Erdbeeren und Zimt.

»Wenn der Van wieder okay ist, reisen wir morgen früh ab. Ansonsten hätte ich es mir gern einmal angesehen.«

»Das ist aber wirklich sehr schade.« Sie lächelt schwach. Brian fragt sie, woher sie kommt, und ich beobachte die schmale, große Frau, die so ruhig und doch so aufgeweckt spricht, die in jedes Wort all ihre Leidenschaft legt.

Wir überqueren die große Straße, laufen auf die Musik zu und die Menschen, die von der Ablenkung angezogen wurden. Auf dem *zócalo* unterhält eine Blaskapelle die Besucher, an mobilen Ständen kann man Hotdogs, Pudding und andere Esswaren kaufen. Vor dem *Palacio Municipal*, der die Westseite des Platzes säumt, ist sogar ein Büchertisch aufgebaut, zu dessen Seiten auf dem Boden ausgebreitete Tücher liegen, auf denen Kleidung und Schmuck anboten werden. Die Amerikanerin läuft auf eine der Verkäuferinnen zu. Brian verabschiedet sich von mir, er ist müde und will nach Mike sehen, der im Hotel geblieben ist. Er umarmt mich und ich warte darauf, dass sich seine Arme wieder von mir lösen. Mit einem kurzen Lächeln wende ich mich um und gehe langsam zu Helen hinüber.

»Das ist übrigens Ronja«, stellt sie mich gleich ihrer Bekannten vor. Norma ist kleiner als ich, vereinzelte graue Haare schimmern zwischen den schwarzen, obwohl sie noch relativ jung aussieht, vielleicht Anfang vierzig. Nur ihre Augen wirken müde und ihre Hand ist rau, als sie sie mir reicht. »Ihre Tochter möchte die noch grauen Wände des Bibliotheksgebäudes anmalen«, erklärt Helen auf Spanisch.

Norma lacht und sagt etwas, das ich nicht verstehe, sie spricht schnell und der lokale Dialekt färbt ihre Worte. Kinder rennen über den Platz. Alejandro plaudert mit irgendjemandem und der Rest unserer Gruppe ist über den Platz verteilt, auf Bänken und in der Nähe des *quiosco*. Die Dänin verhandelt gerade mit einem Schmuckhändler, der eben noch nicht dagewesen ist, nun aber neben Norma steht. Ich hätte ihn bemerkt, bestimmt hätte ich das. Für einen winzigen Moment gleitet sein Blick in meine Richtung.

»Gibt es hier häufig solche Feste?«, frage ich Helen nach einer Weile. Ich sehe in alle möglichen Richtungen, nur nicht zu ihm.

»Na ja, manchmal. Am Wochenende, besonders sonntags, ist hier immer mehr los als in der Woche, dann gibt es ebenfalls sehr viele Essstände und auch manchmal Schmuckhändler oder andere Sachen. Wenn man am Wochenende rausgeht, dann hierher, schließlich gibt es auch kaum Alternativen.«

»Deswegen machst du ja auch das Kulturprojekt«, sage ich und komme mir vor wie eine ihrer Schülerinnen, die zeigen möchte, dass sie aufgepasst hat.

»Ja, genau. Du solltest ein Weilchen hierbleiben, wirklich. Man kann hier so viel machen und ich freue mich schon darauf, wieder mehr mit Kindern zu arbeiten.«

Ein kleiner Junge, vielleicht acht Jahre alt, verkauft Süßigkeiten und Postkarten. Mit großen Augen starrt er mich an, als er an uns vorbeiläuft, kehrt um und fragt leise, fast schüchtern: »Kaugummi?«

Ich schüttele den Kopf, noch immer hängt sein Blick an mir fest.

»Es sind deine Augen«, meint Helen. »Blaue Augen sieht man hier selten, selbst im Dunkeln fällst du damit auf.«

Ich lächele den Jungen an, suche etwas Kleingeld in meiner Hosentasche. »Gut, dann nehme ich eine Postkarte.«

Mit einem Mal erwacht er zum Leben, eifrig durchblättert er seine Habseligkeiten.

»Kann ich ...?«

»Warten Sie, ich suche Ihnen etwas heraus. Hier, sehen Sie? Das ist das Symbol der Stadt.« Er reicht mir eine Karte, ich bezahle, trete ein Stück näher an den Lichtkegel einer Laterne. Eine Katze ist auf der Karte zu sehen, nein, ein Jaguar, ein weißer Jaguar, nicht mehr als ein heller Schatten verborgen von dichtem Grün.

»Eine schöne Karte«, bemerkt Helen.

»Ja«, entgegne ich. »Eine schöne Karte.«

KAPITEL 5

EIN GEBURTSTAG IM JULI

Der beginnende Morgen blinzelt durch das Fenster, streichelt mich zaghaft mit kaum erwachtem Licht, doch ich schlafe längst nicht mehr. Habe ich überhaupt geschlafen?

Gegen zehn Uhr wird der Fahrer mit dem Van kommen, ein Aufbruch zu all den Orten, die ich angekreuzt, aufgelistet, über die ich mich informiert habe: Veracruz, Campeche, Mérida, Tulum. Sternchen in meinem Reiseführer.

Herzlichen Glückwunsch, Ronja, denke ich. Heute wirst du also einundzwanzig.

Ich erhebe mich aus dem zerwühlten Bett, schlüpfe in Jeans, T-Shirt und Strickjacke, schnappe meine Tasche und gehe hinaus auf den *patio*.

Die Vögel planen aufgeregt zwitschernd ihren Tag oder vielleicht auch nur ihre Speisekarte.

Ein Augenblick, kurz bevor der Tag beginnt. Alle schweben noch in ihrer eigenen Welt, die Post ist ungeöffnet, das Frühstück nicht zubereitet, der Computer ausgeschaltet. Ein Tag, von dem man noch nicht weiß, ob er so sein wird wie alle anderen. Ob laut oder leise. Ob man weinen wird oder lachen. Ob etwas beginnt oder etwas endet.

Die Luft ist feucht und frisch, ein wenig nur, ich spüre bereits die wachsende Intensität der Sonne, die ihr schläfriges Licht auf Pflanzen und Steine gießt, als ich das Hotel verlasse. Ein älterer Mann fegt den schmalen Bürgersteig vor dem Busbahnhof auf der Nordseite des *zócalo*, eine Saftverkäuferin schiebt ihren Wagen durch die Straßen, bleibt schließlich neben dem älteren Mann stehen, sie tauschen ein paar Worte und ein Lachen aus. Langsam laufe ich auf den Wagen zu und kaufe der Frau ihren ersten frisch gepressten Orangensaft dieses Tages ab.

»Du bist nicht von hier«, stellt sie fest und ich erwidere ihren Blick, der aufmerksam ist, aber auch ein wenig abwesend.

»Nein.«

»Aus Amerika?«

»Aus Deutschland.«

Sie nickt und scheint zu überlegen, vielleicht, wo es liegt, dieses kleine Land mit dieser unbedeutenden Sprache.

Das Internetcafé ist noch geschlossen.

Ich lasse mich auf einer Bank nieder, die Füße hochgezogen, öffne mein Tagebuch und blicke auf die leeren Seiten. Für einen Moment schließe ich die Augen, dann schraube ich den Füller auf und sehe der blauen Tinte dabei zu, wie sie ihre Spuren hinterlässt. Meine Schrift ist klein und ein bisschen schief, die Sätze verlieren sich auf dem cremefarbenen Papier. So wenige Worte für zukünftige Erinnerungen. In dem Federmäppchen liegt noch ein Bleistift, die Mine halb abgebrochen, der Holzkörper schmutzig verfärbt vom vielen Herumtragen, ohne dass ich den Stift je wirklich benutzt habe. Vorsichtig streiche ich mit den Fingerspitzen darüber, nehme ihn aber nicht heraus.

Um die Saftverkäuferin schart sich eine Kleinfamilie, die Eingangstür der Wäscherei neben dem Internetcafé wird von einer Frau mit blond gefärbtem Haar geöffnet.

Noch zwei Stunden bis zur Abfahrt.

Die Postkarte, die ich am Vorabend gekauft habe, fällt aus meinem Tagebuch und ich sehe ihr zu, wie sie auf den Boden segelt, noch ein Stückchen darübergleitet, bis sie liegen bleibt, ganz ruhig. Erst nach einer Weile hebe ich sie wieder auf und schiebe sie zusammen mit dem Tagebuch in meine Tasche, erhebe mich, wende mich in irgendeine Richtung. Zunächst gehe ich nur langsam, sauge den Anblick der Straßen, des Lichts, der Häuser, der Menschen auf. Auf dem Markt werden die Rollläden hochgezogen, Körbe und Handwerksgegenstände drapiert, Bananen, Milch und löffelweise Zucker in Mixer gegeben.

Das ist doch albern, denke ich. Julia würde mich auslachen. Dabei habe ich ihr so viel von dem, was ich bin, nicht erzählt.

Der Weg wirkt fast vertraut, obwohl ich kaum auf ihn achte. Erst als ich die Holzhütten zwischen den dichten, rosa blühenden Hecken entdecke, halte ich an. Ich will ja nur einmal nachsehen, mehr nicht. Mich verabschieden.

Eine Tür steht offen, die zu dem spärlich eingerichteten Büro. Helen sitzt an dem Schreibtisch, über ein Blatt Papier gebeugt.

Ich klopfe an, betrete schließlich den Raum und bleibe unschlüssig neben dem Tisch stehen.

»Hast du es dir anders überlegt?«, fragt sie, ohne wirklich aufzublicken, ihre Stimme durchwebt den Raum, ruhig und warm.

»Ja, na ja, nein. Ich weiß es nicht.«

Sie schreibt etwas, dann sieht sie mich schweigend an, rückt ihren Stuhl nach hinten, erhebt sich und verlässt die Hütte. »Komm mit«, sagt sie. Sie trägt wieder ein Kleid, ein anderes diesmal, und ein buntes Tuch bedeckt ihre Schultern und fällt bis zu ihrer Hüfte hinab. »Ich kann dich natürlich zu nichts überreden, aber ich würde mich freuen, wenn du dir einmal unsere zukünftige Bibliothek ansehen würdest. Heute Morgen habe ich die Bestätigung erhalten, dass neue Spendengelder eingetroffen sind, und wir können jetzt endlich die Farben kaufen und die Zwischenwand einziehen lassen.« Sie schließt die Tür zu dem Betongebäude auf. »Vielleicht hast du eine Idee, wie wir die Wände gestalten können? Ich dachte mir, dass es ein bisschen langweilig ist, alles einfach nur gelb oder blau anzustreichen. Man könnte vielleicht einen Künstler engagieren, der das Ganze ein bisschen lebendiger gestaltet.« Ich betrete hinter ihr das niedrige Haus. Ein paar Plastikstühle stehen herum, mehr nicht, der Raum riecht noch neu und feucht. »Du kannst nicht zufälligerweise malen, oder?«

»Na ja«, sage ich nur und denke an die Bilder, die ich im Dunkeln gezeichnet und mir nie angesehen habe. Langsam durchschreite ich den Raum, Lichtflecken auf den grauen Wänden, dann: eine Blumenwiese, oder nein, etwas Wasser vielleicht, ein Fluss oder ein kleiner See, Bücherregale, wie ein Spiegel der Einrichtung, die irgendwann einmal hier stehen wird, die Sonne oder ein paar Häuser, verschlungene Muster, Regenbogenfarben. Wären lachende Kinder zu viel?

»Du kannst dir auch gern die anderen Hütten ansehen«, schlägt Helen vor, schon wieder draußen, und im ersten Moment wirkt sie sehr weit entfernt. Die Kühle des frühen Morgens schmilzt dahin, ich ziehe die Strickjacke aus, die Haut noch nicht eingecremt. »Die eine Hütte dort wird schon für den Sprachunterricht genutzt. Momentan bieten wir nur Nahuatl an, ich plane aber auch einen Englischkurs. Natürlich ist das alles kostenlos. Allerdings werden die Kurse ins Rathaus verlegt, das liegt zentraler. Die zweite Hütte, das hast du ja schon gesehen, ist für wechselnde Ausstellungen gedacht. Mein Büro kennst du ja schon. Dort könnten wir dir eine

Hängematte aufhängen, falls du länger bleiben willst, meine ich. Dann musst du kein Geld für ein Hotel ausgeben, aber leider gibt es hier auch kein Bad.«

Ich setze mich auf die trockene Wiese, beobachte ein paar Ameisen und einen Hund, der über den Weg zwischen den Hecken trottet, sich umsieht und dann zu mir kommt. Ich kraule ihn hinter den Ohren, sein weißes Fell ist schmutzig und Läuse huschen darüber.

*

Alejandro starrt mich mit großen Augen an. »Hierbleiben?«, wiederholt er zum fünften oder sechsten Mal. Dann, nach einer längeren Pause, lächelt er schließlich. »Du wirst schon wissen, was du tust. Falls ich noch einmal hier vorbeikomme, sehe ich mal nach dir.«

Ein wenig tut es mir leid, mich von diesem kleinen, lebenslustigen Reiseleiter trennen zu müssen. Fast wehmütig umarme ich ihn und wünsche den anderen mit ihren verständnislosen Blicken eine schöne Reise. Brian sieht mich an, irritiert und ein bisschen traurig, ich löse mich rasch aus seiner Umarmung. Er gibt mir einen Zettel mit seiner E-Mail-Adresse, eilig hat er ein paar Zeilen darauf geschrieben, ein Gedicht, ich werde es später lesen, vielleicht. Er notiert sich auch meine E-Mail-Adresse, auf die andere Hälfte des entzwei gerissenen Blatt Papiers, aber er schreibt sie schief und unleserlich und wir beide wissen, dass wir diese Zettel bald verlieren werden. Schließlich kehre ich allein in mein Zimmer zurück, in dem noch der Geruch von dänischem Shampoo hängt, lasse mich auf mein Bett fallen und schlafe augenblicklich ein.

*

In meinem Kopf schwimmen undeutliche Bilder, von einem Jaguar und einer Hängematte, die einsam in einer dunklen Hütte schaukelt. Mein Herz schlägt noch immer viel zu rasch. Kurz glaube ich, draußen Brians Stimme zu hören, vielleicht sind sie zurückgekommen, vielleicht kann ich doch mit ihnen mitfahren, aber noch bevor ich diesen Gedanken zu Ende gedacht habe, weiß ich bereits, dass dem nicht so ist. Langsam richte ich mich auf. Draußen tobt der Tag, wirbelt durch die Straßen, das spüre ich, auch wenn ich ihn nicht sehen kann. Ich gehe duschen, das Wasser prickelt angenehm warm auf der Haut. Die noch feuchten, schulterlangen Haare lasse ich offen, schlüpfe in mein letztes sauberes Oberteil und die Jeans. Ist es schon wieder eine Woche her, seit Julia und ich auf dem Hoteldach standen, vor uns ein riesiges Waschbecken, auf zwei Seiten geriffelt und in der Mitte ein Wasserbassin, ihre Arme seifig bis zum Ellbogen und meine nass und die Hände rot vom Auswringen der Kleidung?

Wasserdampf verdeckt den Spiegel. Mit dem Handtuch wische ich darüber, warte, bis der verschmierte Rest langsam davontrocknet und sich mein Gesicht Stück für Stück wieder zusammensetzt. Die glatte Stirn. Die Nase, die leicht schief steht, was man nur bemerkt, wenn man genauer hinsieht. Die nah beieinanderliegenden Augen. Wie blauer Bernstein, hat meine Mutter einmal gesagt. Davor wusste ich nicht einmal, dass es blauen Bernstein überhaupt gibt.

Ich schalte meine Kamera ein, um nach der Uhrzeit zu sehen. Erst beim Blick auf das Datum fällt mir wieder ein, dass ich jetzt endgültig erwachsen bin, für immer, ohne Rückfahrkarte. Unwillkürlich denke ich an meinen letzten Geburtstag, an den Tag vor genau einem Jahr. Meine Mutter riss mich morgens aus einem belanglosen Schlaf, um mit mir ausgedehnt frühstücken zu gehen. Wir haben uns beide nicht gefragt, was wir eigentlich noch hätten tun müssen an diesem Tag, ob sie nicht Dienst im Krankenhaus hatte, ob ich nicht für Klausuren hätte lernen und zur Uni gehen müssen. Ein Tag wie ein leeres Blatt, das ich abends säuberlich in den Ordner meiner Erinnerungen heftete, ein Blatt, das einmal weiß gewesen und nun bunt gefüllt war mit Mustern, Linien, zarten Bildern. Mit einem Spaziergang, einem Eisbecher und einem Straßenmusiker, der ganz leise Gitarre spielte und dazu mit einer Stimme sang, die tief war und melancholisch. Nur ein Blatt von vielen, eigentlich.

Ich verlasse das Zimmer und verhandele mit dem Rezeptionisten einen vorerst, zumindest für ein paar Tage, akzeptablen Preis. Ein Zimmer, nur für mich.

Der Nachmittag hat die Straßen gefüllt. Auf dem *zócalo* stehen grüppchenweise Mädchen und Jungen in Schuluniformen und lachen, manche kaufen dem Achtjährigen Kaugummis und Süßigkeiten ab. Der Schuhputzer hat seinen überdachten Stand in den Schatten gerückt, sitzt nun daneben, auf seinem Schoß einen Karton mit verschiedenen Tuben und Tiegeln, und wartet auf Kundschaft. Er winkt mir zu und ich deute entschuldigend auf meine Flipflops, an denen es nichts zu putzen gibt, auch wenn sie staubig sind.

Je weiter ich mich vom Zentrum entferne, desto ruhiger wird es. Auf dem Sandweg spielen Kinder, sie bleiben stehen und sehen mir neugierig hinterher, als ich an ihnen vorbeilaufe.

Die Tür zu dem Rohbau steht offen.

»Wir haben die Farben gekauft«, begrüßt Helen mich strahlend, auf dem Boden eine Palette mit Farbtöpfen, um sie herum springt ein kleines Mädchen, vielleicht acht oder neun oder zehn Jahre alt, die Haare lang und offen. »Und das hier ist unsere Künstlerin, Marisol.«

»Wir haben heute schulfrei«, informiert mich das Mädchen, sie hüpft weiter durch den Raum und läuft dann auf mich zu. »Die Farben haben Helen und ich ausgesucht.«

Ich erwidere nichts, blicke nur zu Helen hinüber.

»Sie kann wirklich toll malen«, erklärt sie. »Aber ein bisschen Hilfe können wir schon gebrauchen, oder?«

Marisol nickt eifrig. »Ismael kommt auch gleich«, sagt sie, und noch bevor ich antworten kann, steht er in der Tür, Ismael.

»Ich bin schon da«, sagt er, seine Stimme kribbelt in meinem Bauch.

»Ismael«, ruft Marisol und stürmt auf ihn zu, so schnell, dass ich mir sicher bin, dass sie ihn umrennt, das kleine Mädchen den großen Mann. Er fängt sie auf und wirbelt sie einmal im Kreis herum, bevor er sie wieder absetzt. »Ich male die Sonne«, erklärt Marisol ihm aufgeregt, »und Mama und Helen male ich auch.«

»Ach, und wer malt mich?«

Sie überlegt einen Moment, den Kopf leicht schief gelegt. »Dich kann ich auch malen«, bietet sie ihm großzügig an und wendet sich plötzlich mir zu. »Oder du machst das. Du hilfst uns doch, oder?« Drei erwartungsvolle Blicke in meine Richtung.

»Ja.« Ein einziges Wort, ganz klein. »Danke für die Ohrringe«, füge ich noch hinzu, an Ismael gewandt.

Er lächelt nur kurz und zuckt mit den Schultern und keiner von uns beiden sagt etwas darüber, wie klein die Welt ist und was für Zufälle es gibt.

»Kennt ihr euch etwa?«, fragt Helen. Bevor Ismael oder ich antworten können, wirft Norma ein »Hallo« in den Raum, das irgendwo zwischen den Wänden verhallt. Und auf einmal liegen Zettel überall, mit Skizzen darauf, und Marisol rennt wieder durch den Raum und ruft: »Hier machen wir …« und »Dorthin kommt …«, und manchmal unterbricht Helen sie lachend und ab und zu höre ich seine Stimme, Ismaels, ganz ruhig und dunkel.

»Was denkst du?«, fragt Helen, erst nach ein paar Sekunden merke ich, dass sie mich angesprochen hat.

»Ich weiß nicht.«

Sie sammelt die auf dem Boden verstreuten Blätter ein und reicht sie mir. »Das sind bisher nur Entwürfe. Du kannst sie dir ja mal ansehen.«

»Sollte nicht erst einmal die Zwischenwand eingebaut werden?«

Schweigen.

»Ich habe schon mit dem Maurer gesprochen«, erwähnt Helen irgendwann. »Er kommt morgen oder übermorgen. Wir können ja mit den beiden schmalen Seitenwänden anfangen.«

»Heute schon?«

Sie runzelt die Stirn und kneift dabei die Augen leicht zusammen. »Es wird bald dunkel und wir haben hier noch keinen Strom. Draußen ist zwar ein Anschluss, aber die Kabel müssen noch verlegt werden. Wollte das nicht Carlos machen?« Die Augen wieder weit geöffnet, wendet sie sich an Norma.

»Ja«, sagt diese nur und nimmt Marisols Hand. »Wir müssen jetzt erst mal nach Hause. Kommt ihr heute Abend?« Zweifaches Nicken, die beiden verlassen den Raum, der auf einmal viel größer und leerer wirkt ohne das herumtollende Mädchen.

Ich blättere durch die Skizzen, Bleistiftzeichnungen mit ausgefransten Linien, unser Schweigen breitet sich aus, die Kühle des Abends huscht durch das Gebäude und kitzelt Gänsehaut auf meine Arme.

»Und?«, fragt Helen. »Was denkst du?«

Dass ich hier nichts zu suchen habe, denke ich. Dass ich in einem Minivan sitzen sollte, mehrere Stunden Fahrt entfernt von hier. Dann verschwindet die Kühle, wird verdrängt von dem warmen Körper, der neben mich tritt und ebenfalls die Skizzen betrachtet.

»Hat noch jemand außer mir Hunger?«, fragt Ismael.

Zu dritt spazieren wir zum Markt zurück, das Schweigen zwischen uns ist nun ganz klein. Obwohl ich seit heute Morgen nichts mehr gegessen habe, nehme ich nur einen *licuado de piña y alfalfa*, er schmeckt fruchtig und ist schaumig gelb und ein kleines bisschen grün. Wir setzen uns, ich bestelle doch noch zwei *salbutes* und verteile zu viel rote Chilisauce darauf.

»Wo wohnst du?«, fragt mich Ismael und ich zucke zusammen, überrascht von der plötzlichen Frage.

»In dem Hotel dort drüben.« Ich deute auf die Straße gegenüber vom Markt, die zum Zentralplatz führt. Die Laternen sind bereits eingeschaltet, tanzendes goldenes Licht zwischen den Schatten. Als wir aufstehen, ziehe ich meine Strickjacke über, die ich mir um die Hüfte gebunden hatte, bevor ich das Hotel verließ, und blicke auf die Uhr, die groß und wichtig über der nahen Kreuzung thront. Schon nach sieben.

»Ich muss noch mal zu dem Maurer«, sagt Helen. »Soll ich dich danach abholen? Wir können uns um acht auf dem *zócalo* treffen.«

Wohin abholen?, will ich fragen, aber Ismael kommt mir zuvor. »Norma hat dich vorhin auch eingeladen«, erklärt er.

»Ach so.«

Helen verschwindet und ebenso Ismael und ich stehe allein vor dem Marktgebäude, in dem innen schon alle Stände geschlossen sind, und vor mir liegt eine Stunde Zeit, bis ich mit Helen auf dem *zócalo* verabredet bin.

Das Internetcafé ist voll, vor allem Jugendliche sitzen darin, die meisten spielen Computerspiele und ich muss ein paar Minuten warten, bis ein Rechner frei wird. Ein Junge schaltet ihn mit gelangweiltem Blick frei. Unten rechts auf dem Bildschirm blinkt eine kleine Digitaluhr auf, die die Minuten zählt. Mein Vater hat mir wieder Fotos geschickt, dabei hat er das früher nie gemacht, und ich weiß schon nicht mehr, was ich ihm erzählen soll. Mit Bildern kann man keine Brücken bauen, denke ich, hole dann mein Tagebuch hervor und sehe mir die Postkarte an. Er scheint mich zu beobachten, dieser Jaguar, obwohl er mich gar nicht ansieht.

Ich bin geblieben, schreibe ich Julia, die mir nicht geantwortet hat. *Warum, weiß ich nicht genau. Oder vielleicht weiß ich es schon, nur noch nicht sicher. Geblieben bin ich wegen eines Gefühls, wegen eines Gefühlbales, der durch meinen Körper springt.* Ich ändere den Empfänger, lösche Julias Namen aus der Adresszeile und füge den meiner Mutter ein. *Es gibt keinen Grund, sich Sorgen zu machen. Wenn das, was mich halten will, doch nicht hier ist, suche ich es an einem anderen Ort. Oder kehre bald wieder zurück, weil es letztlich vielleicht auch völlig nebensächlich ist, welcher Teil der Welt mich umschließt. Du wirst das wissen. Bestimmt weißt du das.*

In dem Moment, in dem ich die Mail abschicke, wird der Schriftzug »Posteingang« dick und eine Eins steht dahinter, in Klammern, und ganz oben prangt Julias Name, nur »Julia«, nichts weiter.

Wo bist du nur gelandet, kaum dass ich dich allein lasse? Meine Zeit ist fast um. Bin immer noch in Puerto, aber in drei Tagen fahre ich zurück bis nach Mexico City. Irgendwie freue ich mich schon auf zu Hause.

Ich will ihr antworten, aber die Worte verstecken sich unter dem Tisch oder draußen auf dem Platz, im Hotelzimmer vielleicht, ich warte darauf, dass sie zu mir finden, und irgendwann stehe ich auf und drücke dem Jungen, der vielleicht sechzehn oder siebzehn ist, fünf Pesos in die Hand.

Auch ohne Musik saugt der *zócalo* die Menschen ein, schüttelt und durchmischt sie. Für einen Moment wünsche ich mir, so auszusehen wie die anderen, die Haare glatter und ein bisschen länger, die Augen braun und die Haut etwas dunkler, weniger groß zu sein und eines dieser engen Tops zu tragen, die die Mädchen anhaben, mit fast herausquellendem Busen, und enge Jeans. Doch irgendwann rutschen die Blicke an mir ab, ich setze mich auf eine der Bänke und denke, dass ich genauso gut schon immer hier gelebt haben könnte, dass ich nicht entschieden habe, wo ich geboren wurde.

Ich schlage mein Tagebuch auf und diesmal nehme ich ihn heraus, den Bleistift, spitze ihn an, setze die Mine auf die kaum beschriebene Seite. Warte. Blicke auf und wieder hinab auf das Heft und dann beginne ich. Erst der *quiosco* mit dem hohen, weiß-roten Fundament, darauf die sechs Säulen und das an den Rändern verzierte Dach. Dann die sechs Wege, die strahlenförmig und gerade davon abgehen, zwischen ihnen Rasenflächen, die mit niedrigen, grünen Zäunen begrenzt sind, am Rand in gleichmäßigen Abständen die Bänke, ebenfalls in Grün. Dann die Straße, die rundherum führt, mir gegenüber das Internetcafé und die Wäscherei und das Hotel, alles weiß, links von mir der Busbahnhof und daneben ein Restaurant in einem orange gestrichenen Gebäude, hinter mir der *Palacio Municipal*, zweistöckig und unten mit Torbögen, die Fassade in abblätterndem Weinrot. Rechts eine freie Fläche und über die Straße der Blick auf das Marktgebäude und davor ein Geschäft für Digitalfotografie und ein kleiner Supermarkt, ebenfalls in Weiß. Dazwischen die Palmen, überall, mit windzerzausten Blättern. Mit den wenigen Buntstiften, die ich in der Federtasche finde, fülle ich die leeren Flächen aus, die Farben treffe ich nur annähernd, doch der Abend verschluckt die meisten ohnehin.

Ich betrachte es lange, dieses Bild, und widerstehe dem Impuls, es herauszureißen und wegzuschmeißen, lasse es dort ruhen auf dieser ersten Seite, unter den paar Zeilen Erinnerung. Nach einer Weile schließe ich das Heft und schiebe es in die Tasche zurück, zusammen mit der Federmappe, und stelle mir vor, dass sie sich unterhalten, meine Zeichnung und die Stifte, dass das Bild sich aufregt über die zittrigen Linien, die verschmierten Farben, die fehlenden Menschen, leer, einsam, unbewohnt.

Eine Frau schiebt einen Wagen vor sich her, kleine, durchsichtige Plastikbecher mit gelblichem Pudding stehen darauf, und als sie sich neben mich setzt, erkenne ich sie wieder.

»Wo ist der Orangensaft?«, frage ich und ein zaghaftes Lächeln huscht über ihr Gesicht.

»Den verkaufe ich nur morgens. Abends gibt es *flan*. Willst du einen probieren?«

»Ja, gern.«

Sie reicht mir einen der Becher und einen kleinen Löffel. Der Pudding ist furchtbar süß, aber ich esse ihn trotzdem. Ab und zu bleibt jemand vor dem Wagen stehen, kauft ihr einen *flan* (zehn Pesos) oder eine Zigarette (zwei Pesos) ab.

Sie könnte auf das Bild gehören, denke ich, den Wagen mit den Flanbechern neben sich. Der Schuhputzer auch, der jetzt mehr zu tun hat. Auf dem überdachten Sitz hockt ein älterer Mann, er lacht und der Schuhputzer nickt, während er mit einem schmutzigen Tuch die Schuhe poliert. Der kleine Junge könnte mit auf dem Bild sein, in der Hand sein Kästchen mit den Kaugummis und die Postkarten mit dem Jaguar darauf.

Ein wenig Leben hineinzuzaubern.

Hastig ziehe ich den Reißverschluss meiner Tasche zu. Ein anderes Mal vielleicht.

KAPITEL 6

WENN ETWAS BEGINNT

Lucha libre«, erklärt Helen und nickt in Richtung des Fernsehers. Beinah muss ich lachen bei dem Anblick der beiden Männer, der eine muskulös, fast nackt und mit nass geschwitzten Haaren, der andere deutlich kleiner, eine Maske über dem Gesicht. Ihre Schreie und Bewegungen sind präzise, sie durchkämpfen den gesamten Ring und der kleinere von beiden wirft sich immer wieder in die Seile, die das Ende der Kampfzone markieren. Ich frage mich, wie viel von diesem Wrestlingkampf echt ist und wie viel einstudiert.

Norma reicht uns *arroz con leche* in Kokosschalen, eine Zimtstange schwimmt in der milchigen Reissuppe. Ich setze mich auf einen weißen Plastikstuhl und komme mir ein bisschen so vor wie in einem der einfachen Restaurants, in denen man *quesadillas* und Hühnerbrühe bestellen kann. Nur die Hängematten, die quer durch den Raum gespannt sind, durchbrechen das Bild und die Haken an den Wänden quietschen, wenn Carlos, Normas Mann, hin und her schaukelt. Er spricht gegen den Ton des Fernsehers, vorhin mit Ismael und jetzt mit mir, wahrscheinlich, weil ich nun neben ihm sitze. Er redet schnell und ohne Pause und ich verstehe nur, dass es irgendwas mit der Geschichte des Ortes zu tun hat und seinen Legenden und Mythen. Hilflos blicke ich zu Helen, die mir ein kurzes Lächeln schenkt und sich dann die Zeichnung ansieht, die ihr Marisol entgegenhält.

Vier Unterhaltungen gleichzeitig, zähle ich, Ismael und Norma, beide am anderen Ende des Zimmers, neben der Küchentür, Helen und Marisol, Carlos und ... Carlos und dazu der Fernseher. In einer schattigen Ecke oben an der Wand sitzt ein Gecko, blass grünbraun und leicht transparent, und wenn es weniger laut wäre, könnte man vielleicht sein Schnalzen hören.

Ich lasse mir eine zweite Schale von dem süßen Reis geben, spüre, wie der Zucker durch mein Blut rauscht, vom *licuado* und dem *flan* und dem *arroz con leche*. Draußen riecht es nach Regen und ich stelle mir vor, wie ich durch die Nacht laufe, Wasser und Dunkelheit und in Tausende Punkte zerfetztes Laternenlicht, aber ich laufe nicht durch die Nacht.

»Sieh mal«, sagt nun Marisol und meint mich und legt ihr Bild auf meinen Schoß. Ein Mensch ist darauf zu sehen, ein Junge oder ein Mann, er hält ein Buch in der Hand und hinter ihm kann ich ein großes, weitläufiges Gebäude erkennen. Noch immer spricht Carlos weiter, den Blick auf den Fernseher geheftet.

»Das ist mein Bruder«, erklärt Marisol.
»Du hast einen Bruder?«
»Ja. Er studiert in D. F.«
»An der UNAM«, fügt Helen hinzu, die sich neben mich setzt.

»Hast du ihn dort schon einmal besucht?«, frage ich Marisol und sie malt ein paar Striche auf ihr Blatt.

»Das ist zu weit weg«, erklärt sie. »Aber in den Ferien kommt er meistens her und wohnt bei uns und dann hilft er Papa auf Arbeit und bekommt dafür Geld. Heute fängt das Studium aber wieder an, deshalb ist er am Wochenende zurückgefahren.«

Die Werbung brüllt noch lauter in den Raum als der Luchalibre-Kampf und ich blicke auf die Uhr, es ist schon nach zehn.

»Musst du nicht bald ins Bett?«, frage ich, Marisol runzelt die Stirn und lacht dann.

»Mama und Papa sind doch auch noch wach.«

Sie dreht das Blatt um, die andere Seite ist noch weiß, nur die bunten Flächen von der Rückseite schimmern durch das Papier. Vor meinem Stuhl hockt sie sich auf den Boden und beginnt wieder zu zeichnen, ihre Striche sind sauber und sicher.

Ich frage Helen nach der Toilette und betrete den kleinen Flur, der auf das Wohnzimmer folgt. Drei weitere Türen gehen von ihm ab, geradezu das Bad, zwei rechts, die erste Tür steht offen. In dem Raum dahinter ein großer Schrank, auf einem Stuhl ein Berg Klamotten, ein Bügelbrett an der Wand, sonst nichts.

Es gibt kein Fenster im Bad und keine Toilettenbrille, ich merke, dass ich durstig bin, und denke erst im letzten Moment daran, das Leitungswasser nicht zu trinken. Kurz wasche ich mir das Gesicht, anschließend kehre ich in den Wohnraum zurück, zu dem Fernseher und den Gesprächen.

»Sie zeichnet wirklich gut«, flüstere ich Helen zu, als ich mich setze. Sie nickt nur, ihr Lächeln ist fast stolz, obwohl es nicht ihr Kind ist, das vor uns sitzt und Farben ineinanderfließen lässt. Ich betrachte die Zeichnung, die noch nicht fertig ist, und erkenne die dunklen Augen, die schwarzen Haare, die schmale Figur.

Wir verabschieden uns, Carlos' Händedruck ist fest und er reicht mir ein kleines Buch, *La historia de Ocelotlán* steht in großen Buchstaben auf dem Cover, und Marisol drückt mir ihr Blatt in die Hand, auf der einen Seite ihr Bruder, auf der anderen Ismael. »Für dich«, sagt sie.

Die Luft draußen liegt schwer und feucht auf meinen Schultern, ich blicke nach oben, keine Sterne. Wir laufen zu dritt die Straße entlang, Helens Stimme ein Murmeln neben mir, ab und zu rauscht ein Auto an uns vorbei, meist aus dem Ort hinaus. Normas Haus ist eines der letzten, bevor sich die Straße in von Dunkelheit verschluckter Vegetation verliert. Nach wenigen Metern schon erreichen wir den Sandweg, der nach links abzweigt. An der Ecke steht eine dunkle Holzhütte, in der sich eine *tienda* befindet, drei Männer sitzen davor, Bierflaschen auf dem Tisch, Gelächter, das sich in der Nacht verliert. Ismael verabschiedet sich rasch, seine Finger streifen meine, nur für einen winzigen Moment, und als Helen und ich an der Hauptstraße weitergehen, frage ich sie, wo er wohnt.

»Er hat einen VW-Bus auf einem leeren Grundstück, nur ein paar Meter vom Kulturzentrum entfernt«, entgegnet sie. Die Häuser stehen wieder dichter beieinander, geschlossene Geschäfte, ein kleines Restaurant, wieder eine *tienda* und daneben eine *taquería*, auf der Straße versammelte Menschen mit Tellern voller *tacos*. »Und ich wohne hier.« Sie zeigt auf ein gelbes Haus mit abblätternder Fassade. Das Tor zur Hofeinfahrt steht offen, aber ich lehne ab, noch mit hineinzugehen, und kehre stattdessen allein ins Zentrum zurück. Selbst der *zócalo* liegt jetzt ruhig im Kern der Stadt, aus dem Busbahnhof dringt grelles Licht.

Ich öffne das Fenster meines kleinen Zimmers, lasse den Geruch nach altem Schlaf hinaus. Grillen zirpen auf dem Innenhof und hier höre ich es, das Schnalzen eines Geckos, von draußen oder irgendwo verborgen in einer Ecke des Raumes. Ich schalte das Licht nicht ein und lasse mich einfach auf das Bett fallen, beobachte meine Gedanken, die um mich kreisen. Nach einer Weile drehe ich mich auf die Seite, öffne die Schublade des Nachttischchens und ertaste den MP3-Player darin. Das Display leuchtet auf und irgendwann erklingt auch die Musik. Mit geschlossenen Augen lausche ich den ersten Takten. Keyboard- und Violinenklänge, die Becken eines Schlagzeuges, dann die Drums und erst nach fast einer Minute einige sperrige Akkorde einer E-Gitarre, ein zaghafter Bass, eine klare männliche Stimme schließlich, die in die verzerrte Musik eintaucht. Kein Lied zum Tanzen, auch keines zum Schlafen. Der Rhythmus beschleunigt sich auf ein ungewisses Ziel zu, in das er schließlich hineinfällt, plötzlich, und dann ist es still. Ich drücke auf »Repeat«, einmal, zweimal.

Julia, denke ich. Du hast mir so viel von dem, was du bist, nicht erzählt.

*

»Er hat manchmal Albträume«, erklärt Juana und wischt sich den Pony aus der Stirn. »Dann wacht er nachts schreiend auf und kann nicht mehr einschlafen.« Ich laufe neben ihr, während sie den Wagen durch die Straßen schiebt, am Markt vorbei und dann nach rechts, bis zum Eingang einer Schule.

»Wie alt ist denn dein Sohn?«, frage ich.

»Neun.« Ein Jahr älter als Marisol.

Ich werfe den leeren Orangensaftbecher in einen Mülleimer und setze mich auf die niedrige Mauer vor der Schule. Die Stille bebt, sie löst sich von der Straße, dem Zaun, dem Gemäuer der Häuser, schwebt langsam hinauf und verschmilzt mit den wärmer werdenden Sonnenstrahlen. Laut scheppernd fährt ein Wagen vorbei, eine blecherne Stimme tönt aus einem Lautsprecher. Fragend blicke ich zu Juana.

»Sie verkaufen Trinkwasser«, erklärt sie nur und ich wundere mich, wieso man dafür einen derartigen Lärm veranstalten muss, nur für ein bisschen Wasser.

An der Ecke baut ein kleiner, rundlicher Mann einen Tacostand auf, er nickt Juana zu und sie erwidert das Nicken, dann sortiert sie ihre Orangen, zum fünften oder sechsten Mal. Kurz darauf kommen die ersten Kinder und ihre Eltern, Juana konzentriert sich auf das Auspressen der Früchte, die Herausgabe von Wechselgeld. Die meisten Leute stehen auf der Straße, sodass die Autos kaum noch durchkommen. Ein Junge rennt auf Juana zu, er umarmt sie und sie gibt ihm einen Kuss auf die Wange und strubbelt ihm durch die Haare. Ich sehe mich um, entdecke sie aber nicht, Marisol, vielleicht geht sie auf eine andere Schule.

Kinderaugen starren mich an und nicht selten auch die der Erwachsenen. Das Klingeln der Schulglocke durchschneidet das Stimmengeflecht und die Schüler stürmen hinein in das grau-weiße Gebäude, so viele, dass es so aussieht, als würden sie nicht alle hineinpassen, und auf einmal ist es verschwunden, das Lachen.

In der Zwischenzeit ist die Stadt erwacht. Vor der *tienda* neben der Schule stehen Kisten mit Wassermelonen und Erdnüssen, um den kleinen Tacostand Leute mit Tellern, auf die kleine *tortillas* und Fleisch gehäuft sind, aus einem Klamottenladen gegenüber schallt Musik, die so laut ist, dass man wahrscheinlich taub wird, wenn man dort etwas anprobieren will. Juana bindet den Müllbeutel zusammen, in dem sie Orangenschalen und Plastikbecher gesammelt hat, ich helfe ihr, den Wagen zurück ins Zentrum zu schieben, in die Nähe des Marktes.

»Wie lange bleibst du immer hier?«, frage ich sie.

»Bis mittags ungefähr.«

»Und dann?«

»Dann bringe ich den Wagen nach Hause und hole Santiago von der Schule ab.« Sie spricht langsam, ihr Blick wandert, bleibt nie stehen, als würde sie etwas suchen, das jeden Moment irgendwo um die Ecke biegen könnte. »Nachmittags mache ich die *flan* und abends gehe ich auf den *zócalo*. Manchmal kommt Santiago mit, meistens bleibt er aber lieber zu Hause bei meiner Schwester. Die hat auch zwei Kinder, mit denen versteht er sich ganz gut.« Ihre Schultern sind leicht nach vorn gebeugt und um ihre kaffeebraunen Augen herum entdecke ich tiefe Falten, obwohl sie noch gar nicht so alt zu sein scheint, vielleicht um die dreißig.

»Seit wann hat er das denn, die Sache mit den Albträumen?«

Sie zuckt kurz zusammen. »Seit sein Vater gestorben ist.« Wieder schweift ihr Blick umher, ich warte, so lange, bis sie mich ansieht. »Wir haben in den USA gelebt, in Texas. Wir hatten dort beide einen Job und es ging uns ganz gut, aber er verbrachte auch gern mal seine Abende in der Bar und manchmal ziemlich lange. Nicht jeden Abend, ein- oder zweimal die Woche. Und einmal kam er nicht wieder. Man hat ihn auf der Straße gefunden, er wurde zusammengeschlagen und ist an den Verletzungen gestorben. Es gab keine richtigen Ermittlungen. Santiago und ich, wir kamen hierher zurück, allein habe ich das alles nicht geschafft.« Mit einem Lappen malt sie feuchte Linien auf die Glasscheibe, hinter der sich die Orangen türmen, ein Muster aus Kreisen. »Das ist jetzt schon über ein Jahr her.«

Ich schweige, kurz streiche ich über ihren Arm und sie blinzelt und wendet sich den beiden Mädchen in blau-gelber Schuluniform zu, die je einen Becher Orangensaft bestellen.

»Jetzt wohne ich bei meiner Schwester«, fährt sie fort, nachdem die beiden Mädchen weitergegangen sind. »Wir streiten uns ziemlich häufig und Santiago und ich teilen uns in ihrem Haus nur ein kleines Zimmer. Vielleicht bekomme ich noch irgendwo einen Job als Sekretärin, dann würde ich genug verdienen, damit wir uns etwas Eigenes leisten können.« Nach und nach beginnt sie, ihre Sachen zusammenzupacken, und ich bin überrascht, wie viel Platz der Wagen bietet, dass sie darin alles verstauen kann, was sie braucht: Plastikbecher und Strohhalme und Orangen, ein Glas Zucker und eines mit Zimt, außerdem Wasser für den Putzlappen und Seife und die Saftpresse und Mülltüten und Servietten und in einer Kühlbox jede Menge Eiswürfel.

Ich laufe in die entgegengesetzte Richtung weiter, zum Kulturzentrum, wo Helen mit einer Gartenschere das Gebüsch bearbeitet und Ismael irgendwo dazwischen herumkriecht, ein dickes Kabel in der Hand.

»Hier muss irgendwo der Stromanschluss sein«, erklärt Helen und Ismael brummt zufrieden, als er das Kabel anschließt, und ich sage nichts dazu, obwohl es ein wenig gefährlich aussieht mit der offen herumliegenden Stromleitung, die nun bis zu dem kleinen Betongebäude führt. »Irgendwann lassen wir hier noch vernünftig Strom verlegen, wir brauchen ja auch welchen in den Hütten. Aber vorerst muss das so reichen«, erklärt Helen. Ich folge ihr in ihr Büro und setze mich auf den Stuhl, ziehe die Füße hoch, eine Idee nagt an meinen Gedanken, und als ich aufsehe, merke ich, dass Helen mich beobachtet, schon die ganze Zeit.

»Wie weit bist du mit deinem Theaterprojekt?«, frage ich.

»Noch nicht so weit. Ich habe einfach keine Ahnung, wie man das angehen könnte. Erst dachte ich, dass ich mich für ein Stück entscheide und dann Leute dafür suche, wie in einer Art Casting. Dann fand ich aber kein geeignetes und habe überlegt, selbst eins zu schreiben. Das ist dann aber doch wieder zu kompliziert. Na ja. Vielleicht lasse ich es einfach.«

»Wie wäre es denn mit einem Workshop«, schlage ich leise vor, und Ismael wartet in der Tür, wollte wohl gerade etwas sagen, bleibt nun aber dort stehen, ganz still.

»Hm.« Helen klopft mit einem Bleistift auf ihre Unterlagen. »Das ist keine schlechte Idee. Wie stellst du dir das vor?«

»Na ja«, sage ich und blicke in ihre Richtung, nicht in seine, meine Wangen sind warm und ich fahre mir mit der Hand in den Nacken, um die Haare anzuheben, etwas Luft an meine Haut zu lassen. »Wir könnten einen Theaterworkshop für Mädchen und Frauen anbieten«, fange ich vorsichtig an, und noch bevor ich ausgeredet habe, blitzt etwas in Helens Augen auf. Sie sucht einen leeren Zettel aus ihrem Berg von Unterlagen und beginnt, etwas aufzuschreiben, ich rücke meinen Stuhl neben ihren und sehe ihr dabei zu, spüre eine Bewegung am Eingang der Hütte, doch als ich aufsehe, steht niemand mehr dort, und dann spricht sie weiter und ich auch und unsere Ideen finden sich zusammen, verweben sich ineinander und werden zu Worten auf einem zuvor leeren Blatt Papier und schon haben wir ihn gegründet, den Theaterworkshop für Frauen und Mädchen. An einem Vormittag im Juli, irgendwo in Mexiko.

*

Helen trägt bereits eine ganze Mappe mit vollgeschriebenem Papier bei sich, als ich sie nach Hause bringe. Noch immer planen wir unseren Workshop. Vor dem *Palacio Municipal* haben wir bereits ein paar Zettel ausgehängt, nicht viele, und morgen schon soll es losgehen. Wir verabschieden uns, es ist schon lange dunkel, doch mein aufgeregt schlagendes Herz pumpt das Blut so schnell durch meine Adern, dass ich mich unmöglich hinlegen kann, nicht jetzt. Ich laufe weiter, die Hauptstraße entlang und dann nach rechts und ich versuche, nicht darüber nachzudenken, wohin ich eigentlich gehen will, als es immer stiller und dunkler wird um mich herum.

Der intensive Duft nach süßen, würzigen Blüten und einem herben Gehölz breitet sich aus. Es gibt keine Häuser mehr, nur eines, das verlassen daliegt, bereits von den Pflanzen, die es umgeben, eingenommen, das Dach größtenteils verfallen. Dahinter öffnet sich die Vegetation zu einer weiten, leeren Fläche, die nur spärlich mit Gras und ein paar Bäumen bewachsen ist. Zwischen ihnen parkt ein weißer VW-Bus, eine Laterne steht auf einem Plastiktisch davor. Die Schiebetür des Busses ist offen und ich habe das Gefühl, Musik zu hören, obwohl hier keine ist.

Ich warte, so lange, bis ich ein Poltern höre und dann Ismael, der aus dem Auto steigt und etwas zu dem Tischchen trägt. Er sieht auf und mustert mich, der Blick dunkel wie immer, aber forschend diesmal.

»Wie hast du mich gefunden?«, fragt er.

»Ich habe das Licht gesehen.« Zögernd gehe ich auf ihn zu und bleibe vor ihm stehen, zwischen uns der Tisch mit der Laterne darauf, Silberdraht, Werkzeug, einem Kästchen voller Perlen und Edelsteinen und Glasfiguren.

»Du wolltest arbeiten«, stelle ich fest.

»Ja.«

Er setzt sich nicht und ich gehe nicht. Irgendwann holt er einen Stuhl aus seinem Wagen, einen Klappstuhl, der gefährlich wackelt, als ich mich auf ihm niederlasse. Ich sehe Ismael zu, wie er bunte Glassteinchen in Herzen- und Sternenform sortiert, wie er einen Stein in die Hand nimmt, ebenso schwarz wie der Himmel, ebenso dunkel wie seine Augen.

»Das ist Obsidian«, erklärt er, seine Stimme ist merkwürdig leise und nah. Er hält ihn in seiner offenen Hand und ich sehe das Funkeln auf der tiefdunklen Fläche, gefangenes Laternenlicht. »Es ist eine Art Glas. Man findet es in Vulkanen, vor allem in der Gegend um Mexico City. Die Azteken haben es unter anderem für ihre Waffen benutzt, weil es sich leicht verarbeiten und schleifen lässt.«

Der Stein gleitet in meine Hand, er ist glatt und kühl, nur dort, wo Ismael ihn vorher berührt hat, strahlt er eine Wärme ab, die sich rasch wieder verliert.

»Wie heißt du?«, fragt er.

Ich sehe auf, überrascht, dass er meinen Namen noch nicht kennt. »Ronja«, antworte ich.

»Ronja.« Das R rollt auf seiner Zunge und er lächelt für einen Moment. »Wie lange wirst du in Ocelotlán bleiben?«

»Ich weiß nicht.« Ich lege den Vulkankristall zurück in das Kästchen, in dem sich noch weitere befinden, manche kleiner als die Kuppe meines Daumens, andere handtellergroß. Die meisten sind oval oder rund und am Rand eingefräst, manche ebenso schwarz wie der, den Ismael mir gezeigt hat, andere mit einer Art silberfarbenem Nebel darin, wieder andere braun mit schwarzen oder farbigen Flecken. »Wie lange bleibst du?«

»Hat das eine etwas mit dem anderen zu tun?«, fragt er, aber es ist keine wirkliche Frage, er blickt nicht auf, arbeitet weiter, formt kleine Blüten aus dem silbern glänzenden Draht und ich lehne mich in dem Stuhl zurück, blicke hinauf in den Himmel, der voller Sterne ist.

»Wo lebst du?«, entgegne ich statt einer Antwort. »Ich meine, wenn du nicht mit deinem Bus unterwegs bist.«

»Nirgendwo. Ich lebe in diesem Bus.«

»Immer?« Erst jetzt sehe ich mir den Wagen genau an, bemerke die blau-roten Muster auf dem weißen Untergrund, die mich an etwas erinnern.

»Ja, immer.«

»Hast du keine Familie? Keine Eltern?«

»Doch, sie wohnen in Mérida. Ich besuche sie ab und zu.«
Immer mehr Blüten sammeln sich auf der Tischplatte zu einer Blumenwiese. Ich höre das Summen eines wahrscheinlich ziemlich großen Käfers, der in der Nacht verschwindet, im Gegensatz zu all den anderen geflügelten Kleinwesen, die bereits um das Licht von Ismaels Laterne schwirren.

»Bringst du mir das bei?«, frage ich.

»Was?«

»Das, was du da machst. Das Schmuckbasteln.«

Er blickt von seiner Arbeit auf, sieht mich nur an, und ich überlege schon, ob ich eine dumme Frage gestellt habe, eine, mit der man etwas kaputt macht, ohne es selbst zu bemerken.

»Wenn du willst. Aber nicht heute«, sagt er schließlich sehr ruhig.

»Okay. Danke.«

Ich bleibe noch eine Weile, beobachte die Sterne, so lange, bis ich eine Sternschnuppe sehe, und bevor Ismael aufblicken kann, ist sie bereits verschwunden und mit ihr die Wünsche, die wir beide nicht gedacht haben. Schließlich stehe ich auf.

»Bis später«, murmele ich.

Er nickt und verarbeitet weiter Silberdraht zu kleinen Blumen und ich gehe zurück, drehe mich noch einmal um und fange seinen Blick auf, dann laufe ich auf dem dunklen Sandweg weiter, auf dem alles ganz still ist bis auf das Geräusch meiner vorsichtigen Schritte.

KAPITEL 7

UMZUG

Ein Windstoß zieht herein und nimmt die Blätter mit sich, die aufgetürmt zu einem kleinen Stapel auf einem Stuhl in der Mitte des Raumes lagen. Sie tanzen in der Luft, bevor sie auf dem Boden verstreut zur Ruhe kommen und der Wind durch die geöffnete Tür weiterzieht, zum nächsten Haus.

»Mist, verdammter«, flucht Helen leise vor sich hin und schließt das Fenster wieder, das sie eben erst geöffnet hat. Sie sammelt die Blätter ein, ich helfe ihr dabei und bleibe danach neben dem Stuhl stehen. Ihre Stirn wirft Falten und ihre Augen sind halb zusammengekniffen, als sie die Papierbögen sortiert, eine Seite auf die andere. Notizen für unsere erste Workshopstunde.

»Du brauchst nicht nervös zu werden«, bemerke ich. »Es wird schon jemand kommen, und wenn nicht, dann war der Termin eben zu kurzfristig. Wir haben doch gestern Nachmittag erst die Zettel ausgehängt, vielleicht hat sie noch niemand gelesen oder niemand hat jetzt Zeit.«

»Hier hat man immer Zeit«, gibt Helen missmutig zurück. Ihre Laune ist so dick und zäh wie der Sandweg draußen nach dem heutigen Regen und unwillkürlich wische ich mir über den Arm, als hätte ich einen Spritzer davon abbekommen.

Mein Blick schweift durch den Raum, der immer noch grau und karg ist, an einer Wand stehen aufgestapelt Stühle, aus Plastik oder Holz, manche zusammenklappbar und manche ausgeblichen von Sonne und Regen, nur ein paar stehen vereinzelt im Raum verteilt. Heute Vormittag sind wir mit Ismaels Bus durch die ganze Stadt gefahren, um sie einzusammeln, überall dort, wo man einen entbehren konnte, haben dabei weiter Zettel verteilt und über den Workshop informiert, und nun sitzen wir hier, Helen und ich, und warten darauf, dass etwas geschieht.

Zwanzig Uhr siebzehn.

Juana ist die Erste, die die bücherlose Bibliothek betritt, und bei ihrem Anblick hüpft etwas in mir auf. Sie lächelt zaghaft und fährt sich über die zu einem Dutt zusammengeknoteten kakaobraunen Haare, ich umarme sie kurz und stelle sie Helen vor. Von draußen klingt Kinderlachen herein und ich entdecke Marisol und Santiago, die auf der zerrupften Wiese mit einem blauen Gummiball spielen.

So als hätte Juana eine unsichtbare Tür geöffnet, kommen nach und nach weitere Frauen und Mädchen, mit zögerlichen Bewegungen nehmen sie auf den Stühlen Platz und zwischen den Hütten toben immer mehr Kinder.

Als Helen in die Mitte des Raumes tritt, ebbt das Gemurmel der Stimmen zu einem sanften Raunen ab. Dann verklingt auch das und zwölf Augenpaare richten ihren Blick auf Helen. Gänsehaut kribbelt über meinen Körper. Ich sammle leise die unbesetzten Stühle ein und stelle sie an die Wand, zu den anderen, während Helens Worte durch den Raum hallen. Sie sagt nicht viel, nicht einmal ihren Namen, nur, was das sein soll, dieser Theater-Workshop, und noch bevor jemand eine Frage stellen kann, fängt sie mit der ersten Übung an.

Wir laufen durch den Raum, mit geschlossenen Augen, die Arme ausgestreckt, versuchen zu erspüren, wo die anderen sind, welche Wege wir gehen können, ohne jemanden zu berühren, und ab und zu kichert eines der jüngeren Mädchen oder jemand hustet, kurz und trocken. Es folgen weitere Übungen, immer verschiedene Bewegungsabläufe, und nach einer Weile setzen sich alle wieder hin und erst jetzt stellt Helen uns vor, sich und mich, und meine Stimme ist ganz leise, als ich etwas sage, woher ich komme, was ich hier mache. Das Kribbeln auf meiner Haut verschwindet, löst sich auf in der verklingenden Nachmittagswärme und den Worten der anderen Frauen. Ana, die vierzehn ist und in der Schule einen Theaterkurs besucht, der ihr aber nicht so viel Spaß macht, oder María, fünfundsiebzig, die dunkle Haut durchfurcht von Falten.

Ich blicke aus dem Fenster, die Dämmerung wandert über den grauen Himmel und zwischen den Kindern steht Ismael. Marisol nimmt seine Hand und zieht ihn mit sich, als die Wolke aus Kindern in zwei Gruppen auseinanderfliegt. Wild springend rennen sie über die Wiese und an beiden Enden liegen je zwei Steine, zusammengetragen von irgendwo, und zwischen ihnen der Ball und ihr Lachen und ihre Rufe. Ismael ist viel größer als alle anderen und jedes Mal, wenn Marisol an ihm vorbeiläuft, gluckert ihr Kichern hell und warm über den Rasen.

Für einen Moment schließe ich die Augen, bevor ich meine Aufmerksamkeit wieder auf Helen konzentriere. Wir haben beschlossen, den Workshop dreimal pro Woche anzubieten, zweimal sollte man mindestens kommen, so regelmäßig wie möglich.

Die Frauen nicken und Ana klappt ihren Notizblock zusammen, auf dem sie mitgeschrieben hat, vielleicht die Übungen oder die Termine.

»Dann sehen wir uns alle am Montag wieder, sechs Uhr abends«, verabschiedet Helen die anderen und wir folgen ihnen nach draußen. Juana lächelt mir zu, während sie auf Santiago wartet. Sie steht gerade neben mir, schließlich verabschieden sich die beiden als Letzte. Die Nachtluft glitzert nebelig und langsam legt sich Ruhe über das verlassene Grundstück.

»Also ich habe jetzt Hunger«, bemerkt Helen. Sie kauft Brötchen und Käse in der *tienda* an der Ecke und ich ein paar Früchte und Tomaten und Ismael eine Zwei-Liter-Flasche Cola und mit unseren Einkäufen folgen wir Marisol. Bei jedem Hüpfer baumeln ihre beiden sauber geflochtenen Zöpfe um ihre Ohren.

Helen, Norma und ich belegen die Brötchen, Marisol schaukelt in einer der Hängematten, im Fernsehen kommt *Bob Esponja* und danach eine andere Trickfilmserie. Die Cola prickelt auf der Zunge und der Käse auf den weißen Brötchen schmeckt fast nach nichts.

Carlos ist heute ruhiger, die Augen halb geschlossen blickt er auf den Fernseher. Er kommt nicht mit, als wir losgehen ins Zentrum, Norma mit ihrem kleinen Korb voller Ohrringe und Ketten, Marisol in einem sauberen, hellen Kleid, das fast leuchtet auf ihrer Haut. Ismaels lange Schritte ziehen uns hinter ihm her, er und Norma gehen nebeneinander und ich blicke auf seine schwarzen Locken, den zerfransten Rucksack und dann spüre ich eine kleine, warme Hand in meiner und lächle auf Marisol hinab.

»Holst du mich am Montag von der Schule ab?«, fragt sie, ihre Augen sind groß und fast so dunkel wie die Ismaels, nur fast.

»Ich weiß nicht«, setze ich an und werfe einen unsicheren Blick hinter mich, zu Helen, die nur mit den Schultern zuckt. »Am besten fragen wir deine Mama, okay?«

Und schon saust Marisol nach vorn, mitten hinein in die Unterhaltung zwischen Ismael und ihrer Mutter, und Norma dreht sich zu mir um und grinst und ich sehe einen Goldzahn unten links und dann ein Nicken.

*

»Extra viel Eis an so einem heißen Abend«, meint der rundliche kleine Mann, als ich meinen *licuado* bestelle, »und extra viel Obst«, füge ich hinzu.

Aus einem Radio plärrt Musik und die Tische sind voll besetzt. Die Wärme der Nacht lockt einen dünnen Schweißfilm auf meine Haut und ich sauge durstig an dem Strohhalm, die feinen Körner der Erdbeeren im Mund. Als ich noch ein Kind war, aßen wir manchmal Erdbeeren mit kaltem Kakao draußen auf dem Balkon, die warme Frühlingssonne spielte mit den Robinienblüten, und wenn meine Mutter auf die Kerne biss, knackten sie zwischen ihren Zähnen.

Ich finde einen freien Platz im Internetcafé und stelle meinen Becher neben den Monitor. Neben mir sitzen drei Jungs, vielleicht zwölf Jahre alt, sie jauchzen jedes Mal begeistert auf, wenn sie ballernd ein Raumschiff versenken.

Ich logge mich bei Skype ein, meine Kontaktliste ist zwei Namen kurz und nur neben einem leuchtet ein grünes Häkchen.

hey, bist du online?, fragt Julia und ich spüre ein Pochen tief im Magen.

Ja, gerade ins Internetcafé gegangen.
bist du immer noch in dieser stadt, wie heißt sie gleich?
Ocelotlán. Ja. Ich bin immer noch hier.

Julia schickt mir eine Reihe von tanzenden Figuren und ich muss lachen und schreibe ihr von dem Workshop, von Marisol und Norma und Helen, und dass es hier so ruhig ist, so unbewegbar. Und dann erzähle ich ihr von Ismael, ich schreibe langsam und es fällt mir schwer, seinen Namen zu tippen.

Ein Telefonhörer blinkt auf und ein Klingeln dringt aus dem Headset, das neben der Tastatur liegt. Ich setze es auf und klicke auf den grünen Hörer und dann kitzelt ihre Stimme in meinem Ohr, Julias Stimme, ein wenig blechern und verzerrt klingt sie, aber trotzdem ganz nah.

»Der *artesano* aus Oaxaca?«, fragt sie, aber sie lacht nicht, sie klingt ganz ernst und ich warte einen Moment, bevor ich antworte.

»Ja, der. Norma hat mir erzählt, dass er seit ein paar Jahren häufig herkommt. Sie ist mit ihm befreundet, er hat ihr das Schmuckbasteln beigebracht.«

Julia schweigt und ich überlege schon, ob unsere Verbindung unterbrochen wurde, doch dann atmet sie tief ein. »Bist du seinetwegen dortgeblieben?«

»Und wenn es so wäre?« Ich schiebe die Frage zur Seite, sie hat hier nichts zu suchen, nicht in diesem Moment.

»Nichts wäre dann. Aber ... na ja, pass auf dich auf. Dass du nicht verletzt wirst, meine ich.«

Ich nicke, was sie nicht sehen kann, und will nicht nachfragen, was sie damit meint, suche etwas, um unser Schweigen aufzufüllen, frage sie nach dem Meer und sie lacht und erzählt von den Wellen und fast spüre ich, wie sie mich umfließen, mich davontragen, und ich denke, dass ich auch wieder ans Meer möchte, so schnell wie möglich.

»Gehst du morgen für mich auch einmal schwimmen, zum Abschied?«, frage ich.

»Klar, das schaffe ich. Drei Minuten Zehen ins Wasser halten kriege ich auf jeden Fall noch in meinem Zeitplan unter.«

Ich schicke ihr einen Smiley, einen mit Glupschaugen hinter einer Nickelbrille.

Julia ist in ein Hostel übergesiedelt, weil ihr unser Hotelzimmer allein zu teuer war, und freut sich schon darauf, bald wieder ihr eigenes Zimmer zu haben, mit ihren Sachen und ihrem Bett darin, und nicht mehr jeden Tag irgendjemandem, an den sie sich in ein paar Wochen nicht mehr erinnern wird, ihren Namen und ihre Reisegeschichte erzählen zu müssen.

»Du kommst mich auch mal in Hamburg besuchen, oder?«, fragt sie.

»Klar«, antworte ich, ganz leicht und schnell, und erst als ich es ausgesprochen habe, merke ich, dass ich das wirklich tun möchte, ihr Zimmer sehen und ihre Schwester und ihren Freund kennenlernen und mit ihr am Wasser spazieren gehen und Fischbrötchen essen, und als sie sagt: »Ich besuche dich auch mal in Berlin, auf jeden Fall«, meint sie das ebenso ernst. Ich denke an meine kleine Wohnung mit dem dunklen Zimmer, das es nicht gewohnt ist, dass andere Menschen es betreten, und frage mich, ob es zusammenzucken wird, wenn ich zurückkehre, ob es mich nicht mehr wiedererkennt.

Wir verabschieden uns voneinander. Der Haken neben Julias Namen verschwindet und nur eine leere, grün umrandete Blase bleibt zurück und ein Foto von ihr, das Vogelnest mit Haarnadeln zu einer Frisur gesteckt und ein strahlendes Lächeln unter der kleinen Nase.

Ich bezahle und schlendere hinüber zum *zócalo*, an einem Stand kaufe ich *churros*, ölige, gezuckerte Gebäckstangen in einer Papiertüte. Der Verkäufer gießt dicke, süße Milch aus einer Dose darüber. Eine Stange gebe ich Marisol und eine Helen und eine Norma und eine Ismael und eine bleibt für mich übrig, sie ist noch heiß und das Fett sickert durch das dünne Papier.

Nachdem ich aufgegessen habe, setze ich mich neben Helen auf den Boden und lutsche mir den Zucker von den Fingern.

»Ich habe vorhin den Elektriker getroffen, er kommt morgen und verlegt die Leitungen«, sagt sie. Ein Junge kauft Norma eine Kette aus schmalen Bambusstückchen ab und gibt ihr fünfzehn Pesos und ich frage mich, wie lange sie dafür gearbeitet hat, für nicht mal einen Euro.

»So schnell?«

Helen zuckt mit den Achseln. »Ja, anscheinend geht das auch ganz schnell. Er bringt ein paar Kumpels mit. Carlos kennt ihn, er ist wohl zuverlässig.«

»Na, das ist ja schon mal was.«

»Wenn du willst, kannst du in die leerstehende Holzhütte umziehen. Wir haben ja jetzt ein Zimmer im Rathaus für den Nahuatl-Unterricht bekommen. Ist vielleicht ein bisschen einsam dort draußen, aber du müsstest das Hotel nicht mehr bezahlen.«

Ich überlege, wie viel Geld ich bereits ausgegeben habe, aber ich weiß, dass sie recht hat, dass mein Urlaubsbudget immer kleiner wird, egal, ob ich mein Konto kontrolliere oder nicht.

»Ich kann dir auch eine Hängematte organisieren«, fährt sie fort. Sie sieht mich an, ihre Augen sind so klar und hell wie die dünne Wolkenschicht über einem strahlenden Mittagshimmel.

»Okay.« Ich trinke meinen Milchshake aus, der Geschmack verdünnt mit dem kalten Eiswürfelwasser. Aus einer Gruppe von Jugendlichen perlt Anas Lachen, sie sieht zu uns herüber und winkt kurz und wir winken zurück.

*

Der Rucksack kommt mir ungewöhnlich schwer vor, als ich ihn bis zum Kulturzentrum trage, voller Dinge, von denen ich nicht weiß, wofür ich sie brauche. Auf dem Gelände tummeln sich drei Männer, sie grinsen mich an und ich nicke ihnen zu, lasse sie dann allein mit ihren Stromkabeln. Mitten in meinem zukünftigen Zuhause ist eine rot-blaue Hängematte aufgespannt. Wir haben sie noch gestern Abend gekauft, Helen und ich, bei einem Bruder von Norma. Sehr preisgünstig, wie er betonte.

»Hier kommt fast nie jemand her«, meint Helen. Ich drehe mich zu ihr um, sie steht in der Tür, Sonnenglanz umfängt ihren Körper. »Außer natürlich, wenn wir unseren Workshop haben oder vielleicht mittwochs, wenn die Ausstellung geöffnet ist.«

»Wieso habt ihr eigentlich ausgerechnet hier ein Kulturzentrum errichtet, wenn es so weit weg vom Zentrum ist?« Ich muss selbst grinsen bei diesen Worten, dem »weit weg«, das vielleicht fünfzehn Minuten Fußweg umschreibt. Mit einem Plumpsen fällt der Rucksack auf den Boden.

»Das hier ist ein wichtiger Ort für diese Stadt. Er diente schon immer für religiöse Rituale und die Menschen sagen, dass sich hier positive Energien sammeln.« Sie schweigt und ich lege mich probehalber in die Hängematte, ziehe die Maschen auseinander, wie ich es bei Carlos und Marisol gesehen habe, schaukle sanft hin und her. »Immerhin kommen sie ja auch«, fährt Helen gedankenverloren fort. »Zumindest bei besonderen Veranstaltungen.«

Obwohl das Dach nur aus Stroh besteht, sehe ich kein Licht hereinfallen, nichts, was darauf hindeutet, dass es den Regen hindurchlassen würde oder das Funkeln der Sterne. Der kleine Raum riecht nach Holz und nach den Gewächsen, die das Gelände umgeben, nach den rosa blühenden Hecken. Ich stehe wieder auf und zerre den Rucksack in eine Ecke. Zwischen den einzelnen Rundhölzern, die die Wände der Hütte bilden, blicke ich durch schmale Lücken hinaus auf den vom Regen langsam wieder ergrünenden und vom Fußballspielen des Vortages zertretenen Rasen und das dichte Gestrüpp. Eine quadratische, unverglaste Fensteröffnung lässt ebenfalls Licht herein.

»Hier ist übrigens der Schlüssel, aber lass die Hütte offen, solange die Elektriker beschäftigt sind. Die müssen hier bestimmt noch einmal rein.« Ich stecke den Schlüssel in meine Hosentasche, winzig ist er, an einem Haken in der Tür baumelt ein einfaches Vorhängeschloss, mehr nicht. »Eigentlich sollten sie schon bald fertig sein, aber sie sind über eine Stunde zu spät gekommen. Na ja.« Helen schüttelt kaum merklich den Kopf. »Ich hoffe, das geht erst mal so. Du kannst natürlich auch drüben in der zukünftigen Bibliothek schlafen, nur leider kann man dort keine Hängematte aufspannen.«

»Ist schon okay. Ich werde ja nicht ewig bleiben.«

Sie verlässt die Hütte und ich lege mich wieder in die Hängematte, schaukele darin und blicke hinauf zu dem Gebälk, das das Strohdach trägt, bis ich Marisols Stimme höre und das Mädchen kurz darauf eilig in die Hütte stürzt. Sie ist immer in Bewegung, Marisol. Ihre Augen leuchten und ihre langen Haare sind zu einem munter hüpfenden Pferdeschwanz zusammengebunden, mit Schleife darin.

»Du wohnst jetzt hier?«, ruft sie aufgeregt.

»Und du bist nicht in der Schule?«, antworte ich und ernte einen entrüsteten Blick dafür.

»Es ist doch Samstag«, entgegnet sie und klettert zu mir in die Hängematte. Ihre Haare riechen nach Seife und unwillkürlich muss ich an meine kleine Schwester denken, die eigentlich nur halb meine Schwester ist, und daran, dass es sich ganz anders anfühlt, Marisols schmaler Arm, der gegen meinen drückt, ihre warme, neugierige Stimme, die immer etwas zu sagen hat, und dann Sarah, die fast nie spricht und die noch nie einfach so zu mir gekommen ist und sich an mich gelehnt hat, die paar Male, die wir uns gesehen haben. Unter uns bewegt sich der Boden und über uns das Dach der Hütte und draußen bellen ein paar Hunde.

»Mama sagt, dass du Decken von uns haben kannst, weil es nachts manchmal kühl wird.«

»Danke.«

»Und du kannst unser Bad benutzen.«

Ich nicke, habe noch gar nicht darüber nachgedacht, dass es hier keine Dusche und keine Toilette gibt, und ich überlege, wie Ismael das immer macht und ob ich ihn das fragen könnte.

»Ich habe eine Geschichte geschrieben.«

»Hast du?«

»Ja, ich habe sie mit. Willst du sie hören?«

»Gern.«

Marisol erzählt ihre Geschichte, aber sie liest sie nicht ab, obwohl sie einen Zettel dabeihat voller Buchstaben, die groß und schief sind und kaum mit Lücken zwischen ihnen. Ihre Stimme sprudelt durch den Raum und die Worte zerplatzen wie kleine Kohlensäureblasen, kribbeln kurz auf der Zunge. Ich verstehe nicht alles, nur, dass ein Löwe darin vorkommt und eine Prinzessin, die sehr stark ist, stärker als alle Männer, und dass es die Prinzessin ist, die alle anderen rettet und den Schatz findet, und der Löwe ist ihr bester Freund.

»Eine sehr schöne Geschichte«, meine ich, nachdem Marisol zu Ende erzählt hat. Sie klettert aus der Hängematte und ich folge ihr träge, lasse meine Müdigkeit in der Hütte zurück. Marisol hüpft von einem Bein auf das andere und summt ein Lied mit einer ruhigen, aber fröhlichen Melodie.

»Gehen wir Ismael besuchen?«, fragt sie, und noch bevor ich antworten kann, läuft sie bereits los auf den schmalen Weg zwischen dem Gebüsch zu, ihre kleinen Schritte sind rasch, uneinholbar.

»Warte«, rufe ich und gehe zu Helen ins Büro, frage sie, ob ich meinen Rucksack bei ihr lassen kann, und schleife ihn hinüber.

Ismael sitzt an seinem Tisch im Schatten einer Kiefer mit kargem, fast dürrem Stamm und einer buschigen Krone. Ein Eichhörnchen klettert daran hinauf, grau ist es und größer als die, die ich kenne.

»Gehen wir spazieren?«, fragt Marisol. Langsam taucht sie ihre schmalen Finger in ein Kästchen mit farbig glitzernden Plastikperlen und dann in ein anderes voller roter und brauner Samen.

»Ich muss eigentlich arbeiten«, antwortet er und legt die kleine Zange beiseite, mit der er den Silberdraht bearbeitet hat. »Ich habe kaum noch Schmuck.«

Sie sieht ihn an, ihr Blick klebt warm und traurig an ihm. Er streichelt ihr über den Kopf. »Aber nur kurz, okay?«

Eifrig nickt sie, plötzlich ist sie voller Lachen, ihre strahlenden Augen und ihr hüpfender Pferdeschwanz und ihre tanzenden Beine. Sie hilft Ismael dabei, die kleinen Kästchen zu schließen und in den Bus zu tragen. Ich warte draußen, fahre mir durch die Haare, die nach der morgendlichen Dusche im Hotel schon wieder trocken sind und sich wild um meinen Kopf kringeln. In meiner Handtasche finde ich ein vergessenes Haargummi und binde mir damit die Strähnen zusammen.

Wir laufen den Sandweg weiter entlang und biegen nach rechts auf eine Straße, die glatt und asphaltiert ist, aber kaum befahren. Ismael läuft voraus und Marisol hinter ihm her und ich bleibe ab und zu stehen, fotografiere ein paar Blüten und einen Schmetterling. Marisol zeigt mir eine Handvoll Kieselsteine, die sie bereits aufgesammelt hat, und stopft sie sich in die Hosentasche. Einer fällt heraus, er ist rostrot und glänzt ein wenig, wie feucht von frischem Regen. Ich hebe ihn auf und betrachte die dunklen Linien, die ihn durchziehen.

»Du kannst ihn behalten«, bemerkt Marisol großzügig und lächelt. Ich wuschle ihr durch die Haare und sie zieht den Kopf beiseite. Wir rennen um die Wette, um Ismael einzuholen. Nach einer Weile drehen wir um und gehen wieder zurück, Marisol greift nach seiner Hand und dann nach meiner und ich sehe ihn nicht an, als wir so nebeneinanderlaufen, das Mädchen zwischen uns.

Norma sitzt neben Helen in der Sonne zwischen den Hütten, ihre fast schwarzen, teilweise silbrigen Haare glänzen im Licht. Die Elektriker sind verschwunden.

»Wo warst du denn schon wieder?«, fragt Norma ihre Tochter, klingt aber nicht wirklich wütend oder vorwurfsvoll.

»Spazieren. Guck mal, was ich gefunden habe.« Marisol legt die Steine auf den Rasen, ganz vorsichtig einen neben den anderen, dann steckt sie sie wieder ein und die beiden gehen los, zusammen mit Helen, zum Markt, wo die Frauen noch einkaufen wollen.

»Und du?«, fragt Ismael. Erschrocken sehe ich ihn an. Sein Blick ist so mild, dass es wehtut, ihn zu erwidern. Ich spiele mit einem Blatt an einer der Hecken, ein Dorn kratzt an meinem Finger.

»Was ich?«

»Was machst du noch den Rest des Wochenendes?«

Ich neige den Kopf leicht zur Seite, es gibt keine Gedanken einzufangen und keine Pläne, die ich schmieden könnte, es gibt nur Zeit, die leer und hell vor mir liegt. »Keine Ahnung.«

Er nickt langsam. »Hast du Lust auf einen Ausflug? Wenn wir jetzt losfahren, sind wir am Meer, bevor es dunkel wird.«

KAPITEL 8

WO DER HIMMEL DAS MEER BERÜHRT

Draußen ist der Wind und das nahe Meer und drinnen unser Schweigen und die Musik. Julias Musik. Langsam kurble ich das Fenster hinunter und lasse etwas herein von dem Draußen, es spielt mit meinen Haaren und riecht mild und erdig. Ich atme tief ein und schließe das Fenster wieder.

Orangefarbene Sonnenflecken überall.

Die Straße scheint endlos, die Stille warm und anschmiegsam, darunter warten Worte, deren Zeit noch nicht gekommen ist. Nur ein rascher Blick zu Ismael, der konzentriert aus dem Fenster starrt.

»Wohin fahren wir?« Ich zucke zusammen, meine Stimme klingt ungewöhnlich laut, wie ein plötzliches Donnergrollen.

»Das wirst du schon sehen«, antwortet er, kurz streift mich sein Lächeln. »Wir fahren an einen magischen Ort, zumindest war er das einmal. An den Wochenenden ändert sich das meistens, dann ist er genauso laut und voller Touristen wie jeder andere Ort am Meer auch.«

»Es ist Wochenende.«

»Ja, ich weiß. Noch.«

Er biegt nach rechts ab auf eine weite gerade Straße. Nach mehreren Minuten erreichen wir eine Ortschaft und Ismael parkt den Wagen auf einem mit farbig blühenden Gewächsen übersäten Grundstück. Ein türkisfarben gestrichenes Haus steht darauf mit tropisch anmutender, überdachter Veranda, weiße Säulen aus Holz davor.

Als ich aussteige, liegt vor mir eine Kokosnuss, groß und grün. Ich hebe sie auf, sehe einen Mann aus dem Haus kommen, seine Haut ist so voller Sonne und Salz, dass sie ganz faltig davon geworden ist. Sie begrüßen sich lachend, der Mann und Ismael. Ich verstehe seinen Namen erst beim zweiten Mal, Adrián, und dann, dass ich die Kokosnuss behalten kann.

»Wir sollten uns beeilen«, meint Ismael nur.

»Warum?«, frage ich, als Antwort hält er mir meinen Rucksack entgegen. Ich laufe ihm hinterher zu einem kleinen Hafen, steige in ein langes, schmales Boot, Adrián startet den Motor und die *lancha* bringt uns über einen Flussstreifen, eine Lagune, erklärt Ismael, und auf der anderen Seite hilft er mir aus dem Kahn. Ich ziehe die Flipflops aus, stellenweise ist der Sand fast noch zu heiß, um barfuß darauf zu laufen, aber nur fast. Zwischen *palapas*, offenen, palmbedeckten Hütten, gehen wir weiter. Mein T-Shirt klebt nass an meinem Rücken, und dann sind wir da, am Strand, und Ismael lässt seinen Rucksack fallen und ich meinen auch und der Sand ist weißlich-grau und das Meer und der Strand so endlos, dass ich mir sicher bin, in einer anderen Welt gelandet zu sein, einer Welt, die nirgendwo endet.

»Deshalb«, sagt Ismael und zeigt auf die Sonne, die in farbigen Explosionen im Meer versinkt. Ich kann sie untergehen hören, ein ganzes Orchester mit Geigen und Pauken und Klavier und Cello und ganz zart dazwischen die Töne einiger Querflöten.

Ismael nimmt mir die Koskosnuss ab. Aus seinem Rucksack holt er ein Messer und bearbeitet die harte Schale so lange, bis er ein Loch hineingeschlagen hat. Er trinkt einen Schluck und reicht mir die fußballgroße Frucht. Das Koskoswasser schmeckt leicht süßlich und ich habe Mühe, es so zu trinken, dass es mir nicht aus den Mundwinkeln hinabläuft. Kühl rinnt es meine Kehle hinunter, weckt meinen Durst und löscht ihn wieder.

Erschöpft setze ich mich zu meinem Rucksack, und erst als die ferne Feuerkugel vollständig verschwunden ist, fällt mir ein, dass ich kein Foto aufgenommen habe, kein einziges.

»Das hat sich gelohnt«, murmle ich müde und reiche Ismael die Koskosnuss. »Und jetzt? Fahren wir wieder zurück?«

Wieder dieses Lächeln. »Nein, jetzt suchen wir uns ein paar Hängematten zum Übernachten.« Er führt mich ein ganzes Stück weiter am Strand entlang, bis dorthin, wo er jemanden kennt. Für ein paar Pesos bekommen wir zwei Hängematten unter einer *palapa* und ich hoffe, dass es hier nicht allzu viele Moskitos gibt. Die Rucksäcke können wir in der Hütte unterstellen, in der der Besitzer der Anlage wohnt, ein einfacher Raum mit Hängematte, in dem noch ein paar andere Gepäckstücke ruhen.

Unsere nackten Füße zeichnen Spuren in den Sand, manchmal legt sich ein Wort hinein, ein Gedanke, unser Schweigen. In einem einfachen Restaurant bestellen wir Fisch, an den meisten Tischen flattern Unterhaltungen auf und trotzdem ist um uns herum alles seltsam still. Wir pulen das Fleisch von den Gräten und essen Reis und *frijoles refritos* dazu und Salat und trinken jeder ein *Sol*. Die klebrigen Finger wische ich an einer Papierserviette ab und lehne mich in den Stuhl zurück.

»Erzähl mir etwas von diesem Ort«, sage ich und meine damit: Erzähl mir etwas von dir.

Er sieht mich an, diesmal schimmert kein Lächeln in seinen Augen, er scheint zu überlegen, vielleicht, ob er das wirklich will, mir etwas von sich preisgeben.

»Boca del Cielo«, beginnt er. »So heißt er. Er wurde so genannt, weil man, wenn man am Strand steht, nur sieht, wie das Meer und der Himmel zusammentreffen, nichts anderes, so als könnte man von hier aus geradewegs in den Himmel laufen. Oder schwimmen.« Ich erwidere nichts, warte, und kurz darauf spricht er weiter: »Das erste Mal war ich hier vor, ich weiß nicht, vielleicht sieben oder acht Jahren. Ich ging noch zur Schule und es waren Sommerferien. Meine Eltern haben mich in den Ferien häufig zu Verwandten geschickt, damit ich dort etwas lerne und gleichzeitig etwas von unserem Land mitbekomme. Adrián ist ein Onkel von mir, bei ihm habe ich gewohnt. Er hat damals die *lancha* selbst gebaut und ich habe ihm dabei geholfen, dafür bekam ich Unterkunft und Essen bei ihm und ein kleines Taschengeld. Eigentlich kaum der Rede wert, aber die Sonnenuntergänge waren immer wieder atemberaubend und Geld brauchte man hier kaum. Es gab nur ein paar *cabañas* und *palapas* mit Hängematten, ein paar kleine Restaurants, sonst nicht viel.«

»Und jetzt?«

»Jetzt ist das immer noch so, nur dass es viel mehr *cabañas* und *palapas* und Restaurants gibt und Ausflüge mit Fischerbooten und Bananenboote und Tauchausflüge und viel mehr Menschen als früher.«

»Aber trotzdem kommst du noch gern her?«

Ein Funkeln tritt in seine Augen, das sogleich wieder erlischt. »Ab und zu schon.«

Die Teller werden abgeräumt. Ismael öffnet seinen Rucksack, holt ein paar seiner Kästchen hervor und eine Rolle Silberdraht und bunte Fäden. »Man kann hier gut verkaufen, wenn genügend Leute da sind. Du wolltest das doch lernen, oder?« Er reicht mir eine seiner Zangen, die Spitzen rund, sie ist kleiner als seine und liegt leicht in der Hand, fühlt sich so neu an, unbenutzt.

»Okay«, antworte ich.

»So«, erklärt er und ich beobachte die Bewegung seiner Hand und ahme sie nach. »Wenn du dir Mühe gibst«, er zwinkert mir zu, »können wir uns morgen mit deinen Ohrringen das Abendessen verdienen.«

Es sieht so einfach aus, wenn er das macht, kleine Ohrhaken und Figuren aus dem Draht formen, Perlen und Steinchen aufreihen, lauter kleine Teile, die sich zu einem Schmuckstück verbinden. Ich wiederhole seine Bewegungen, eigentlich ist es tatsächlich ganz leicht und dann rutsche ich ab und der Draht verbiegt und ich versuche es erneut. Meine Figuren werden schief und runde Bögen werden eckig, am Anfang, ich gebe nicht auf. Sie scheinen zu lernen, meine Hände, und die Zange auch, stolz präsentiere ich Ismael mein erstes Paar Ohrringe, mit kleinen Granaten und Lapislazuli, silbern und tiefes Weinrot und dunkles Blau.

Ismael sieht mich an. »Die sehen wirklich schön aus«, sagt er und meint es auch so, bevor er sich wieder seiner Arbeit zuwendet, einer Kette, auf die er die gleichen Steine reiht. An meinem Daumen fühle ich die Druckstelle der Zange, ich reibe darüber und lege das Werkzeug beiseite. Etwas schimmert durch in einer weißlichen Plastikschachtel, ich öffne sie neugierig und sehe Schmuck darin, der anders ist als der, den wir gerade herstellen. Hell und glänzend, Ringe und Kettenanhänger aus geschmiedetem Silber.

»Hast du das auch gemacht?«, frage ich.

»Hm«, brummt er unbestimmt. Ich nehme einen Ring in die Hand, in der Mitte glänzt ein Bernstein, umringt von kleinen Silbertropfen, lege ihn beiseite und suche nach etwas anderem, einem Anhänger, der schwer in der Hand liegt. Ich betrachte die Motive, den Körper einer Frau, um den dunklen Jadestein in der Mitte gewunden, Vogelfedern am Rand, Blätter eines Baumes. Das Schmuckstück ist schmal und reicht gerade einmal von meinem Handballen bis zum Mittelknöchel meines Zeigefingers.

»Wie machst du das?«, frage ich. »So filigrane Details auszuarbeiten?«

»Übung.« Er legt seine Arbeit beiseite und betrachtet ebenfalls den Anhänger. »Den habe ich schon lange. Ich habe ihn gemacht, als ich das erste Mal nach Ocelotlán kam. Mir ging es damals nicht so gut und ich war erleichtert, einen Ort zu finden, an dem die Zeit irgendwie stehen geblieben ist. Ich hatte keine Aufgaben, aber ich musste auch niemand sein. Damals habe ich dort gezeltet, wo sich jetzt das Kulturzentrum befindet, ich hatte erst kurz zuvor von einem Freund das Silberschmieden gelernt. In Ocelotlán habe ich geübt und jeden Tag wurde ich besser. Kurz bevor ich abreiste, wollte ich irgendetwas mitnehmen. Eine Erinnerung. Und dann hat mir Carlos etwas über die Geschichte des Ortes erzählt. Eigentlich weiß man kaum etwas darüber. Vor über fünfhundert Jahren, kurz bevor die Spanier kamen, war es nur ein winziges Örtchen, aber es galt als wichtiger Handelsknotenpunkt und die wenigen Bewohner waren angeblich sehr reich. Die Eroberer irrten wochenlang umher, bis sie Ocelotlán fanden, aber als sie dort ankamen, war von dem Ort nichts mehr übrig. Ein paar noch glühende Ruinen, der rußige Geruch von erloschenem Feuer und ein wunderschönes Mädchen in einem weißen Kleid und mit einem Jadeanhänger um den Hals. Das ist alles.« Sein Finger streicht über den grün glänzenden Stein in der Mitte und die Umrisse der Frau.

»Was geschah mit ihr?«, frage ich, mein Atem stockt und das Sprechen fällt mir schwer.

»Das weiß man nicht.« Seine Stimme wird leiser, als er weiterspricht. »Wahrscheinlich das, was den meisten schönen Frauen widerfährt, wenn Krieg herrscht und sie in die Hände der Gegner fallen.«

Ich schlucke, denke an ein hübsches, junges Mädchen mit dunkler Haut und seidigem Haar, das allein zurückgeblieben ist in einem leeren Dorf. Als Opfer, als Geschenk, als letzter Widerstand.

»Ocelotlán wurde lange Zeit nicht besiedelt«, fährt Ismael fort. »Die Spanier haben es versucht, aber immer wieder starben sie an merkwürdigen Krankheiten und der Ort galt als verflucht. Es gibt keinerlei Belege darüber, wann es doch gelungen ist, ihn neu zu errichten, und durch wen.«

Vom Strand her weht Musik, eine Band betritt das Restaurant, Gitarren in den Händen und Hüte auf dem Kopf und ein paar Leute klatschen, wir werfen Münzen in den Cowboyhut und Ismael unterhält sich mit einem der Männer. Sie setzen sich zu uns und trinken ein Bier und fragen mich, woher ich komme und seit wann wir verheiratet sind. Mir fehlt eine Antwort und deshalb schüttle ich nur den Kopf und irgendwann gehen sie weiter und die Klänge der Gitarren und Trompeten ziehen mit ihnen, und obwohl mir die Musik nicht gefällt, tut der Moment weh, mit einem Mal.

»Wie hieß es, dieses Mädchen, das in Ocelotlán zurückgeblieben ist?«, frage ich.

»Die Spanier haben sie Lola genannt, kaum jemand kannte ihren richtigen Namen. Der Legende nach lautete er Nemi, als Abkürzung für Nemilitzli. Das bedeutet Leben.«

*

Meine Zehen graben sich in den weichen Sand. Ich halte die Hand an die Stirn und blinzle gegen die Sonne, versuche, Ismael zu entdecken, irgendwo zwischen den Wochenendurlaubern, von denen immer mehr ihre Sachen zusammenpacken, um nach Hause zurückzukehren.

Er trägt nur eine kurze Hose, seine Haare fallen offen bis über die Schulterblätter. Hin und wieder bleibt er stehen, wenn ihm jemand etwas abkauft, ein Paar Ohrringe, ein Makramee-Armband, oder kniet sich hin, malt eine Blume oder einen Schmetterling oder ein Herzchen aus schwarzer Henna-Farbe auf einen Knöchel oder ein Schulterblatt, wo es rasch getrocknet wird von der Sonne. Er hat mich gefragt, ob ich mitkommen will, aber es erschien mir merkwürdig, den ganzen Tag neben ihm herzulaufen, Fremden etwas verkaufen zu wollen, selbst wenn es irgendwie auch meine Arbeit ist, mit der er unsere nächste Mahlzeit verdient und das Benzin für seinen Bus.

Ich kehre zu meinem Handtuch zurück und schlage mein Tagebuch auf. Die ersten Striche habe ich bereits gezeichnet, die *palapa*, unter der wir heute übernachtet haben, jetzt den Strand, das Meer, ein paar Geraden über eine Seite gezogen, nur die Menschen fehlen, die Sonnenschirme, die bunten Strandtücher, die braune Haut, der Hängemattenverkäufer, der schon zum zweiten Mal an mir vorbeikommt, und wieder schüttle ich den Kopf und lächle freundlich und er fragt trotzdem noch zweimal nach, bevor er langsam weiterzieht.

»Wollen wir etwas essen?«, fragt Ismael und ich zucke nur mit den Schultern, habe eigentlich keinen Hunger. Wir gehen trotzdem zu einer der Snackhütten, bestellen uns jeder eine *torta*, sehen zu, wie das Fleisch und die Zwiebeln gebraten werden und das Brötchen aufgeschnitten und dann mit dem Fleisch belegt und etwas Käse, Avocado, Salat und Tomatenscheiben. Ismael unterhält sich mit dem Mann über die Touristen und wie lange er sein Geschäft schon hier hat, während der die beiden *tortas* in den Toaster gibt und sie uns anschließend auf Plastiktellern reicht. Ismael streicht reichlich rote Sauce darüber. Ich schaffe nur die Hälfte und gebe ihm den Rest, trinke stattdessen mein *agua de naranja*, merke erst jetzt, wie durstig ich eigentlich bin.

»Dort«, sagt der Mann und deutet auf den Horizont. Ich sehe nichts. Ismael kneift die Augen zusammen, konzentriert sich auf einen Punkt in der Ferne, und dann entdecke ich sie ebenfalls. Delfine.

Schon rennt er zum Wasser, in dem nur wenige Menschen paddeln, die Wellen sind größer als er, aber er taucht in sie hinein und ist verschwunden. Ich sehe ihn immer weiter hinausschwimmen, auf die Schatten in der Ferne zu. Sie sind so weit weg vom Ufer.

»Ist das Schwimmen hier gefährlich?«, frage ich den Mann, obwohl ich die Antwort bereits kenne. Er verzieht das Gesicht zu einer grinsenden Grimasse.

»Kommt darauf an, wie gut dein Freund schwimmen kann«, antwortet er nur und ich erwidere nichts darauf, schließlich weiß ich es nicht. Gar nichts weiß ich über ihn.

Irgendwann kann ich Ismael kaum noch erkennen. Ich lasse meinen Becher nachfüllen, tunke den Finger in einen Saucenklecks auf meinem Teller und lecke ihn ab, es brennt scharf im Rachen.

Langsam blättere ich durch die wenigen bemalten Seiten meines Tagebuches, auf keiner ist er zu sehen, und wenn er nun nie wiederkehrt, vom Meer verschluckt wird, habe ich nichts, das mich an ihn erinnert.

Natürlich kehrt er zurück. Das Wasser tropft aus seinen Haaren und er legt seine kalte Hand auf meine Hüfte. Ich stoße seinen Arm weg und muss lachen, als er mich mit dem Wasser bespritzt, das vorher auf seiner Haut gelegen hat.

»Und?«, sage ich. »Hast du es bis zu ihnen geschafft?«

»Nein, sie sind weggeschwommen.« Wir bezahlen und schlendern zu unserer *palapa*. »Sie spüren negative Energien«, fügt er hinzu und ich runzle die Stirn und frage ihn, was er damit meint. »Sie spüren es, wenn man nicht im Reinen mit sich ist. Wenn man Ballast mit sich herumschleppt.«

»Was für Ballast?«

Er lächelt, aber es ist ein trauriges Lächeln, eines, das Geschichten verbirgt, die nie verschwinden werden. »Die Vergangenheit und die Gegenwart. Die Fehler, die man gemacht hat. Wie man mit anderen Menschen umgegangen ist.«

Wir werfen unsere Handtücher in unsere Hängematten, die neben zwei weiteren unter einer *palapa* schaukeln.

Ismael zieht sich ein T-Shirt über und ich ebenfalls.

»Wie bist du denn mit anderen Menschen umgegangen?« Ich spreche leise und glaube schon, dass der Wind meine Frage davongetragen hat, ungehört, aber dann begegne ich Ismaels Blick.

»Komm, wir laufen ein wenig.«

Der Strand ist mittlerweile fast vollkommen leer und die Sonne eilt dem Horizont entgegen, nur die Farben sind ein wenig anders als am Vortag, ein Hauch von Rosa in dem Orange.

Irgendwo auf dieser endlosen Sandfläche setzen wir uns hin, ich schaue in meine Tasche, Tagebuch und Fotoapparat liegen nebeneinander und ich entscheide mich für Ersteres, diesmal ohne Bleistift, nur die Farben, Gelb und Orange, Blau, ein dunkles Braun, Schwarz. Die Minen der Buntstifte scharren auf dem Papier und die Wellen sind seicht geworden, ruhen sich aus nach dem langen Tag. Am Ufer rennt ein Hund entlang, kommt auf uns zu und schnuppert an unseren nackten Füßen, bevor er weiterzieht.

»Ich begegne häufig Reisenden«, erklärt Ismael. Ich rücke näher an ihn hinan, um ihn besser zu verstehen, die feinen Härchen auf unseren Armen streifen sich. »Das ist einfach, man muss sich nicht umeinander kümmern, weil die Zeit miteinander immer begrenzt ist. Man kann ganz schnell befreundet sein und ganz schnell auch wieder nicht. Man kann sich ganz schnell verlieben, ohne dass man sich anstrengen muss, denn irgendwann ist das Ganze wieder vorbei. Es tut einem ein bisschen weh und dem anderen auch, aber so ist das, die Zeit bleibt nur geborgt.« Mit dem Finger ziehe ich Linien in den Sand, mein Sonnenuntergang nur halb fertig gemalt. »Dafür komme ich viel herum. Ich war auch schon in Europa, in Italien, England und Spanien. Eine Zeit lang war ich mit einer Italienerin zusammen, aber wir haben uns häufig gestritten und gegenseitig betrogen, keine Ahnung, warum wir trotzdem zusammengeblieben sind. Als ich mich vor ein paar Monaten von ihr getrennt habe, fühlte sich das so an, als würde ich etwas beenden, was eigentlich nie angefangen hat.« Ich nicke langsam, obwohl ich noch immer nicht weiß, was er mir sagen will. Feine Sandkörner kleben an meinen Fingern, ich wische sie an meinem T-Shirt ab und hole wieder einen Buntstift hervor. »Wir haben uns ziemlich fiese Sachen gesagt, uns beleidigt und absichtlich verletzt. Das meine ich damit, unter anderem. All diese Dinge, die man mit sich herumträgt. Die Sachen, die man zu anderen gesagt hat und die man nicht wieder zurücknehmen kann. Wie man andere behandelt hat und auch, wie man mit sich selbst umgeht.«

Ich sehe ihn an, seine Augen glänzen warm und tief.

»Und deshalb sind sie weggeschwommen?«

»Ja. Deshalb sind sie weggeschwommen.«

»Meinst du nicht, dass sie dann bei jedem wegschwimmen würden? Wir tragen doch alle unsere Vergangenheit mit uns herum.«

Sein Blick schleicht so leise in mich hinein, dass ich die Luft anhalten muss, um ihn nicht zu vertreiben. »Ja, vielleicht, aber das ist nicht dasselbe. Ich bin ganz weit weg von mir selbst. Ich lasse mich auf nichts ein, das mich wirklich berühren könnte. Du trägst dich selbst so offen und ehrlich vor dir her, dass sie dich sofort erkennen können.«

Stille breitet sich über den Strand aus, an dem ich keinen einzigen Menschen mehr entdecken kann. Die Welt gehört uns.

»Ocelotlán ist ein guter Ort, um zur Ruhe zu kommen. Dorthin verirren sich selten Fremde.«

Es tut fast weh, wieder nach vorn zu schauen, auf den endlosen Horizont. »Nur Helen. Und ich.«

»Ja. Nur Helen und du.«

*

Ich kann seinen Atem hören, ruhig und gleichmäßig, näher noch als die Nacht, die uns umgibt, ungefiltert. Ich schaukle leicht in der Hängematte, eingewickelt in meinen Schlafsack, der fast schon zu warm ist. Das fahle Licht des Mondes zeichnet Schatten zwischen die Hütten und irgendwo hinter ihnen, nur ein paar Schritte entfernt, flüstert das Meer. Hin und wieder schließe ich die Augen, nie lange. Es ist keine Nacht zum Schlafen, sondern eine, die in die Erinnerungen sickert, sich dazulegt und sie einhüllt. Eine, die viel ruhiger ist als die davor, ruhiger als all die Nächte, durch die ich bereits mit geschlossenen Augen gewandert bin, vollkommen stimmenlos, leer, ein wenig einsam. Eine Nacht am Ende der Welt.

»Schläfst du?«, murmle ich fast unhörbar und bin überrascht, dass er ruhig und deutlich antwortet: »Nein.«

»Ich auch nicht«, füge ich überflüssigerweise hinzu.

Schweigen, dann: »Wir könnten spazieren gehen.«

Ich sehe zu ihm hinüber, ein dunkler Schatten umgeben von silbrigem Licht. »Okay.«

Eine Wolke kitzelt den nicht mehr vollen Mond, für einen Augenblick versteckt er sich hinter ihr und die Dunkelheit verschluckt uns. Ich folge Ismael bis hinunter zum Ufer.

»Sieh mal«, sagt er und zeigt auf die brechenden Wellen. Erst sehe ich nichts, nur das Meer, schwarz wie der Himmel. Dann entdecke ich den blassen, blau leuchtenden Teppich. »Komm mit«, fordert Ismael mich auf und schon hat er das T-Shirt ausgezogen und ist in die Fluten gelaufen, lässt sich von dem Wasser davontragen. Doch die Wellen wirken wild und ungezähmt nach der abendlichen Pause, wenn auch kleiner als tagsüber. Ich bleibe am Ufer stehen, nur die Füße umspült, und beobachte das blaue Leuchten. In irgendeiner Biologievorlesung habe ich davon gehört.

»Dinoflagellata«, rufe ich Ismael zu.

»Was?«

»Dinoflagellata«, wiederhole ich und er kommt zurück, bleibt vor mir stehen, so nah, dass ich die feuchte Kühle des Meeres auf seiner Haut spüre.

Mit einem Mal ergreift er meine Hand und zieht mich hinter sich her, so schnell, dass ich mich nicht wehren kann, und dann ist es um mich herum, das aufgewühlte Meer, verschluckt mich, als ich strauchle und hineinfalle, ich rudere mit den Armen, aber jemand umklammert mich und zieht mich hoch und ich spucke das salzige Wasser aus und meine Füße suchen den Boden und nur, weil ich mich an Ismael festhalte, schaffe ich es überhaupt stehen zu bleiben.

Er streicht mir ein paar Haarsträhnen aus dem Gesicht.

»Du hättest mich wenigstens vorwarnen können«, bemerke ich vorwurfsvoll, noch immer hustend.

»Dann wärst du bestimmt weggelaufen«, entgegnet er und hat recht damit, ich wäre weggelaufen.

»Wenn uns etwas passiert, wird das niemand bemerken.«

»Nein, vielleicht nicht, aber uns wird nichts passieren.«

Langsam lässt er mich los und ich versuche, stehenzubleiben, obwohl Wellen und Strömungen an mir ziehen, schließlich lasse ich mich fallen, das Wasser klatscht mir ins Gesicht und das Salz brennt in den Augen, aber es stört mich nicht mehr. Ich schwimme vorsichtig, komme nicht vom Fleck, mein T-Shirt ist vollgesogen und ich spüre das Wasser am ganzen Körper, wie es mich trägt, trotz der Wildheit, die es in alle Richtungen gleichzeitig treibt, und nach einer Weile kämpfe ich mich zum Ufer, Ismael dicht hinter mir. Wir holen unsere Handtücher und wickeln uns darin ein und kehren so an den Strand zurück, legen uns in den Sand, die Arme unter den Köpfen verschränkt, und ich bin mir sicher, dass ich noch nie in meinem Leben so viele Sterne auf einmal gesehen habe. Als wäre der Mond explodiert und hätte sich über den gesamten Himmel verteilt, doch das hat er nicht, er schwebt dort oben, immer wieder von vereinzelten Wolken verdeckt, inmitten seiner kleinen Freunde.

»Erzähl mir etwas von dir«, sagt Ismael und ich überlege, bevor ich anfange, irgendwo mitten in meinem Leben, aber da ist nicht viel, was ich erzählen kann. Dass ich keine Geschwister habe, erzähle ich ihm, lediglich eine kleine Schwester, die nur halb meine Schwester ist und in England lebt, bei ihrer Mutter und ihrem Vater, der auch mein Vater ist. Dass vorher alles schön gewesen ist, meine Mutter, mein Vater und ich, und dass eines Tages nur noch meine Mutter und ich da waren und unsere Wohnung an diesem Tag nach Knoblauch und Eierkuchen roch und sauberer war als jemals zuvor, dass meine Mutter sang, aber dass sich nichts mehr richtig anfühlte, auch sie nicht, dass sie sich die Fröhlichkeit nur geborgt hat, damit ich nicht strauchle und falle. Dass ich einfach losgelaufen bin, als ich selbst über mein Leben entscheiden sollte, und dass ich in einer winzigen, dunklen Wohnung gelandet bin, die ganz mir gehörte und aus der ich alles aussperren konnte, andere Menschen, das Licht. Dass es mich nie gestört hat, allein zu sein. Dass meine Mutter nach Marokko fuhr, obwohl sie noch nie allein verreist ist, und dass sie wiederkam, glücklich und strahlend und voller Geschichten, echt und lebendig, dass sie ein paar Tage später nach Hause ging, als ihre Schicht im Krankenhaus beendet war, und dass sie das Auto nicht sah und der Fahrer sie nicht und dass es regnete zwischen all dem goldbeschrifteten Marmor, lauter Menschen, die ich nicht kannte, und als ich nach Hause kam, lag eine Postkarte in meinem Briefkasten, viel zu spät. Dass dann die Kisten kamen voller Dinge, die nicht meine waren, und dass es mir danach schwerfiel, nach draußen zu gehen, dass ich herumlief, als würde ich ausgehen wollen, doch niemand sah mich dabei.

Ich schweige, weil mir mehr nicht einfällt, obwohl ich die Bilder sehe. Bilder von früher, als wir noch zu dritt verreisten und sonntags manchmal Schokoladenkuchen aßen bei meinen Großeltern, die ich jetzt kaum noch sehe. Wie mich mein Vater mit dem Auto von der Schule abholte und wir beide zusammen mit meiner Mutter an einen See fuhren oder in einen Park für ein abendliches Picknick. Doch sie sind so alt, diese Bilder, dass ich nicht einmal mehr weiß, ob sie Erinnerungen an tatsächlich gelebtes Leben sind oder an Träume.

»Und dann?«, fragt Ismael leise. Wir liegen nebeneinander, seine Stimme streicht über meine Haut und mit ihr ein sanfter Lufthauch und es fühlt sich so an, als wäre er es, der Ismaels Worte zu mir trägt, von ganz weit her.

»Dann?«, antworte ich müde. »Es gibt kein Dann. Es gibt nur ein Jetzt und jetzt bin ich hier.«

KAPITEL 9

LEBENSFÄDEN

Die noch feuchte Tinte glänzt schwarz im Licht der leise summenden Glühbirne. Stimmen schweben noch im Raum, obwohl bereits fast alle gegangen sind.

Ana sitzt auf einem der Stühle, Ismael auf einem anderen neben ihr. Ab und zu tunkt er den Zahnstocher, mit dem er das Henna auf ihre Haut malt, in das Plastikdöschen, worin er das schwarze Pulver mit Wasser zu Farbe vermengt hat. Eine Blume auf ihrem Schulterblatt, sechs Blütenblätter, in jedem ein Buchstabe: CORINA.

»Wer ist das?«, frage ich. »Corina?«

»Meine Tochter.«

Ich sehe sie an, das glatte, junge Gesicht mit der hohen, von einem Pony halb verdeckten Stirn, die etwa schulterlangen Haare zu einem Pferdeschwanz zusammengebunden.

»Du hast eine Tochter?«

»Ja. Sie ist ein Jahr alt.« Ana sieht ein bisschen verloren aus, nur ganz kurz, dann tanzt wieder etwas in ihren Augen und sie lächelt und lässt eine Kaugummiblase zerplatzen. Ich denke an diesen Tag, an dem unsere Wohnung nach Knoblauch und Eierkuchen roch und unsere Familie zerfiel, und dass ich an diesem Tag genauso alt war wie Ana vor einem Jahr. »Sie wohnt bei meiner Mutter, die das Sorgerecht für sie hat.«

»Und wo wohnst du?«

»Bei einer Freundin und ihren Eltern. Meine Mutter und ich, wir verstehen uns nicht so gut. Bei meiner Freundin kann ich machen, was ich will.« Ihre Worte schweben summend durch den Raum.

»Vermisst du deine Tochter denn nicht?«, frage ich vorsichtig, nicht sicher, ob das zu viel ist, zu viel an Wissen über ein fremdes Leben, doch Ana sieht mich nur kurz an. »Ich sehe sie ja regelmäßig.« Ihr Blick wird still, bleibt irgendwo im Raum stehen, bis Ismael sagt: »Fertig.«

Ich mache ein Foto von dem frischen Henna-Tattoo, das Blitzlicht reflektiert von den noch feuchten Farbflecken, und Ana nickt zufrieden, als sie es sich ansieht.

»Machst du mir noch einen dieser Zöpfe für die Haare?«, fragt sie. Er holt eine Tüte aus seinem Rucksack und sie begutachtet die Garne, entscheidet sich für Pink und ein helles Blau. Vorsichtig löst er eine Haarsträhne aus ihrem Pferdeschwanz, knotet die Fäden daran und beginnt, die Haarsträhne zu umwickeln, erst rosa, dann hellblau, darauf folgen wieder Knoten. Die beiden Farben vermengen sich zu einer Spirale und die Bewegung seiner Finger ist so rasch, dass ich ihr kaum folgen kann.

Er knotet einen gelben Stern unten in die Fäden und bunte Perlen aus Plastik, und gerade als er fertig ist, wird die Tür zu der unbebücherten Bibliothek geöffnet und Marisol kommt herein,

ein weißes Kleid mit rosa Blümchen, Spangen im geflochtenen Haar.

»Du wolltest mich von der Schule abholen«, sagt sie, ganz ruhig, kein Vorwurf, keine Trauer in der Stimme. Erschrocken öffne ich den Mund und schließe ihn gleich wieder. Sie weiß, dass ich es vergessen habe, einfach vergessen, und ich suche nicht nach einer Entschuldigung.

»Ja«, antworte ich stattdessen. »Das wollte ich.« Ein kurzer Blick zu Ismael, der seine Sachen zusammensucht. Ana sitzt noch immer auf ihrem Stuhl, plaudert leise mit ihm, flüsternd.

»Ich habe mit Ismael einen Ausflug gemacht und nicht mehr daran gedacht. Wir sind vorhin erst wiedergekommen.« Eine lange Fahrt, den beginnenden Sonnenuntergang im Rücken und den Geruch von Salz und Sand auf der Haut. Irgendetwas haben wir dort gelassen und etwas anderes dafür mitgenommen.

Marisol spielt mit einem seiden glänzenden Bändchen um ihrer Taille und steht ungewöhnlich still, jemand ruft ihren Namen, Norma.

»Und wenn wir morgen Nachmittag einen Ausflug machen?«, frage ich. »Ich hole dich von der Schule ab und ...«

»Es gibt hier in der Nähe eine Lagune«, wirft Ismael ein. Ana verabschiedet sich von uns und verlässt das Gebäude, kurz danach tritt Norma ein und Marisol lächelt wieder, ihr Gesicht ist so glatt, so ungezeichnet von den wenigen Jahren, aber in ihren Augen schlummert noch die Enttäuschung.

Wir verabreden uns für den folgenden Nachmittag, wir alle in Ismaels Bus. Zusammen mit Helen laufe ich ins Zentrum, esse ein paar *tacos* zum Abendessen. Wir schlendern über den *zócalo* und setzen uns für einige Minuten neben Juana. Vor dem Internetcafé hocken ein paar Jugendliche, aber ich gehe nicht hinein.

Santiago klettert auf den Schoß seiner Mutter. Er sieht so groß aus, wie er dort sitzt, und sie fährt ihm zärtlich durch die Haare, die etwas zu lang und verwuschelt abstehen. Ich erzähle ihr von dem geplanten Ausflug und frage sie, ob sie mitkommen will, doch sie hebt den Zeigefinger, bewegt ihn in dieser typischen Geste der Verneinung hin und her. Sie hat am nächsten Tag ein Vorstellungsgespräch für einen Sekretärinnenjob. Kurz überlege ich, ob wir nicht Santiago mitnehmen sollten. Der Junge sieht mich an, als könnte er meine Gedanken lesen, aber ich kenne ihn ja gar nicht und eigentlich auch seine Mutter kaum. Wir verabschieden uns, kaufen zwei Packungen Milch, ein paar Bananen und Kakaopulver für Milchshakes und laufen zurück zu Norma und Carlos, die gerade einen Film ansehen. Der Mixer röhrt so laut, dass man ihn bis auf die Straße hören kann, und Marisol springt um mich herum, als ich den schaumigen Schoko-Bananen-Milchshake verteile.

Ich borge mir ein Handtuch und schlüpfe rasch unter die Dusche, habe ein wenig Angst vor der Elektrik, mit der sie betrieben wird. Es ist kühl, als ich später in meine Hütte zurückkehre.

Im Licht der flackernden Glühbirne breite ich den Schlafsack in der Hängematte aus, lege mich so hinein, wie es mir Ismael in Boca del Cielo erklärt hat, die Maschen ausgedehnt, ein wenig quer, den Kopf etwas erhöht. Die Geräusche der Nacht fliegen federleicht durch den Raum, in dem es niemanden gibt außer mir. Die Dunkelheit fühlt sich anders an als die in meiner kleinen, efeugeschützten Wohnung in Berlin, in der ich ebenso allein war. Näher ist sie hier, ein bisschen weicher, samtiger, aber auch dichter, undurchdringbar.

Etwas raschelt, ich sinke tiefer in den synthetischen Stoff, halte die Augen geöffnet, aber sehe nichts. Von draußen dringt ein Grunzen zu mir herein, etwas schabt an der Tür, wieder ein Rascheln. Ich krieche so tief in meinen Schlafsack, dass gerade so noch meine Nasenspitze hinausragt, ein paar Haare dazu.

Wenn irgendjemand wüsste, dass ich hier draußen wohne, ganz allein ... wahrscheinlich würde niemand meine Schreie hören.

Vorsichtig schüttle ich den Kopf, habe Angst davor, die Aufmerksamkeit auf mich zu lenken, aber wessen Aufmerksamkeit? Hier gibt es nichts, außer ein paar Käfern und Spinnen, Mäusen vielleicht, Eichhörnchen. Nichts, was mich als Abendessen aussuchen würde. Außerdem habe ich das Schloss in den Haken gehängt, die Tür lässt sich von außen nicht so leicht öffnen.

Kein Glas im Fenster. Die Tür nur eine dünne Spanplatte.

Was soll schon geschehen?

Das Knacken trockener Zweige und ein dumpfes, regelmäßiges Knirschen.

Zu stehlen gibt es auch kaum etwas.

Schritte. Eindeutig Schritte.

Dann eine Bewegung am Fenster, ich zucke zusammen und mein Herz rennt davon, in irgendeinen anderen Körper, und schließlich eine dunkle Stimme: »Eigentlich wollte ich nur nachsehen, ob bei dir alles in Ordnung ist, aber wie ich sehe, passt schon jemand auf dich auf.«

Ganz langsam kehrt mein Herz zu mir zurück. Ich zittere noch, als ich den Reißverschluss des Schlafsacks öffne, aufstehe, das Vorhängeschloss herausnehme und die wackelige Tür öffne.

Auf der Wiese liegt ein heller Fleck, der aufsteht, als er mich entdeckt, zu mir läuft und seinen Schwanz gegen mein Schienbein wedelt.

»Braver Hund«, sage ich und kraule seinen Kopf, die Läuse und Flöhe von der Dunkelheit verborgen.

»Das ist eine Hündin«, bemerkt Ismael.

»Wem gehört sie?«

Er zuckt mit den Schultern und beugt sich kurz zu ihr hinunter. »Keine Ahnung, wahrscheinlich niemandem.«

Wir sehen uns an, seine Augen kann ich nur erahnen, ein Schatten in der Nacht. »Danke«, murmle ich. »Dass du hergekommen bist, um nach mir zu sehen.«

Seine Finger streichen über meine Wange, dann wendet er sich um und läuft zurück, ein dumpfes, regelmäßiges Knirschen und das Knacken trockener Zweige.

*

Wir stehen im Garten, an der Hauswand eine Feuerstelle, auf einem Gitter die eiserne Pfanne voller Öl. Norma knetet die *masa*, den Teig für die *empanadas*, füllt dann einzelne Taschen mit dem Hackfleisch, das ich mitgebracht habe, und gibt sie in die Ölpfanne. Die Hitze des Feuers flackert in unseren Gesichtern. Der Gasherd in der Küche ist kaputt.

Neben mir ein großer Eimer, gefüllt mit schmutzigem Geschirr in seifigem Wasser, quer durch den Garten gespannt einige Wäscheleinen, auf denen ein Laken und ein paar Mädchenkleider trocknen, in dem Waschbecken am Zaun ein Berg Schmutzwäsche.

Am anderen Ende des Gartens lugt eine Schweinenase über ein Mäuerchen. Ich laufe nach hinten zu dem Tier, das noch jung ist, aber bereits ausgewachsen, und das sich in dem kleinen Gehege gerade einmal umdrehen kann. Ab und zu lassen sie es raus, meint Norma, aber nur selten, weil es sonst alles Mögliche frisst, was es so findet, und sich schwer wieder einfangen lässt. Bald werden sie es verkaufen.

»Ich bin fertig«, ruft sie und ich eile zurück, lege die noch warmen *empanadas* in einen Picknickkorb, während Norma eine Schüssel mit undefinierbarem Salat, weiß und cremig mit kleinen Kartoffelwürfeln, aus der Küche holt, dazu *tostadas* und etwas Obst, und ich frage sie, wer noch alles kommt, aber sie grinst und meint, dass sie den Rest morgen essen.

Ismael erscheint im Türrahmen der Küche, die in den Garten hinausführt. Er hilft uns beim Abwasch, etwas ratlos halte ich einen seifigen Teller in der Hand und er räumt die Wäsche beiseite, spült ihn in dem breiten Waschbecken ab. Durch den Zaun kann ich in den Garten der Nachbarn sehen, wo kaum Gras wächst, dunkle Erde überall, ein paar Hühner laufen herum, in einer Ecke ein kleiner Berg aus Schrott und Geröll, auf dem Boden Reste von Verpackungen und Papier, ebenfalls Wäsche auf einer Leine, und als ich mich in Normas Garten umsehe, entdecke ich ebenfalls Müll verteilt, hierher geweht oder fallen gelassen und nie aufgehoben, und der Rasen ist etwas braun, wartet auf Regen.

An dem Avocadobaum hängen keine Früchte.

Endlich sind wir fertig. Ich nehme meinen Rucksack und trage eine Flasche Cola und Ismael den Korb und Norma eine Flasche Wasser. Wir verlassen das Haus, Helen kommt uns bereits entgegen. Vor dem Haus wartet Ismaels Bus, in seinem Inneren verstauen wir unser Picknick. Norma unterhält sich noch mit einem Nachbarn, nur kurz.

Der Motor ruckert, als Ismael ihn startet. Ich überlasse Helen den Platz neben ihm und setze mich nach hinten neben Norma auf die Matratze, auf der Ismael sonst schläft. Sie liegt leicht erhöht auf einer Art Truhe und in den Kurven stütze ich mich auf den Händen ab, um nicht hinunterzufallen. Die Decke riecht nach ihm.

Der Bus ist wie ein winziges Zimmer mit dem kleinen Tisch ganz hinten, den zwei Klappstühlen daneben und Ismaels Rucksack, in einem Karton ein paar Klamotten, in einem anderen Werkzeug und Arbeitsutensilien, ein Gaskocher, ein bisschen Geschirr, sogar ein *garrafón* mit Trinkwasser, halb voll.

Man braucht nur so einen Bus, mehr nicht, und schon kann man überallhin.

Wenige Straßen weiter halten wir wieder. Hinter Norma klettere ich aus dem Wagen. Wir landen mitten in einem Trupp von Eltern, auf dem Schulhof rennen die Kinder rufend durcheinander und ich denke, dass es unmöglich ist, sein eigenes in diesem Haufen wiederzufinden. Das Tor wird geöffnet und die Kinder stürmen heraus und Marisol ebenfalls, hinter ihr drei weitere Mädchen, die sie mir nacheinander vorstellt. Ismael hebt sie hoch, sie wirkt so leicht, als könnte die nächste Böe sie davontragen, bis zum Meer.

»Ich habe heute meine Geschichte vorgelesen«, berichtet sie stolz. Ismael setzt sie wieder auf dem Boden ab und sie steigt vorn mit ein, setzt sich neben Helen auf den Beifahrersitz, der gerade so ausreicht für anderthalb Personen.

Diesmal fahren wir etwas länger, fast fünfzehn Minuten, bis wir an der Lagune ankommen. Auf zwei Seiten ist sie eingeschlossen von Felswänden, auf der dritten windet sich ein Wald den Hügel hinauf. Ismael parkt den Wagen im Schatten der Bäume und wir nehmen die Getränke und den Picknickkorb und tragen alles an das Ufer des Sees, dessen Wasser smaragdgrün schimmert. Auf einer Decke breiten wir alles aus, den Salat, die *empanadas*, die *tostadas*, frisches Gemüse, das Ismael zu schälen und zu schneiden beginnt: Tomaten, Mohrrüben, Rote Bete, Gurke, eine Zwiebel, Avocado. Ein paar Meter entfernt liegt eine andere Familie im Gras. Zwei Mädchen, vielleicht vierzehn oder fünfzehn Jahre alt, tauchen in das Wasser ein, in kurzer Hose und T-Shirt, sie paddeln wie Hunde, ohne weit hinauszuschwimmen, und kehren nach kurzer Zeit prustend ans Ufer zurück.

Ich streiche etwas von dem cremigen Kartoffelsalat auf eine der *tostadas,* er schmeckt mild, fruchtig und gleichzeitig ein wenig säuerlich, und nehme mir von dem Gemüse dazu. Helen hat sich auf ein Handtuch gelegt, die Augen geschlossen, auf ihrer Stirn noch eine verwischte Spur von Sonnencreme. Marisol läuft zu der anderen Familie hinüber, wo es auch ein Kind gibt, das etwa so alt ist wie sie. Wenig später kommt sie zu uns zurück, einen Plastikteller in der Hand mit drei großen Kuchenstücken, bunter Zuckerguss obendrauf, und Norma schickt sie mit einem Teller zurück, beladen mit *empanadas* und salatbelegten *tostadas*. Über den Rasen hinweg winken wir uns zu, ein ausgetauschtes Lächeln, und ich frage Ismael, ob wir baden gehen wollen.

Ich bin mir nicht sicher, ob ich alles bis auf den Bikini ausziehen soll, den ich unter der Leinenhose und dem Top trage, entscheide mich dafür, da ich keine Wechselsachen dabeihabe. Sofort kommt Marisol zurückgelaufen und fragt ihre Mutter, ob sie mit uns mitgehen kann, und ich frage Norma, ob sie ebenfalls mit ins Wasser kommt.

»Ich kann nicht schwimmen«, meint sie. »Marisol auch nicht.«

Helen brummt nur verstimmt, als ich sie kurz anstupse.

Wir gleiten zu dritt in das kühle Wasser, der Boden ist steinig und glitschig und Marisol hat ihre Sandalen angelassen. Ismael taucht unter und irgendwo weiter hinten wieder auf und ich halte Marisol, die mit den Armen und Beinen strampelt. Als ich sie loslasse, geht sie ein Stück unter, ich lege meine Hand unter ihren Bauch und nach mehreren Versuchen schafft sie es allein, zumindest den Großteil ihres Gesichts über Wasser zu halten. Ismael ruft ihr etwas zu und lacht, er wartet auf sie und ich schwimme langsam neben ihr her, während sie zu ihm paddelt und sich erleichtert an ihn klammert.

»War doch gar nicht so schwer«, sagt er aufmunternd. Immer wieder schwimmt sie zwischen uns beiden hin und her, versucht auch ein paar richtige Schwimmzüge, entscheidet sich aber doch wieder für ihre Paddelbewegungen.

»Wollt ihr nicht etwas essen?«, schallt Normas Stimme über die Lagune. Nebeneinander kehren wir in Marisols Tempo zurück. Das Wasser perlt auf unserer Haut. Wir wickeln uns in Handtücher, Marisol und ich, Ismael lässt sich von der Sonne trocknen. Zwischen seinen Schulterblättern entdecke ich ein Tattoo, das mir in Boca del Cielo nicht aufgefallen ist, eine Art Sonne und darin ein Tier, ein rennender Jaguar.

Die *empanadas* sind noch immer ein bisschen warm, die Hackfleischfüllung scharf gewürzt.

Während wir schwimmen waren, ist die andere Familie offenbar verschwunden. Die Lagune gehört uns, nur Marisols fröhliches Summen windet sich durch die Stille. Ich suche mein Tagebuch heraus. Statt der Buntstifte nehme ich diesmal Pastellkreide. Wie von selbst zaubert sie die schimmernde, glatte Wasseroberfläche der Lagune auf das Papier, funkelnde Sonnensplitter, Schatten an den Berghängen, überall um uns herum Grün und Ruhe. Ich bin schon fast fertig, als ich bemerke, dass Helen mich beobachtet.

»Das wäre doch ein schönes Motiv für die Bibliothek«, meint sie und nimmt mir das Tagebuch aus der Hand. Ich zucke zusammen, sage aber nichts, warte, bis sie mir das Heft zurückreicht, schlage es zu und stecke es in meine Tasche zurück, und als ich aufsehe, blicke ich in Ismaels Augen, die er leicht zusammenkneift.

»Vielleicht«, sage ich leise und höre nicht, was Helen antwortet. Ismael wendet sich wieder seiner Arbeit zu, ein Makramee-Armband aus schwarzem Wachsfaden.

Nachdem mein Bikini getrocknet ist, ziehe ich mich wieder an und erkunde zusammen mit Marisol die Gegend. Ein Stückchen den Weg hoch, den wir mit dem Bus gekommen sind, gelangen wir an einen Pavillon. Aussicht auf das ganze Tal, Avocado- und Erdnussplantagen, wie mir das Mädchen erklärt, weiter am

Horizont eine kleinere Stadt. Marisol stellt sich vor die Kamera, als ich die Umgebung fotografiere, und macht Grimassen, steht mit einem Mal ganz still und lächelt sanft, dann wieder in Bewegung, ein Hüpfer über ein paar Steine und eine Drehung, die ihren Rock flattern lässt. Sie wechselt so schnell, dass ich es kaum festhalten kann, immer wieder ein anderer Ausdruck im Gesicht.

Zurück an der Lagune, sammelt Marisol kleine Steine am Ufer und ich setze mich auf die Picknickdecke und koste von dem Kuchen, der ziemlich süß ist und sonst nach kaum etwas schmeckt. Ich höre ein bisschen zu, wie sich Norma von Ismael Makramee-Knoten erklären lässt, suche meine Schmuckzange zwischen Ismaels Werkzeug hervor und versuche mich an einem weiteren Paar Ohrringe.

Die Schatten nehmen das kleine Lagunental ein, und kurz bevor die Dämmerung beginnt, packen wir unsere Sachen wieder zusammen.

*

Die Griffe der Plastiktüten schneiden mir in die Finger, ziehen schwer daran mit ihren Bananen und Äpfeln und der Melone, mit dem Toastbrot und dem Käse und der Flasche Wasser. Kurz bevor die Henkel der Wassermelonentüte reißen, stelle ich sie vor dem Eingang meiner Hütte ab. Von einem weiter entfernten Grundstück schallt Musik, Reggaeton, mit raschem Rhythmus und gehetztem Gesang. Helen scheint noch nicht hier zu sein, die Gebäude stehen still und verschlossen im Abendlicht. Die weiße Hündin trabt schwanzwedelnd aus dem Gebüsch. Neugierig schnuppert sie an der Tüte, in der die Rindfleischreste vom Markt liegen, vor allem Knochen, ein paar Innereien. Ismael hat mir gezeigt, wo man sie kaufen kann.

Ich öffne die Tür, eine Kakerlake huscht über den Boden. Sofort bleibe ich stehen, beobachte, wie sich das Tier meinem Rucksack nähert. Tief hole ich Luft, bevor ich den Raum durchschreite und auf den Käfer trete, der braunglänzende Körper zerplatzt knackend und über meine Haut zieht ein unangenehmes Kribbeln.

Mit einem Rascheln bohrt die Hündin ihre Schnauze in die Tüte, aus der es für sie verlockend duftet. Ich schubse sie leicht beiseite und angle ein Knochenstück heraus, an dem noch sehniges Fleisch hängt. Hungrig schnappt sie es sich, legt sich in den letzten Rest Mittwochabendsonne und knabbert an ihrer Beute. Ab und zu blickt sie auf und beobachtet mich, wie ich einen Teil der Lebensmittel an einen Baum in der Nähe hänge, hoch genug, damit sie streunende Hunde nicht erreichen können, und fest zugeknotet gegen Insekten, so, wie ich es bei Ismael gesehen habe. Sie beobachtet mich weiter, wie ich in die Hütte gehe und einen Stuhl heraushole, um mich zu ihr zu setzen. Auf den Knien mein Buch aus Mexico City, in dem ich schon lange nicht mehr geblättert habe. Die Hündin schmatzt und grummelt ein bisschen, ich kraule ihr den Kopf und schlage dann das Buch auf. Die Seiten voller ungelesener Worte. Zögernd suche ich die Stelle, an der ich das letzte Mal stehen geblieben bin. Wann? In San Cristóbal, in der Hängematte auf der Dachterrasse? Schon hier, im *patio* vor dem Hotel?

Das Geräusch sich nähernder Schritte schreckt mich aus meinen Gedanken. María. Sie lächelt. In der unteren Reihe fehlt ihr ein Zahn und sie läuft so langsam, dass man jedes einzelne Jahr erkennen kann, das sie bei sich trägt. Trotzdem ist sie eine der wenigen Frauen, die immer zu unserem Workshop kommen, und das nie zu spät.

Aus meiner Hütte hole ich den zweiten Stuhl, beide haben Helen und ich aus dem Bibliotheksgebäude herübergetragen.

Schwerfällig lässt María sich darauf nieder, sieht auf das Buch, streicht vorsichtig über eine Seite und fragt, ob ich ihr etwas vorlesen kann.

Ich setze mich wieder, weiß nicht, wie ich Nein sagen sollte, also tue ich es auch nicht, finde zurück zum Anfang und räuspere mich kurz.

Während ich lese, spüre ich Marías Aufmerksamkeit und auch meine eigene, meine Aussprache, das Stocken vor Worten, die ich nicht gleich zuordnen kann, meine Stimme, die an Sicherheit und Kraft gewinnt, je mehr ich lese, das Rieseln unserer Gedanken in der Dämmerung, die nach und nach die Tinte auf den Buchseiten verschluckt, bis sie das Weiterlesen unmöglich macht. Ich richte mich auf, Marías Blick ruht irgendwo in der Ferne.

»Das war schön«, meint sie und ich nicke langsam. »Früher hat mir mein ältester Sohn immer vorgelesen, bevor er erschossen wurde.«

Erschrocken sehe ich sie an.

»Er wollte in die USA auswandern. Das war vor fast zehn Jahren. Ich weiß nicht genau, was passiert ist. Habe nur irgendwann die Nachricht erhalten, dass er an einer Schussverletzung gestorben ist.« Sie spricht langsam, holt immer wieder Luft zwischen den Sätzen und ihre Stimme rasselt tief. »Seitdem kümmert sich mein Jüngster um mich, aber er hat nicht immer Zeit, mir vorzulesen, und er interessiert sich auch nicht sehr für Literatur. Deshalb liest er auch nicht gern. Meine Töchter schon, wenn sie zu Besuch kommen, aber das passiert selten und sie bringen ihre eigenen Bücher mit. Das sind immer Geschichten, die sie schon angefangen haben. Eine Geschichte muss man von vorn beginnen, nicht irgendwo mittendrin.«

»Was lesen Sie denn gern?«

Das Lächeln zaubert noch mehr Falten in ihr Gesicht, eine Landschaft aus bereits gelebten Jahren. »Gedichte, manchmal auch politische Essays. Es ist doch schade, wie wenig sich die Leute für das eigene Land interessieren. Ich glaube, damals war das noch anders. Vielleicht kommt es mir aber auch nur so vor, weil in Ocelotlán so wenig passiert. Wir waren schon immer von allem ausgeschlossen. Ich weiß noch, wie ich damals, 1968, jeden Zeitungsartikel verschlang, egal, wie viel Wahrheit und wie viel Unwahrheit er enthielt. Ich war jung, ich hätte eine der Studentinnen sein sollen, die in D. F. und im ganzen Land für ihre Rechte kämpften, aber hier hatten wir andere Probleme. Hier musste man überleben. Ach, das ist alles so lange her. Heute bleiben mir nur noch die Geschichten.«

Der Abend breitet seinen Umhang über uns aus. Im Licht meiner Taschenlampe lese ich weiter.

KAPITEL 10

GEMALTE GEDANKEN

Ein metallisches Klappern schiebt meinen Traum beiseite. Schläfrig blinzle ich in das glitzernde Vormittagslicht in meiner Hütte, und auch ohne nachzusehen, bin ich mir sicher, dass es schon nach zehn Uhr sein muss. So lange hat mich der Schlaf in diesem Land noch nie festgehalten und noch immer spüre ich seine Umarmung, die meine Gedanken schwer und träge macht.

»Bist du wach?«, ruft Helen und ich muss lächeln, denn spätestens jetzt wäre ich es. Ich strample mich aus dem Schlafsack und suche den MP3-Player daraus hervor, zu dessen Musik ich irgendwann eingeschlafen bin. Rasch schlüpfe ich in meine Jeans und ein T-Shirt und öffne die Tür. Die Sonne glitzert bereits strahlend hell, ihre Hitze kriecht über den Platz und eine schläfrige Brise spielt mit meinen am Vortag gewaschenen

Klamotten auf einer Leine zwischen zwei Bäumen. Vor dem Bibliotheksgebäude wartet Helen, ihre Haare stehen strubbelig vom Kopf ab, wie immer, wenn sie sie gewaschen und nicht geföhnt hat. Ausnahmsweise trägt sie kein Sommerkleid, sondern eine fleckige Hose in knalligem Rot und ein weißes, weites T-Shirt.

»Na, hast du vergessen, dass heute Samstag ist? Wir wollten heute mit dem Streichen anfangen.«

Ich schüttle den Kopf und reibe mir den letzten Traumfetzen aus den Augen. »Ich bin nur gestern spät ins Bett gegangen, das ist alles«, antworte ich. Nicht zum ersten Mal. Die letzten beiden Tage habe ich damit verbracht, über ein Theaterstück nachzudenken, das Helen und ich mit den Frauen aufführen könnten. Ich habe die Geschichten aufgeschrieben, die von Ana, María und Juana, sie zu ordnen versucht und das auch noch auf Spanisch. Nach einer Form gesucht, in die ich sie gießen kann. Es hat den Schlaf von mir ferngehalten, aber auch die Einsamkeit und die Dunkelheit. Selbst die mehr als handtellergroße Spinne mit den Greifzangen, die es sich gestern Nacht an den Deckenbalken meiner Hütte gemütlich gemacht hat, konnte mich nur mäßig erschrecken. Sie frisst die Kakerlaken, hat Ismael gesagt.

»Du siehst müde aus. Bist du mit dem Theaterstück vorangekommen?«, fragt Helen, während sie die Tür aufschließt.

»Ja, es ist fast fertig. Ich gebe dir nachher meine Notizen.«

Schon höre ich Marisols sich nähernden Gesang, der ebenso voller Bewegung ist wie sie selbst. Zusammen mit Ismael tänzelt sie auf dem schmalen Pfad zwischen dem Dickicht heran, ihr Pferdeschwanz baumelt im Rhythmus ihrer Schritte.

»Ich habe keine alten Sachen zum Malern mit«, fällt mir in diesem Moment auf. Helen angelt eine Hose und ein T-Shirt aus einer Tüte.

»Ich bin zwar größer als du, aber es wird schon gehen«, meint sie und reicht mir ihre Kleidung. Ich laufe in meine Hütte zurück und ziehe mich rasch um. Die Hosenbeine krempel ich um, sodass sie nur noch bis zu den Knöcheln reichen, um die Hüften sitzt sie etwas eng, was das T-Shirt gut verdeckt. Seufzend trete ich hinaus in die Sonne, wo sich Helen, Ismael und Marisol bereits beratschlagen. Nur zögernd hole ich mein Tagebuch, als Helen mich darum bittet, und zeige ihnen noch einmal das Bild von der Lagune. Das nun in groß auf eine der Wände gemalt werden soll, von uns.

Als Erstes stellen wir fest, dass wir keine Leiter haben, als Zweites, dass wir auch Pinsel brauchen, und als Drittes, dass wir erst einmal die Grundrisse aufzeichnen sollten, bevor wir wild und völlig durcheinander Farbe auf das Mauerwerk klecksen. Etwa eine Stunde später sind die fehlenden Materialien und für mich ein Frühstück besorgt und ich beginne, mit Bleistift die Struktur meiner Zeichnung auf die Wand zu tragen. Meine Hand zittert und es fällt mir schwer, mich zu konzentrieren. Vielleicht, weil das Bild viel größer wird und die Maßstäbe so unüberschaubar. Vielleicht, weil sie mich beobachten, Helen, Marisol und Ismael. Ich schließe kurz die Augen, lasse sie verschwinden, meine Zuschauer, und denke nur an das Bild, daran, wie es aussehen wird. Meine Gedanken übernehmen die Führung und meine Hand folgt ihnen.

Als ich die groben Umrisse aufgetragen habe, schmerzt mein rechter Arm, ebenso das Handgelenk. Ich setze mich auf den Boden, lehne mich gegen die Wand und sehe den anderen zu, die beginnen, den Hintergrund auszufüllen, den schattigen Felsen und das grün schimmernde Wasser der Lagune.

»Wieso sind wir eigentlich nicht auf dem Bild?«, fragt Marisol, und während ich Sonnenflecken auf das Wasser zaubere und die anderen Blätter in die Bäume, zeichnet sie die Umrisse von

Menschen, von Helen und Norma auf der Picknickdecke, sich selbst, wie sie Steine und Blümchen sammelt, Ismael und mich, wie wir am Ufer sitzen, dicht nebeneinander, fast berühren sich unsere Hände.

In der frühen Nachmittagssonne laufen wir zu Norma, wo es Reis gibt mit *frijoles refritos* und Salat und davor ein *caldo de pollo*. Marisol geht hinüber zu den Nachbarn, um dort zu spielen, Helen will neue Farbe organisieren und Ismael und ich waschen ab, draußen im Garten, während Norma das Schwein mit einem Wasserschlauch abduscht und es anschließend mit Essensresten füttert.

»Wo ist eigentlich Carlos?«, frage ich. Ismael trägt das saubere Geschirr in die Küche und Norma wäscht sich die Hände, sie sieht mich an und meint: »Ich weiß nicht. Er ist gestern nicht nach Hause gekommen.« Sie schluckt und ihr Lächeln verzieht ihr Gesicht. »Er hat auch nicht angerufen.«

»Dein Hund ist hier«, ruft Ismael aus der Küche. Ich laufe durch das Haus bis zum Eingang, vor dem die Hündin liegt, schwanzwedelnd steht sie auf, als sie mich sieht, und ich kraule sie und klopfe über das schmutzige Fell.

»Ich sollte sie mal waschen«, bemerke ich unbestimmt.

Ismael hockt sich neben mich und runzelt die Stirn. »Sieht so aus, als hätte sie Räude«, stellt er fest und deutet auf eine kahle Stelle, die rot und pustelig aussieht. »Scheint sie erst seit Kurzem zu haben. Wenn wir gleich etwas tun, wird es nicht so schlimm.« Er sieht mich an, sein Blick ist sehr nah und ein sanftes Lächeln liegt darin.

Ich betrachte die kahle Stelle, die sie mit der Hinterpfote kratzt, und stelle mir vor, wie sie immer mehr Fell verliert, die Haut übersät mit juckenden Wunden. »Versuchen wir es«, beschließe ich. Gemeinsam laufen wir los ins Zentrum und kaufen ein Pulver in einer kleinen Tüte und eine Art Hundeshampoo und Gummihandschuhe und ich hole noch eine Edelstahlschüssel als Trinknapf. Die Hündin wartet vor dem Geschäft und rennt neben uns her, als wir zu Ismaels Grundstück zurückgehen, dort einen Eimer holen, ihn an dem Wasseranschluss auf dem Gelände des Kulturzentrums auffüllen und das Pulver darin auflösen. Erst seifen wir die Hündin ein, dann spülen wir das Shampoo aus und waschen sie mit dieser streng riechenden Flüssigkeit, die wir im Fell einwirken lassen. Sie legt sich in die Sonne und sieht uns an, aufmerksam und ruhig.

Winzige, fast unsichtbare, braunrote Tierchen verlassen den Körper der Hündin und krabbeln zu Tausenden um sie herum. Ich schüttele mich beim Anblick dieser Milbenarmee.
»Vielleicht hätten wir sie woanders waschen sollen.«
»Die sterben jetzt sowieso und den Rest erledigt die Natur«, antwortet Ismael gelassen.

Wir haben die Handschuhe ausgezogen und essen Wassermelone, der klebrige Fruchtsaft kleckert auf das Gras und in der Luft flimmert die Ruhe des viel zu heißen Nachmittags. Mit dem Arm wische ich mir den Schweiß von der Stirn und betrachte wieder die Hündin, die noch immer wartend in der Sonne liegt, als wüsste sie, dass wir noch nicht ganz fertig sind mit ihr.

»Sie braucht einen Namen.«
»Dann überlege dir einen.«
»Wenn ich ihr einen Namen gebe, gehört sie zu mir«, murmle ich und Ismael legt die Melonenschale ins Gras und sieht mich an.
»Das tut sie doch auch so schon.«

*

Marisol teilt ihre Tierfiguren mit Santiago und der Junge mit den Postkarten und Kaugummis setzt sich zu ihnen. Er sieht erst nur zu, ein Stückchen abseits, bis Marisol ihn entdeckt, ihn anlacht und ihm eine ihrer Figuren reicht, ihr Lieblingstier, ein Zebra. Ich hocke neben Juana auf einer Bank, sie sortiert ihre Flanbecher neu, nachdem eine Gruppe Jugendlicher ihr zehn Stück abgekauft hat.

»Ich habe den Job übrigens bekommen«, erzählt sie und ihre Augen funkeln weniger traurig als sonst. »Am Montag ist mein erster Arbeitstag.«

»Wie machst du das dann alles?«

»Ach, das geht schon. Ich verkaufe nur noch bis zehn Uhr Orangensaft, um elf muss ich auf Arbeit sein. Santiago geht allein zur Schule und nach Hause. Ich bin kurz nach fünf dort, dann haben wir noch ein bisschen Zeit zusammen, nachdem ich die *flan* zubreitet habe, und ich kann ihm bei den Hausaufgaben helfen.«

Ich stelle mir das schwierig vor, so viele Aufgaben auf einmal, die den Tag bestimmen, kein Raum darin für sich selbst. Ismael winkt mich zu sich hinüber, ich verabschiede mich von Juana und eile über den *zócalo* bis zu der Stelle, an der er und Norma ihren Schmuck ausgelegt haben. Ein Pappschild steht daneben mit der Aufschrift: *Se hace trenzas y tatuajes de henna.*

»Hier möchte jemand deine Ohrringe kaufen«, sagt er und ein Mädchen lächelt mich an. Sie trägt einen dieser bunten Zöpfe, die Ismael macht, in ihrem langen, blond gefärbten Haar und ich starre irritiert auf die Ohrringe, die sie in ihrer Hand hält. Es sind ganz einfache mit roten Samen, *colorines* heißen sie, aber ich habe trotzdem eine Stunde dafür gebraucht oder noch länger und ich zögere und weiß nicht, was für einen Preis ich nennen soll, was es wert ist, das Material und meine vergangene Zeit.

»Für fünfzehn Pesos sind sie deine«, unterbricht Ismael das Schweigen und das Mädchen reicht mir einige Münzen. Ein Paar Ohrringe gegen einen *licuado*. Ismaels Lächeln kitzelt in meinem Bauch. Zwischen ihm und Norma warte ich auf weitere Kundschaft, höre Marisols Lachen und die Rufe der Jungs und frage mich, wohin er gehört, der kleine Junge mit den Postkarten, ob überhaupt irgendwohin. Blicke immer wieder auf das Geld in meiner Hand, auf die paar Münzen, für deren Wert man in Deutschland kaum etwas kaufen könnte und die sich hier anfühlen wie ein kleines Stück mehr Freiheit.

*

»Und was ist dein Lieblingsort?« Meine Stimme wird aufgesogen von der feuchten Nachtluft, während ich neben Ismael laufe. Der Sandweg ist überhäuft mit meinen Fragen zu seinen Reisen, den Orten, an denen er schon gewesen ist, und auf den Fragen liegen seine Antworten, die immer länger und lebendiger werden.

»Holbox«, erwidert er. »Das ist eine Insel nördlich von Yucatán. Manchmal ist es dort sehr voll, vor allem zu Ostern und an anderen Feiertagen, wie in Boca del Cielo. Sie ist natürlich größer, es gibt dort richtige Luxushotels, aber auch einen Campingplatz und einfachere Unterkünfte. Und man kann so lange am Strand entlanglaufen, bis man niemandem mehr begegnet. Dann wird alles ganz ruhig, man hat nur noch die Palmen und den weißen Sand und das weite, türkisfarbene Meer.« Er hält inne in seiner Erzählung, die Nacht atmet in unser Schweigen. »Es ist schon eine Weile her, dass ich dort gewesen bin, bestimmt fünf oder sechs Jahre. Ich glaube, ich war achtzehn. Damals hatte gerade ein Orkan die ganze Insel verwüstet, überall sah man überflutete Grundstücke und abgedeckte Häuser. Die Ölkrise im Golf von Mexiko hat dort auch ihre Spuren hinterlassen, soweit ich weiß.« Er ist wieder still und ich frage mich, wie sich das anfühlen muss, ein Ort, den man liebt, zerstört von der Natur und zerstört von den Menschen. Ob es da einen Unterschied gibt? Nach einem Orkan kann man alles wieder aufbauen, das Wasser trocknet und die Dächer werden neu gedeckt, der Müll aufgesammelt, der zerzauste Strand geräumt, aber wenn Öl am Ufer klebt, die Vögel und die Fische sterben, was macht man dann? Ich blinzle zu Ismael hinüber, glaube, seine Gedanken zu spüren, die sich so ähnlich anfühlen wie meine. »Ich sollte mal wieder hinfahren«, sagt er leise und mein Herz klopft bis zu ihm, aber ich antworte nicht. Wir merken beide erst, dass wir am Kulturzentrum vorbeigelaufen sind, als wir bei seinem VW-Bus ankommen, und ich stehe etwas unschlüssig auf dem kühlen Gras und er ebenfalls, denke für einen Moment an Schlangen, die sich vielleicht darin winden, und dann an nichts mehr, als meine Lippen auf seine treffen, ohne Anfang, ohne Ende, seine warmen Finger auf meinen nackten Armen und dann sein Körper an meinem. Etwas in mir flattert und fliegt zu ihm, und als wir uns voneinander lösen, trägt er es immer noch in sich.

»Sag was«, flüstere ich und sehe ihm in die Augen. Sein Weg ist schon viel länger als meiner, dunkler, tiefer, hat sich in seine Seele gegraben und ich frage mich, ob dort noch Platz ist für mich, für irgendjemanden.

Seine Hände tasten nach meinen, um uns wispert die Nacht, viel zu nah. Etwas Warmes stößt gegen mein Bein, erschrocken fahre ich zusammen und Ismael lacht und beugt sich zu der weißen Hündin hinunter.

»Na, geht's dir jetzt besser«, fragt er und ich hocke mich neben ihn, um über ihr Fell zu streicheln, das nun keinen Schmutzfilm mehr über die Haut zieht. »Hast du schon einen Namen für sie?«

»Ja.« Ich lächle in die Dunkelheit hinein. »Nemi.«

*

»Meinst du nicht, dass der Baumstamm jetzt ordentlich genug ausgemalt ist?«, fragt Helen. Mit einem unhörbaren Klicken rastet meine Aufmerksamkeit in der Gegenwart ein und ich betrachte den Pinsel und den tiefbraunen, fleckigen Baum vor mir.

»Klar, sicher«, antworte ich und tauche den Pinsel in das Wasserglas, dessen Flüssigkeit bereits grünlich-braun verfärbt ist.

Wir sehen uns nicht an, Ismael und ich, und langsam glaube ich, dass ich es nur geträumt habe. Sein Atem auf meinen Lippen. Die Spur seiner Finger auf meiner Haut. Dass die Dunkelheit diesen Augenblick verschluckt hat und er im Sonnenaufgang verdunstet ist.

»Machen wir erst mal Schluss«, meint Helen und nur Marisol malt weiter Blümchen auf ihr weißes Kleid, das an der Wand, nicht das echte. Sie ist still heute, wir sind alle sehr still, und Helen geht los, um uns etwas Essbares zu besorgen.

Nemi liegt draußen in der Sonne, vor meiner Hütte steht ihr Wassernapf und unter dem Gebüsch hat sie Knochenstücke vergraben. Ihre Schnauze ist noch braunschwarz verfärbt vom Wühlen in der Erde. Sie blickt nur kurz auf, als wir uns in den Schatten eines Baumes setzen und ich meine letzten Bananen verteile, ganz klein sind sie und schmecken ein wenig nach Apfel.

Helen kehrt zurück mit *tamales*, in Maisblätter eingewickelten, gedünsteten Teigtaschen, gefüllt mit Hühnchenfleisch und Gemüse in einer scharfen Sauce.

»Ihr seid alle ziemlich müde, oder?«, stellt sie fest. Wir nicken nur.

Gleich nach dem Essen verabschiedet sich Ismael. Ich blicke ihm nach und spüre den Riss in meinem Magen.

Helen geht in ihr Büro, auf ihrem Schreibtisch stapeln sich meine Notizen für das Theaterstück, die sie sich jetzt ansehen möchte, und ich lehne den Kopf gegen das kühle Gemäuer des Gebäudes hinter mir.

»Was ist mit dir?«, frage ich Marisol, aber sie antwortet nicht. Zeichnet Figuren in die staubige Erde. Strichfiguren mit Hüten. Regenwolken.

»Ismael wird bald wieder gehen.« Der Satz zerfällt in der Nachmittagshitze und sie blickt nicht auf von ihren Zeichnungen, hinterlässt weiter Spuren im Sand.

»Gehen wohin?«

»Ich weiß nicht. Weg eben. So macht er das immer. Er kommt her und irgendwann geht er wieder. Alle Männer machen das so.« Sie klingt so erwachsen, dass ich erschrecke, und dann denke ich, dass es tatsächlich so sein kann, dass Ismael vielleicht wirklich geht, von einem Moment auf den nächsten, dass er immer so wirkt wie jemand, der einfach so verschwindet, und dass Carlos genau das auch gemacht hat. Carlos, Normas Mann. Marisols Vater.

»Es muss ja nicht immer so sein.«

Sie antwortet nicht.

In den länger werdenden Schatten bringe ich Marisol nach Hause. Sie sieht ihren Vater kaum an, der in einer der Hängematten schaukelt, als wäre nichts gewesen. Ich traue mich nicht, irgendetwas zu fragen, und auf dem Rückweg treffe ich auf Helen und begleite sie bis zu dem Haus, in dem sie wohnt. Der *patio* ist bunt bepflanzt, die Steinfliesen und Blätter glänzen feucht. In dem weitzweigigen Limettenbaum krächzt ein kleiner Papagei vor sich hin. Wir setzen uns in den Schatten, die Notizzettel verteilt auf einem länglichen Tisch mit fleckiger Decke. Gelegentlich höre ich Helen zu, während sie mir ihre Anmerkungen vorträgt, beobachte dabei den plappernden Vogel und eine Katze, die über den Hof streunt und bei jedem Geräusch verschreckt um sich blickt. Das Gebäude umringt uns und auf der Terrasse vor der zweiten Etage flattert die Wäsche im Abendwind. Endlich kann ich mich von Helen verabschieden. Als ich zurück auf die Straße trete, entdecke ich die Wolken, schwer und dunkel, ich laufe trotzdem langsam, halte die Zeit fest, solange wie möglich, am Kulturzentrum vorbei bis zu dem Grundstück, auf dem Ismaels Wagen steht. Vor der Schiebetür bleibe ich stehen, möchte anklopfen, drehe mich doch wieder um, gehe auf den Weg zurück und wende mich nach rechts, höre ein schleifendes Geräusch und dann eine Stimme, die ruft: »Was machst du denn da?« Ich bleibe stehen, sehe ihn an, wie er in der geöffneten Tür seines Wagens steht. Er läuft zu mir und die ersten Tropfen rinnen durch mein Haar. Da keiner von uns beiden etwas sagt, wandern wir nebeneinander weiter, immer geradeaus, bis der Weg im Nichts endet, einfach so sehr zugewachsen ist, dass man nicht fortschreiten kann, und an dieser Stelle drehen wir um und gehen wieder zurück, während der Regen durch die Poren unserer Haut dringt. Ich bleibe nicht stehen, als wir zu Ismaels Grundstück zurückkommen, aber er nimmt meinen Arm und zieht mich hinter sich her, sanft und bestimmt, bis wir bei seinem Bus ankommen.

»Tut mir leid«, flüstert er gegen das Prasseln des Regens, »dass ich heute so komisch war. Ich wollte nur nicht«, er atmete tief ein und sieht mich an, »ich wusste nur nicht, ob das gestern eine gute Idee war.«

»Und, weißt du es jetzt?«, frage ich.

Er antwortet nicht, aber ich folge ihm in den Wagen hinein und nehme ein Handtuch entgegen, das vollgesogen ist mit seinem Geruch. Ich benutze es nicht, halte es nur in der Hand und der Regen tropft aus meinem Haar. Man kann sich nicht bewegen in diesem engen Raum, ohne aneinanderzustoßen, sein Blick hält mich fest, das Wasser klopft gegen das Blech, leise und gleichmäßig.

»Es gibt sehr viel über mich, das du nicht weißt«, sagt er. »Sehr viele Dinge, die ich schon erlebt habe, die ich auch falsch gemacht habe. Manche dieser Dinge möchte ich nicht noch einmal erleben.«

Ich nicke, weil mir etwas anderes nicht einfällt, und er scheint nach weiteren Sätzen zu suchen, die vielleicht weniger kryptisch sind, aber dann ist der Moment vorbei und wir stehen viel zu nah beieinander. Ich streife nur ganz leicht seinen Arm und er nur ganz leicht meine Wange, Berührungen, die fast keine sind und mit einem Mal nichts anderes mehr.

KAPITEL 11

GESTOHLENE ZEIT

Sie lassen sich nicht öffnen, meine Augen. Etwas hält mich fest und ich weiß, dass es eine Erinnerung ist, eine von denen, die noch so frisch sind, dass sie ganz einfach davongewischt werden können wie ein Kaffeefleck von einem Tisch. Also warte ich, bewegungslos, spüre die Decke auf dem weichen Laken über mir, einen Geruch, der so nah ist, dass er schon fast zu mir gehört. Langsam streife ich mit der Hand über die Matratze, warte darauf, dass meine Finger die Wärme eines anderen Körpers berühren, aber sie greifen ins Leere. Nun öffne ich die Augen doch. Die Vorhänge filtern das Licht, Staubflocken in glitzerndem Orange, auf dem Boden meine Kleidung mit dem Duft des verdunsteten Regens darin. Ich richte mich auf, fahre mir durch die Haare, die in alle Richtungen stehen, binde sie so zerzaust, wie sie sind, mit einem Haargummi zusammen. Erst danach ziehe ich die Klamotten über.

Das Tageslicht bricht herein, als ich die Tür zur Seite schiebe. In dem hohen Gras vor mir stehen zwei Stühle, dazwischen der Tisch, eine Karaffe darauf mit *agua de limón*, der Zucker noch nicht ganz aufgelöst und im Wasser schwebende Stückchen Fruchtfleisch, neben der Karaffe verpackte Styroporbehälter, zwei Teller, geschnittene Wassermelone und Banane unter einer Tüte, die ich hochgehoben habe, um darunter zu sehen. Ich nehme ein Stück Melone, drücke das körnige, süße Fruchtfleisch mit der Zunge gegen den Gaumen, der Saft quillt heraus. Der Tag ist noch jung, die Wärme noch mild auf der Haut. Ich blicke auf, ein sanftes Pochen schlägt durch meine Adern, als Ismael immer näher kommt.

»Ich habe uns *tacos* geholt und musste jetzt noch die beiden Becher ausspülen.« Er stellt zwei Plastikbecher auf den Tisch, einen roten und einen blauen, und sieht mich an, ich warte kurz, weiß nicht wohin, gehe einen Schritt auf ihn zu, zögernd, dann umschließen mich seine Arme und er zieht mich zu sich hin.

»Guten Morgen«, murmle ich. Er streicht mir eine verirrte Haarsträhne aus der Stirn, seine einzige Antwort.

Ich esse langsam, kann kaum schlucken, weil in meinen Magen nichts hineinpasst. Das Eichhörnchen, oder vielleicht ist es ein anderes, hockt auf seiner Kiefer und beobachtet uns aufmerksam. Wahrscheinlich wartet es auf die Reste, die wir jedoch sorgfältig zusammenpacken.

»Das nächste Mal koche ich«, sagt Ismael.

»In welcher Küche denn?«

»Ich finde schon eine.«

Ich lächle leise die schmutzige Tischplatte an, während er mit einem Eimer in der Hand davonzieht, um Wasser zu holen. Kurz darauf kommt er zurück und spült das wenige Geschirr ab, das ich auf einem Tuch in der Sonne zum Trocknen aufstelle.

»Hey, Ronja, ich habe dich schon gesucht.« Helens Stimme durchbricht die Stille, ich zucke zusammen, fühle mich ertappt. Weiß nur nicht bei was. »Ich habe die ganze Nacht geschrieben.« Sie drückt mir einen Stapel Papier in die Hand, die Tinte riecht noch frisch, das Sonnenlicht glänzt auf den schwarzen Buchstaben. »Kannst du es dir durchlesen? Ich würde es gern heute Abend mit den Mädels besprechen.«

»Okay«, sage ich. Unter Helens Augen liegen Schatten, träge verscheucht sie eine Fliege und blickt sich um.

»Habt ihr hier gefrühstückt? Sieht gemütlich aus.« Sie lächelt, aber etwas fehlt in ihrer Miene und ich antworte nicht, bleibe so vor ihr stehen, bis Ismael sie fragt, ob sie einen Becher *agua de limón* haben möchte. Sie setzt sich auf einen der beiden Stühle. Ismael packt sein Werkzeug aus und verteilt das Material auf dem Tisch, sie sagt etwas und kichert. Eigentlich könnte ich gehen, doch dann streift mich Ismaels Blick, so kurz, dass ich ihn fast nicht bemerkt hätte, aber lang genug, um mich festzuhalten. Helen trinkt bereits den zweiten Becher, die Karaffe ist nun leer und ich spüle sie in dem restlichen Abwaschwasser aus, das Frühstücksgeschirr ist schon fast wieder trocken.

»Kommst du mit?«, fragt Helen, als sie aufsteht.

»Nein, ich bleibe hier und lese«, antworte ich nach einem kurzen Zögern.

Sie runzelt die Stirn, sieht noch einmal kurz zu Ismael, ein Lächeln schleicht sich in ihr Gesicht, ein echtes diesmal. »Ach so. Dann störe ich euch nicht weiter bei der Arbeit.« Sie zwinkert mir zu, aber ich tue so, als hätte ich es nicht bemerkt, und nehme auf dem Stuhl Platz, auf dem sie eben noch gesessen hat. Langsam kehrt die Stille zurück. Von weit her klopft der Rhythmus von Reggaeton, so gedämpft und matt, dass man ihn nur erahnen kann. Ich blättere durch das Manuskript. Es ist nicht lang, das Stück wird aufgeführt vielleicht fünfzehn oder zwanzig Minuten dauern. Ich gleite schon fast selbstständig durch die Sprache, deren Klang bereits ein Zuhause in mir gefunden hat. Der Tag wird immer länger und schon bald halten sich die bereits vergangenen und die noch kommenden Stunden die Waage. Wir essen das Obst auf und ich wische einen roten Wassermelonenfleck von dem Papier. Die letzte Seite.

Langsam lege ich den Stift auf den kleinen Stapel. Ismaels Konzentration klebt an dem Silberdraht in seinen Händen und an dem Jadestein, den er damit verziert. Ich sehe ihm eine Weile zu und spüre der Ruhe nach, die durch meinen Körper fließt. Mit einem Mal fühle ich das Ende, das viel zu nah auf mich wartet. Nur noch zwei Wochen, zwei von sechs Wochen einer Reise, die eigentlich gerade erst beginnt.

Draußen, hinter dünnen, unsichtbaren Wänden, purzelt das Leben weiter durch den Tag, während wir hier sitzen, Ismael und ich, so nah beieinander, dass es unmöglich ist, den anderen nicht zu spüren.

*

Das Internetcafé wirkt schon fast vertraut. Der Junge nickt mir nur gelangweilt zu, als ich mich an einen der Rechner setze. Die Buchstaben auf der Tastatur sind abgegriffen, kaum noch erkennbar, und ich starre sie an, während sich mein E-Mail-Account langsam öffnet.

Drei neue Nachrichten, eine von Julia, zwei von meinem Vater. Ich lese erst seine, ein paar Zeilen nur, kurze Sätze, ein, zwei Fragen. Die zweite Mail ist deutlich länger, Besorgnis darin, weil er seit über einer Woche nichts mehr von mir gehört hat. Ob es mir gut geht. Ob ich zurechtkomme, mit den Menschen, dem Essen, dem Reisen. Dabei reise ich gar nicht, genau genommen. Habe Wurzeln flach in lockere Erde gegraben. Eigentlich will ich nicht weiterlesen, aber natürlich tue ich es doch und er erzählt von seinen Reisen, damals, vor über zwanzig Jahren, Reisen, von denen ich bisher gar nichts wusste. Überhaupt weiß ich nichts von ihm vor meiner Geburt, dabei muss es Jahre davor gegeben haben, Jahre, die mit irgendetwas gefüllt waren. Indien. Eine einwöchige Rundfahrt auf dem Motorrad. Eine abgelegene Berghütte und ein paar Wochen auf einer Mangofarm. Seine Worte scheinen nicht zu ihm zu gehören, sind so weit weg von dem Menschen, den ich kenne. Der eigentlich ruhig, rational, jeden Schritt vorausplanend ist. Auf einmal kommt er zurück, dieser Augenblick am Telefon, dieser Augenblick des Schweigens, nachdem er mich fragte, ob ich vielleicht für eine Weile wegfahren will. Um etwas anderes zu sehen, mich ablenken zu lassen. Meiner Seele die Möglichkeit zu geben, Ruhe zu finden. In dem Moment verstand ich nicht, was er meinte, und dann kauften wir das Flugticket. Weil er diesen Weg auch schon einmal gegangen war, als es für ihn keinen anderen mehr gab. Vielleicht sollte ich ihn doch mal wieder besuchen, mehr als ein paar Tage mit ihnen teilen. So lange dort bleiben, bis Sarah weiß, dass sie noch eine Schwester hat. Bis ich das ebenfalls weiß.

Es geht mir gut, schreibe ich ihm. *Mexiko ist wie ein Kleidungsstück, bei dem ich zusehen kann, wie es für mich maßgeschneidert wird. Vielleicht bin auch ich diejenige, die in diesen Anzug hineinwächst. Jeden Tag passt er mir ein bisschen besser.*

Dann lese ich die Mail von Julia, die auch länger ist als sonst.

Kennst du das, wenn dir den ganzen Tag lang irgendwie schwindelig ist? So geht es mir, seit ich wieder in Hamburg bin. Ich meine, ich freue mich, wieder hier zu sein. Ich habe mein eigenes Zimmer mit all meinen Sachen. Sie gehören nur mir und niemandem sonst. Ich habe eine Küche, in der ich kochen kann, was ich will, vorausgesetzt, ich habe etwas zum Kochen da. Auch wenn es eine Küche ist, die ich mit meiner Mitbewohnerin teilen muss, zumindest, solange sie hier noch wohnt. Es macht mir sogar Spaß, das Internet nach Stellenanzeigen zu durchforsten. Ich weiß, dass ein Job wieder etwas Neues bringt und Dinge verändern wird und die Nerven meiner Eltern beruhigt, weil ich mich erst im nächsten Jahr für das Masterstudium bewerben kann. Auf Dauer wäre ohne Job nach dem Studium und der Reise doch alles leer. Aber trotzdem habe ich ständig das Gefühl, dass sich um mich herum alles dreht, nur ich bleibe stehen. Manchmal bekomme ich davon abends sogar Kopfschmerzen. Keine Ahnung, was das ist, aber es ist nicht so körperlich, wie meine Beschreibung jetzt vielleicht klingt. Wie auch immer, ich gehe davon aus, dass du mich schon verstehen wirst. Du verstehst mehr als viele andere, weißt du das?

Bist du noch in diesem Ort mit diesem schwer merkbaren Namen? Und wie läuft die Sache mit diesem »artesano«?

Ich vermisse unsere gemeinsame Reise, obwohl sie nur so kurz war!

Bis bald
Julia

Durch das Fenster blicke ich auf den *zócalo*, wo er sitzt, dieser *artesano*, und einem Jungen ein Henna-Tattoo auf den Knöchel malt.

Die Sache mit dem artesano. Vielleicht ist sie ein bisschen wie deine Geschichte mit dem Israeli, die du mir in Puerto Escondido erzählt hast. Und sie ist so ähnlich wie der Schwindel und die Leere, die einen umgeben, solange man nicht weiß, was als Nächstes kommen wird. Wenn man in irgendetwas festhängt, das in der Gegenwart keinen Platz findet. Ich weiß, ich könnte dir viel mehr erzählen. Davon, wie sein VW-Bus aussieht, wenn sich morgens das Sonnenlicht hineintastet. Davon, wie er arbeitet, so vollkommen absorbiert von dem, was er tut. Davon, wie er mit einem Blick alles wahrnehmen kann, auch die Dinge, die sonst niemand sieht.

Und ja, ich bin immer noch in Ocelotlán. Wir haben ein Theaterstück geschrieben, Helen und ich. Ich habe noch nie etwas geschrieben, nicht so etwas, aber es ist faszinierend zuzusehen, wie sich die Fäden zusammenspinnen. Lebensfäden. Juanas und Marías, Anas und Normas, irgendwie auch Helens, die alle anderen zusammenhalten, unsichtbar. Ich weiß, die Namen sagen dir nichts, aber sie sind ein Teil von meinem Leben hier. Wir malen das Bühnenbild an die Wand, eine Lagune, die wie eingeschlossen ist von hohen Felsen. Dort treffen sie sich, diese Menschen aus dem Theaterstück, die ein wenig auch mit den Menschen zu tun haben, die sie in Wirklichkeit sind. Manche mehr, manche weniger. Wenn du mich jetzt fragen würdest, worum genau es eigentlich geht, könnte ich es dir gar nicht sagen. Alles, was ich dir sagen kann, ist, dass Helen sie irgendwie verzaubert. Wenn sie zu den Proben kommen, tragen sie alle ihren Ballast bei sich, so wie wir alle unser Alltagsgepäck bei uns tragen. Doch sobald Helen beginnt, löst sich alles auf. Übrig bleiben ein paar Menschen, die alles sein könnten, innerhalb dieses Rahmens natürlich, den der Raum und Helens Stimme vorgeben.

Ich halte inne und streife mir eine Haarsträhne aus den Augen. Überlege, ob ich Julia nicht viel zu viel geschrieben habe, von Menschen, die sie nicht kennt. Bevor ich weiter darüber nachdenken kann, schicke ich die Mail ab. Eigentlich will ich gehen, eigentlich. Ein Gedanke hat sich in meinem Inneren verhakt, eine Idee vielmehr, ich schaffe es nicht, ihn zu lösen. Schaue auf meinem Konto nach, wie viel sie mich bereits gekostet hat, diese Reise.

All mein Blut sinkt in meinen Magen, als ich die Kopfhörer aufsetze und eine Nummer wähle. Die Frau am anderen Ende der Leitung spricht mit klarer, tiefer Stimme, ihr Spanisch ist rasch, ein bisschen verwischt. Es ist so einfach, meinen Namen zu sagen, die paar Zahlen, die mich in ihrem System definieren, ich höre das freundliche Lächeln in ihrer Stimme und glaube für einen Moment, dass sie mich versteht, dass sie auch ohne weitere Worte weiß, was soeben geschieht. Mit einem schwachen »Adiós y gracias« lege ich auf, mein Atem so zäh wie Sirup. Nur ein paar Worte und aus sechs Wochen werden neun. Drei Wochen, die ich irgendwie meinem Vater erklären muss, aber nicht jetzt.

Der Himmel ist federweiß betupft, als ich das Internetcafé wieder verlasse. Ismael sitzt auf einer der Bänke, er hat uns *tortas* besorgt und ein *agua de Jamaica*, das ein bisschen zu süß ist und künstlich schmeckt. Ich lehne meinen Kopf gegen seine Schulter und schließe die Augen. Könnte ihm erzählen, dass ich Zeit gestohlen habe, Zeit für ihn, aber wir haben nie darüber gesprochen, wie lange ich in Mexiko bleibe. Meine Entscheidung macht für ihn keinen Unterschied.

Seine Stimme streicht leise murmelnd über mich hinweg wie eine laue Brise und ich antworte ihm ebenso leise. Erst dann fällt mir auf, dass ich meiner Mutter gar nicht geschrieben habe. Ich habe nicht einmal an sie gedacht.

»Wie lange bleibst du noch hier?«, frage ich unvermittelt. Meine Worte schrecken ihn auf, verwirrt sieht er mich an.

»Wie meinst du das?«

»Wie lange du noch hier in Ocelotlán bleiben wirst. Marisol meinte, dass du bald gehen wirst, und irgendwie glaube ich, dass sie damit recht hat. Hat sie doch, oder?«

Seine Antwort hinterlässt eine warme Spur auf meinen Lippen. Wir essen schweigend unsere *tortas*, ich trage den Müll zu einer kleinen, moosgrün gestrichenen Tonne und kehre wieder zurück. Noch immer sitzt Ismael dort, auf dieser Bank, und er sieht mich an und meint: »Du kannst gern mitkommen.

Wenn ich denke, dass es Zeit ist, weiterzugehen, kannst du gern mit mir mitkommen.«

Sein Blick ist ernst und sicher und ich zucke mit den Schultern. »Mitkommen wohin?«

Er lächelt und zieht mich zu sich auf die Bank zurück. Sein Kuss ist kurz, bleibt in mir hängen.

»Überallhin«, antwortet er und ich hoffe, dass wenigstens ein kleiner Teil von ihm das ernst meint. »Aber erst einmal in die Wüste. Dorthin will ich als Nächstes.«

»In die Wüste?«

Bevor er weitersprechen kann, tippt ihn der Kaugummi-Junge an den Arm. Sandspuren kleben an seiner Wange, aber er grinst zufrieden.

»Gerardo sucht dich«, informiert er ihn.

Der Junge sieht mich an, die Augen so groß wie Kaffeeschalen.

»Okay«, erwidert Ismael nach einem kaum merklichen Zögern. Er blickt auf die Uhr des *Palacio Municipal*. »Willst du noch mitkommen? Bis zum Workshop sind es noch zwei Stunden.«

Ich nicke nur und folge den beiden. Die Schritte des Jungen sind ungewöhnlich schnell und groß und er läuft voran, ohne sich einmal nach uns umzusehen.

»Wer ist Gerardo?«, frage ich Ismael.

»Der Mann, bei dem er lebt. Eigentlich ist er sein Onkel oder ein Freund seiner Eltern, ich weiß es nicht genau. Er kümmert sich um den Jungen. Gibt ihm Arbeit und einen Teil der Gewinne.«

»Arbeit? Müsste er nicht noch zur Schule gehen?«

»Hm.« Ismael beschleunigt seinen Schritt, ebenso wie der Junge, nachdem wir auf eine breite, wenig befahrene Straße abgebogen sind. Sie fällt ein wenig bergab, an den Seiten gesäumt von vereinzelten Bäumen und flachen Wohngebäuden, die immer ärmlicher aussehen, je weiter wir laufen. Schließlich biegt der Junge nach rechts ab auf ein Grundstück. Eine schiefe Holzhütte steht darauf und zwei kleinere, gemauerte Gebäude, die jeweils maximal Raum für ein winziges Zimmer beherbergen. An einer Seite vor einem eingefallenen Zaun lagert Bauschutt, überall auf dem spärlichen, niedergetretenen Gras verteilt liegen Colaflaschen und Keksverpackungen.

»Was ist mit seinen Eltern?«, flüstere ich.

»Sie sind tot.«

Ismael geht auf einen älteren Mann zu, der im Schatten der Gebäude hockt und Kartoffeln schält. Der Junge sitzt bereits neben ihm, ebenfalls ein Messer in der Hand, mit dem er die geschälten Knollen in dünne Scheiben schneidet.

Gerardo erhebt sich und begrüßt Ismael mit einem beherzten Klopfen auf die Schulter. Er redet schnell und undeutlich, sodass ich gar nicht erst versuche, der Unterhaltung zu folgen. Stattdessen lehne ich mich gegen den Rand eines großen Waschbeckens, benutztes Geschirr stapelt sich auf der einen Seite des tiefen Beckens, Schmutzwäsche auf der anderen. Ein struppiger Hund liegt in der Sonne und blinzelt mir zu, bewegt sich aber kaum.

Langsam streife ich über das Grundstück. Der Eingang von einem der Betongebäude ist mit einem Vorhang geschützt und ich vermute, dass sich darin die Toilette befindet. Die Tür zur Hütte ist offen, ein Doppelstockbett steht darin und ein niedriger Schrank, auf dem Boden verteilt Klamotten. Es riecht süßlich nach gerade erst gerauchtem Gras.

»Komm«, sagt Ismael, seine Hand umschließt meinen Ellbogen und zieht mich sanft mit.

»Schon fertig?«, frage ich verwirrt. »Was wollte er?«

»Er hat gefragt, ob ich ihn am Wochenende zur Lagune mitnehmen kann. Die Stadt veranstaltet dort ein Fest und er will *papas fritas* verkaufen.« Ich werfe einen Blick zurück auf den grimmig wirkenden Mann und den kleinen Jungen, der in der Sonne Kartoffeln schneidet. »Sie werden frittiert«, erklärt Ismael weiter.

Wie selbstverständlich nimmt er meine Hand. Ich gehe dicht neben ihm und kaufe an einer *tienda* eine kleine Packung Kekse.

»Willst du auch zu diesem Fest an der Lagune? Du könntest dort verkaufen, oder?«, frage ich.

»Ja, wahrscheinlich«, antwortet er gedehnt.

Der VW-Bus wartet in den länger werdenden Schatten. Wir setzen uns davor ins Gras und trinken Wasser aus Ismaels farbigen Bechern. Ich habe Appetit auf Schokolade und bemerke, dass ich seit meiner Abreise aus Deutschland keine mehr gegessen habe. Seit vier Wochen nicht. Vier Wochen. Von neun.

»Wohnen die beiden dort allein? Gerardo und der Junge?«

»Ja.« Ismael nimmt den letzten Keks aus der Packung und teilt ihn, genau in der Mitte. Beide knabbern wir an unseren Hälften, halten uns viel zu lange daran fest.

»Ab und zu lässt Gerardo gegen eine kleine Miete andere dort übernachten.« Er streichelt mir über den Arm, der noch warm ist von der untergehenden Sonne. »Er ist ein kluger Junge. Mach dir keine Sorgen um ihn.«

»Wieso sollte ich mir Sorgen um ihn machen?«, weiche ich aus. »Ich kenne ihn doch gar nicht.«

»Du kanntest auch Marisol und Helen nicht und trotzdem bist du hiergeblieben.«

Ich blicke ihn an und lächle vorsichtig. Weil sie nicht die Einzigen sind, Helen und Marisol, die ich nicht kannte. »Kann sein. Aber er ist noch so jung und er sieht jetzt schon so aus, als würde sein Leben sehr schnell wieder vorbei sein.«

Ismael steht auf und räumt die Becher in seinen Wagen. Ich lausche dem Klappern hinter mir, den Geräuschen, die anzeigen, dass etwas geschieht. Dass es immer weitergeht.

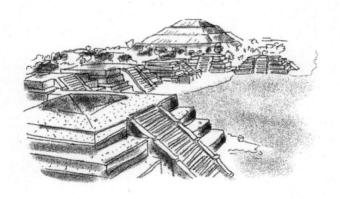

KAPITEL 12

ABSCHIEDE

Ich kann es ihr nicht beschreiben. Die vielen Bilder im Kopf, die zu verschwommen sind, um sie aufzumalen. Das Kribbeln in den Zehen und in den Fingerspitzen, das dumpfe Ziehen im Magen. Deshalb habe ich nichts gesagt. Mich nur auf den Boden gehockt, unter dem Fenster, durch das warme Luft und Salsaklänge quellen. Draußen rennen die Kinder einem Ball hinterher. Drinnen sitzen die Frauen und Mädchen, um Helens abschließenden Erklärungen zu lauschen. Sie durchschreitet den Raum, ihre Bewegungen wirken sehr ruhig und gezielt, doch sie ist schnell, wirbelt nahezu umher. Schließlich hält sie inne und ich merke, dass meine Aufmerksamkeit von Lücken durchsetzt ist. Die ganze Woche haben wir an dem Theaterstück gearbeitet und nun mit den Proben begonnen. Ab jetzt gehört es nicht mehr mir. Ab jetzt tragen Ana und María und Juana eine andere Geschichte und das Grün der Lagune ist dunkler geworden.

Vorsichtig stehe ich auf und blicke aus dem Fenster. Auf dem Platz steht Ismael, er wirbelt Marisol durch die Luft, die eigentlich schon zu groß ist für so etwas. Sie lacht nicht, wie sonst immer, und als er sie wieder auf den Boden stellt, hält sie sich an seinem T-Shirt fest.

»Schluss für heute«, sagt Helen gerade. Zusammen mit den anderen verlasse ich das flache Gebäude und gehe zu Ismael und Marisol hinüber. Das Mädchen sieht mich an, ihr Blick ist tief und ernst und fast ein wenig strafend.

»Wir kommen ja wieder«, erkläre ich. »Schließlich wollen wir das Stück sehen, wenn es fertig ist.« Ich lächle zaghaft, aber nichts davon kommt bei dem Mädchen an. Sie ist so viel kleiner, als es manchmal den Anschein hat. Ihr Herz ist noch weich, leicht verletzbar.

Hilflos blicke ich zu Ismael, doch auch seine Worte sind in ihrem Herzen versickert, dick und grau und unangenehm klebrig.

Eine nach der anderen gehen sie, Ana und María zum Schluss, nebeneinander, Juana sehe ich nicht mehr.

»Ich habe mich nicht verabschiedet.«

»Du kommst ja wieder.« Ismael legt eine Hand auf meinen Rücken und für einen Moment schließe ich die Augen. Ich komme ja wieder.

Marisol läuft zwischen uns. Sie ist sehr still diesmal und ich denke, dass sie wahrscheinlich immer so ist, wenn Ismael geht. Ein wenig bin ich erleichtert, als wir das Haus erreichen, in dem wie immer der Fernseher eingeschaltet ist, Carlos in der Hängematte schaukelt und vom Garten her der Geruch von gebratenem Fleisch weht.

»Heute gibt es Hamburger«, empfängt uns Norma lächelnd. »Als Abschiedsessen.«

Ich decke den Tisch. Carlos rollte seine Hängematte zusammen und hängt sie in einer Schlaufe an die Wand. Er redet viel während des Essens und ich halte meine Konzentration nicht mehr fest. Lasse sie wieder in den verschwommenen Bildern zerfließen, die meine Gedanken bevölkern, in dem tiefen Ziehen im Magen, das immer stärker wird, je weniger Essen auf unseren Tellern liegt.

Das schmutzige Geschirr bringen Norma und ich in den Garten. »Ich wasche das morgen ab«, meint sie. »Jetzt ist es zu dunkel.«

Eine Weile lang hängt unser Schweigen zwischen den Avocadobäumen. Ein Vogel singt, es klingt fast wie ein Lied. Ein sehr altes, vergessenes Lied und ich muss an diese Aztekin denken, von der Ismael mir erzählt hat. Nemi. In Carlos' Buch über die Geschichte Ocelotláns wird sie als fünfzehnjähriges Mädchen beschrieben. Sie ist als Einzige geblieben, als die Eroberer kamen, und dann spurlos verschwunden. Man sagt, ihr Mut hätte sie unsterblich gemacht.

Hier muss man so viel schneller erwachsen werden, immer schon.

Ich kann sie unmöglich zurücklassen.

»Ich habe ein Geschenk für dich«, murmelt Norma in das Lied hinein. Wir gehen in die Küche zurück, zwischen die Geräusche des Fernsehers drängt sich das Gespräch der beiden Männer. Norma wischt achtlos einen Aschefleck von ihrer roten Bluse, bevor sie sich bückt und etwas aus einem Schrank herausholt. »Ein Traumfänger«, erklärt sie. Der Rahmen besteht aus einem dünnen, getrockneten Zweig, der zu einem Kreis gebogen ist. Ein Netz aus gelblichen Hanffäden durchspinnt das Innere in einem regelmäßigen Muster und in der Mitte hängt ein kleiner, goldgelber Bernstein.

»Danke«, erwidere ich und nehme das Geschenk entgegen. Es ist so leicht, dass ich mir kaum vorstellen kann, wie dunkle, schwere Träume darin hängen bleiben sollen. Wohin sie verschwinden, wenn sie nicht durchkommen bis zu mir. Ob sie dann jemand anders träumen muss.

Ich umarme Norma, aus ihrer Kleidung strömt der rauchige Geruch des Feuers, über dem sie die Hackfleischbuletten für die Hamburger gebraten hat, und noch einmal bedanke ich mich bei ihr, für alles.

Marisol schenkt mir ein Bild, Ismaels Wagen ist darauf zu sehen und davor er und ich und Nemi und im Gras spielt ein kleines Tier, ein Eichhörnchen vielleicht oder ein Kätzchen. Sie hat ein Gedicht daruntergeschrieben, das ich kaum entziffern kann.

Endlich brechen wir auf. Der Weg bis zu Ismaels Wagen ist ungewöhnlich lang und ich bin froh, dass er meine Hand so sehr festhält, dass ich unterwegs nicht verloren gehen kann.

*

Ismaels alter Wecker klingelt früh und ich bin noch voller ungeträumter Träume, als ich mir draußen die Zähne putze. Der kühle, feuchte Geruch des Rasens, Tautropfen an den nackten Füßen.

Gemeinsam räumen wir das Innere des Wagens auf, in dem nun auch der Tisch verstaut ist und mein Rucksack voller unnötiger Sachen. Ich breite eine Decke über unser Bett, das nun wieder eine Art Sofa ist, und staple die Dinge darauf, die sonst nirgendwohin passen. Ismael klettert bereits nach vorn auf den Fahrersitz und ich steige aus, um die Schiebetür zu schließen.

Sie ist tatsächlich da. Nemi sitzt wartend im Gras und sieht mich an, ihr Schwanz klopft leise auf den Boden. Ich trete ein Stück beiseite, die Tür ist noch halb geöffnet, und ohne dass ich ein weiteres Wort sage, springt die Hündin ins Innere und rollt sich auf dem letzten freien Platz auf unserem Kissen zusammen.

»Wir können sie unmöglich mitnehmen«, wirft Ismael ein, nachdem ich bei ihm eingestiegen bin. »Wir können doch nicht mit einem Hund reisen.«

»Wieso nicht?«

»Wie soll das gehen?« Er sucht nach einer Begründung, vielleicht, dass wir viel fahren werden und der Hund auch Auslauf braucht oder dass es eigentlich ein Straßenhund ist, der nicht zu uns gehören kann, dass wir keinen Platz für sie haben. Doch dann startet er den Motor ohne ein weiteres Wort und Nemi blinzelt nicht einmal.

Die längst vertrauten Häuser und Plätze und Straßen salutieren an uns vorüber und ich unterdrücke den Impuls zu winken. All das Grau und Grün und Bunt ist vollgesogen mit unserem Leben. Ich spüre etwas zerreißen, als wir die Stadt hinter uns lassen. Ein Kribbeln erfasst meinen Körper, kurz und eisig kalt, und tröpfelt auf den Asphalt, um dort in der Sonne zu verdunsten, sich anderswo zu sammeln, für jemand anderen.

Ich lehne mich in unsere wortlose Unterhaltung zurück. Ab und zu knurrt Nemi im Schlaf und dann fasse ich nach hinten, kraule sie kurz hinter den Ohren, bis sie sich wieder beruhigt.

In einem kleinen Ort halten wir vor einem Restaurant. Die Sonne ist bereits ein ganzes Stück himmelauf geklettert und betrachtet uns von dort oben. Draußen an der Straße stehen ein paar Tische, unter dem Vordach hängt der Fernseher in einem mit Vorhängeschloss gesicherten Käfig. Aus der baufälligen Holzhütte dringt der Geruch von Fett und Gebratenem. Ich bestelle nur drei *tacos*. Ismael unterhält sich mit der Wirtin, die hier und da über ein paar Tische wischt, auf denen sich der Staub der Straße gesammelt hat, und zwischendurch innehält, um auf den Fernseher zu blicken. Er fragt viel und lacht und ich nehme meine Reste, satt, kaum dass ich angefangen habe, und gebe sie Nemi, für die gebratenes Fleisch und Maismehltortillas bestimmt nicht gesund sind. Trotzdem schlingt sie sie gierig hinunter. Ich bleibe in der offenen Schiebetür sitzen, die Beine in der Wärme des Tageslichts und den Kopf im Schatten, bis irgendwann Ismael kommt und wir wieder aufbrechen.

»Wohin fahren wir eigentlich?«, frage ich. Die letzten Häuser des kleinen Dorfes liegen bereits hinter uns und draußen dösen Agavenpflanzen auf sandigem Boden.

»Nach San Luis Potosí.«

Er schweigt, als müssten die vier Worte reichen, um mir ein Bild zu vermitteln von dem, was vor uns liegt. Ich suche den MP3-Player aus meiner Tasche und schalte ihn ein. Zum ersten Mal sehe ich sie mir an, die lange Liste an Songs, die darauf warten, gespielt zu werden. Kaum einer sagt mir etwas, kein Titel, kein Künstlername. Sie würden sich über meine unbenutzte Stereoanlage freuen, über die schwarzbraunen Boxen, die nie einen Bass geschmeckt haben oder den wippenden Rhythmus eines Schlagzeugs.

»Diesmal etwas Fröhlicheres, ja?« Ismaels Finger klopfen bereits einen Takt auf das Lenkrad.

Ich wähle einen Titel, der so klingt, als würde er zu uns passen, zu der Bewegung der Reifen auf leerem Asphalt, der Endlosigkeit um uns herum. Sofort lasse ich mich von den langgezogenen Klängen, der eindringlichen Stimme umhüllen. Ismael sagt nichts dazu, dass uns auch dieser Song nur weich umschließt, und als das Lied vorüber ist, drücke ich auf »Repeat«.

»Du hast einen komischen Musikgeschmack«, meint er irgendwann und ich sage ihm, dass es eigentlich nicht meiner ist, dass die Songs nur geborgt sind von jemand anderem. Er grinst mich an. »Meinst du.«

Mein Buch trägt bereits die Spuren meiner Reise, angeschlagene Seiten, leicht gewellt von ein paar Regentropfen, die durch den Stoff meiner Tasche gedrungen sind.

»Lies mir etwas vor«, bittet Ismael.

Diesmal beginne ich die Geschichte nicht von vorn und er fragt auch nicht nach dem Anfang. Meine Worte sickern in die ruhige, gleichmäßige Musik, passen sich ihr an, und diesmal ist es viel leichter, sie einfach auszusprechen, sie zu Sätzen zusammenzufügen. Nur einmal halte ich inne, um einen Schluck Wasser zu trinken.

»Weißt du«, sagt Ismael, »ich nehme fast immer Freunde mit, wenn ich reise. Dann ist es laut, sie lachen und trinken Bier und die Fahrt ist ganz schnell vorbei. Oder ich bin allein und alles ist ganz leise. So wie jetzt ist es sonst nie.«

»Wie ist es denn jetzt?«

Seine Finger klopfen unhörbar auf das Lenkrad. »Jetzt ist es so, wie es immer sein sollte.«

*

Wahrscheinlich habe ich geschlafen oder zumindest ein wenig gedöst. Ich blinzle aus dem Fenster, vor dem alles still steht, und öffne die Tür. Mit tauben Beinen stakse ich ein wenig auf der Straße herum, suche dann Nemis Trinknapf heraus und stelle ihn aufgefüllt auf den Asphalt, während Ismael die Fahrertür abschließt. Der Mond versteckt sich hinter eilig vorbeihastenden Wolken. Nemi hockt neben dem Auto und schleckt den Wassernapf aus, auf dem Boden sammelt sich eine Pfütze. Sie gähnt und sucht sich träge tapsend eine Hauswand, um ihre Blase zu entleeren. Einen Moment lang frage ich mich, was ich tun soll, wenn sie uns nicht folgt, wenn sie einfach irgendwohin läuft und nie wieder zurückkehrt, aber sie trottet uns hinterher, läuft manchmal ein Stückchen vor und wartet, wenn ich sie rufe, als hätte ihr Name schon immer zu ihr gehört.

»Ich habe hier einen Freund«, erklärt Ismael, ohne dass ich ihn gefragt habe. »Vielleicht können wir bei ihm wohnen.« Wir laufen am *zócalo* vorbei, an dessen Stirnseite sich eine Kathedrale wie selbstverständlich ausgebreitet hat und uns mit ihren beiden Seitentürmen von oben herab betrachtet. Ich schmiege mich etwas enger an Ismael, der seinen Arm um meine Hüfte legt. Er wirft nur einen kurzen Blick hinüber zu der Kirche. »Ganz schön imposant, was? Ich fühle mich auch immer so, als würde mich dieses Gebäude ganz genau mustern und darüber bestimmen, wer an diesem Ort bleiben darf und wer nicht.«

Offenbar dürfen wir bleiben, zumindest geschieht nichts, was uns hätte aufhalten können. Wir passieren die Kathedrale und streifen durch das historische Zentrum bis zu einer Gasse, in der sich Straßenhändler aneinanderreihen, kleine Stände und Tücher voller Waren auf dem Boden. Ich schlendere hinter Ismael her, bis dieser stehen bleibt und ein Grüppchen *artesanos* begrüßt. Ein paar lockere Handschläge, eine Umarmung von einem Mädchen, das vielleicht sechzehn ist oder siebzehn. Ismael stellt mich vor und mit einem Mal stehe ich inmitten dieses Kreises aus Menschen, die sich kennen, und von außen kann man gar nicht sehen, dass ich eigentlich gar nicht zu ihnen gehöre. Sie reden schnell und von Erinnerungen, an denen ich keinen Anteil habe. Unter dem Lachen verbirgt sich mein Schweigen. Meine Fingerspitzen berühren die von Ismael, bis dieser sich umwendet und ein paar Schmuckstücke an einem der Stände mustert. Ich beuge mich zu Nemi hinab, die sich, froh über die Streicheleinheiten, an meine Beine drängt.

»Du bist zum ersten Mal hier«, stellt eine Stimme fest.

Nur langsam hebe ich den Kopf und betrachte den Mann, dessen fülliger Körper das blendende Laternenlicht auffängt.

Trotz der nächtlichen Dunkelheit erkenne ich die Schatten und Furchen, die sich um seine Augen gegraben haben. Er streicht mit dem Zeigefinger über seine Bartstoppeln.

»Ja«, erwidere ich nach einigen Sekunden, obwohl er nicht wirklich eine Frage gestellt hat.

Er hockt sich mir gegenüber hin und betrachtet Nemi, die sich noch ein wenig mehr an mich schmiegt. Schließlich nickt er und sieht mich wieder an. »Ismael hat noch nie jemanden mit hierher genommen. In die Wüste geht er immer allein.«

Meine Finger graben sich zärtlich in Nemis Fell, unter dem ihr rascher, warmer Puls schlägt.

»Ich bin Óscar.«

»Ronja.« Diesmal kommt das Rollen wie von selbst, die Vibration der Zungenspitze gegen den Gaumen hinter den Zähnen, das leichte Kitzeln, und mein Name klingt so, wie Julia ihn ausgesprochen hat.

»Ihr könnt bei uns schlafen, wir haben gerade ein Zimmer frei.«

Ich lächle unbestimmt und frage mich, ob wir das nicht sowieso vorhatten, und wenn nicht, zu wem wir eigentlich gehen wollten. Ismael steht zwischen diesem jungen Mädchen mit den langen Beinen und einem *artesano*, der wild gestikulierend auf ihn einredet. Nur ein Blick, denke ich, nur ein Blick, und dann prickelt sein Lächeln auf meiner Haut wie die erste warme Frühlingsluft.

Das Mädchen verabschiedet sich und wir helfen den anderen, ihre Sachen zusammenzupacken, oder eher Ismael hilft ihnen und ich stehe neben Nemi und sehe ihnen dabei zu. Die Holzteile der Stände und die Planen werden zu einem nahe stehenden Gebäude getragen, ein Lagerraum der Universität, wo sie nebeneinander ruhen, bis sie das nächste Mal gebraucht werden.

Neben- und hintereinander marschieren wir die Straßen entlang. Die Jungs reden von Essen und wir kaufen Gemüse und Nudeln in einem Supermarkt, bevor wir das Gepäck in Ismaels Bus laden und uns zu acht dort hineinquetschen. Den Platz vorn, bei ihm, überlasse ich jemand anderem. Irgendwer schaltet das Radio ein und ich bin überrascht, dass es hier einen Klassiksender gibt. Die Musik fühlt sich so fremd an in diesem Land und in dieser Situation. Ganz unauffällig verwebt sie sich mit den Gesprächen und ab und zu sage auch ich etwas, es ist ganz leicht, sich in dem Lachen der anderen aufzulösen.

Wir verlieren uns in den Kurven und irgendwann halten wir an. Die Straße wird verschluckt von einer grauen Dunkelheit, durch die nur mühsam vereinzelte Laternenlichttropfen sickern. Ich schlinge die Arme um meinen Oberkörper, der von einem Schaudern erfasst und sofort wieder losgelassen wird. Auf einmal riecht es nach Ismael und er verknotet die schwarzen Ärmel seines Pullovers vor meiner Brust.

»Hast du etwas dagegen, wenn wir hierbleiben?«, fragt er so leise, dass nur ich ihn höre. Ich wickle mich enger in seinen Geruch und den weichen Stoff, der sich kurz zuvor noch um seinen Körper geschmiegt hat, und zucke mit den Schultern.

Es ist seine Reise und es sind seine Freunde. Er fasst mich am Arm und ich drehe mich zu ihm um, während die anderen schon vorausgehen mit ihrem Gepäck und den Lebensmitteln und den klappernden Bierflaschen und es ist ganz still, als Ismael mich küsst.

»Kommt ihr?«, schallt es aus irgendeiner Tür, durch die nacktes, weißgelbes Licht auf Treppenstufen fließt. Wir gehen langsam und dicht nebeneinander. Nemi springt die Stufen vor uns hinauf in das schmale Wohnzimmer hinein, in dem drei ausgesessene Sofas stehen und ein winziger Fernseher auf einem kleinen Tisch. Auf dem Boden liegen Decken und Kissen. Einer der Jungs schiebt ein paar Kleidungsstücke von einer Couch, damit ich mich setzen kann. Óscar verschwindet in der Küche,

Wasser rauscht aus dem Hahn. Die anderen verteilen sich auf den Sofas und dem Boden. Einer schaltet den Fernseher ein und ein anderer zündet einen Joint an. Wir sehen einen Film auf Portugiesisch mit spanischen Untertiteln, die Sprachen plätschern durcheinander. Ich stehe auf und geselle mich zu Óscar, der mir wortlos ein Messer reicht und die bereits abgespülten Tomaten. Es dauert eine Weile, bis ich seinen Blick bemerke.

»Was?«, frage ich irritiert.

»Nichts. Es ist nur, wie du die Tomaten schneidest«, erklärt er wenig hilfreich und ich betrachte das zerteilte Gemüse und das Messer in meiner Hand und finde nichts Außergewöhnliches daran. Er nimmt sein eigenes Messer in die linke Hand und eine große, runde Tomate in die andere und schneidet gerade, dünne Linien hinein und senkrecht dazu noch mal welche. Das Muster ist symmetrisch und so präzise, dass ich mich nicht über die kleinen, exakt gleich großen Würfel wundere, die entstehen, als er die so vorbereitete Tomate schließlich auf einen Teller legt und schneidet.

»Willst du vielleicht weitermachen?«, frage ich und er lacht kurz.

»Ich war fünf Jahre lang mit meinen beiden Kindern zu Hause. In der Zeit habe ich viel gekocht.«

»Du hast Kinder?« Ich sehe überrascht auf und mich dann in der Küche um, als erwartete ich, dass sie jeden Moment aus einem der Schränke stürmen könnten.

»Ja, zwei. Einen Jungen und ein Mädchen. Ich habe sie schon lange nicht mehr gesehen.« Er lässt die Nudeln in das mittlerweile kochende Wasser fallen und fügt Salz und eine in zwei Hälften zerteilte Knoblauchzehe hinzu. »Ihre Mutter und ich, wir haben uns vor anderthalb Jahren getrennt. Seitdem sehe ich sie kaum noch. Sie leben in Querétaro.«

»Wie alt sind deine Kinder?«

»Vierzehn und elf.« Er rührt mit einer Gabel in den Spaghetti und gießt dann einen Schuss Öl in eine Pfanne. »Meine Frau und ich waren noch ziemlich jung, als sie schwanger wurde. Sie war sechzehn und ich achtzehn. Ich glaube, wir haben uns immer gut um die beiden gekümmert, aber na ja ...«, er gibt zerhackte Zwiebeln in das zischende Öl, »... wenn ich ehrlich bin, habe ich mich um sie irgendwann nicht mehr gekümmert. Dafür umso mehr um andere Frauen.« Der Löffel schabt mit einem unangenehmen Kratzen in der gusseisernen Pfanne. Ich schiebe Óscar den Teller mit den Tomatenwürfeln zu, die er zu den gebratenen Zwiebeln schüttet. »Jedenfalls habe ich damals hervorragend kochen gelernt und die Kleinen sind immer gern in der Küche herumgekrochen und -gelaufen. Wir haben den halben Tag dort verbracht.« Um seine Augen kehren die winzigen Fältchen zurück, als er lächelt, zarte Linien in den dunklen Schatten. Ganz unauffällig schleichen sie sich zwischen die großen, die, die nicht verschwinden. Durstig trinkt er aus seiner Bierflasche und öffnet mir auch eine. Der Geruch von gedünstetem Knoblauch vermischt sich mit dem von Koriander, den Óscar zusammen mit zerhackten Chilischoten in der Pfanne verteilt. Ich helfe ihm dabei, die Teller zu beladen, in roten Seen ertränkte Spaghettiberge. Auf die Sauce streut er weißen Käse und legt zu jeder Portion eine halbe Avocado. Mittlerweile flüstert uns der Fernseher eine Serie zu, aber niemand sieht mehr hin. Das Essen schmeckt scharf und fruchtig und ich kaue langsam, um mich nicht an dem plötzlichen Brennen im Hals zu verschlucken. Sie unterhalten sich über Reisen, die sie irgendwann einmal erleben wollen, doch nur Ismael war schon wirklich weg, in Europa, alle anderen kennen lediglich Mexiko, das mir schon unendlich genug vorkommt. Er hält alle Aufmerksamkeit fest, als er von seinen Reisen erzählt, und es fühlt sich merkwürdig an, diesen Moment mit Fremden zu teilen. Ich betrachte die Gesichter, die ich vor wenigen Stunden noch nicht kannte. Sie wirken tief und gezeichnet von all den Tagen, die immer anders sind und frei. All die vergangenen Tage, aus denen man nicht ablesen kann, wohin sie führen werden. Kurz schließe ich die Augen und lehne mich zurück. Das Sofa ist voller Gerüche von fremden Besuchern, von vergangenen Mahlzeiten und längst vergessenen Gesprächen.

Die leeren Teller stapeln sich auf dem Tisch und Ismael meint, dass ich die wunderbarste Frau der Welt sei, aber sein Blick ist so weit weg und ich frage mich, ob er das auch gesagt hätte, wenn nicht dieser Nebel in seinem Kopf wäre. Der Raum ist schon voll von diesem süßlichen Duft. Unauffällig schleiche ich hinaus, setze mich auf die Treppenstufen und beobachte die Nacht. Nemi lässt sich neben mir nieder und legt ihren Kopf auf meinen Oberschenkel. Worauf wartest du?, scheint sie zu denken.

Worauf warte ich?

»Ist alles okay?«

Ich schlucke, spüre sein warmes Bein an meinem, aber ich kann ihm nicht antworten. Die Sätze wirbeln untrennbar durcheinander, verkleben zu einem zähen Brei, der langsam vertrocknen wird.

»Ja, ich glaube schon.«

Sein Kopf lehnt auf meiner Schulter.

»Ich meinte das ernst, was ich eben gesagt habe«, murmelt er schläfrig und ich kann ihn nicht fragen, woher er das wissen will.

»Okay«, antworte ich nur. Das Wort plumpst schwer zwischen uns und bleibt dort liegen wie ein grauer, harter Ziegelstein.

KAPITEL 13

KOJOTEN

Auch mit geschlossenen Augen spüre ich, dass Ismael noch schläft. Sein Atem ist anders, tiefer und ruhiger, so vollkommen in dem Moment. Ich drehe mich zur Seite, erst dann öffne ich die Augen und betrachte sein Gesicht, das so nah an meinem ist. Jeder Ausdruck scheint daraus verschwunden, hineingesunken in seine Träume.

Die Zeltplane dämpft den Morgen zu einem grünlichen Grau. Ganz weich zeichnet er Lichtflocken in Ismaels schwarze Haare und ich kann nicht anders, als die Locken vorsichtig zu berühren. Sie sind warm von der Hitze, die bereits diese frühen Stunden auflöst.

Leise öffne ich den Reißverschluss meines Schlafsacks und anschließend den des Zeltes, bevor ich in den grauen, steinigen Sand hinauskrieche. Ein paar Meter vom Zelt entfernt steht ein leerer Aluminiumtopf, den wir uns von Óscar ausgeliehen haben, auf unserer erkalteten Feuerstelle. Ich setze mich daneben, an den gekrümmten Stamm des Baumes gelehnt, dessen weite Krone mit den gefiederten Blättern unseren Lagerplatz bewacht. Ganz langsam atme ich die warme, frische Luft ein und wieder hinaus in die Wüste um mich herum. Schlanke, palmenartige Bäume mit bewachsenen Stämmen und andere mit weitfächrigen Kronen, ineinander verschränkte Kakteen, ein paar Agaven, einige mit hohem Blütenstamm. Nur Grau und Grün, ein paar gelbe Blüten an einem Gewächs. Alle anderen Farben wurden ausgeblichen von der klaren Morgensonne.

Bewegungslos lausche ich der Stille, die durchzogen ist von dem Surren von Insekten, ab und zu dem kurzen Lied eines Vogels. Meine Finger blättern durch das Buch auf meinem Schoß und lassen die Seiten erst nach etwa der Hälfte zur Ruhe kommen. Sofort versinke ich wieder in der Geschichte und bemerke erst, dass Ismael aufgestanden ist, als er vor mir steht.

»Frühstück?«, fragt er und knotet bereits eine der Lebensmitteltüten auf, die er in die Äste des Baumes gehängt hat. Wir haben das Essen auf dem Markt gekauft, bevor wir uns mit dem nötigsten Gepäck per Anhalter auf den Weg machten. Ohne Nemi, die bei Óscar und seinen Freunden zurückblieb. Weil wir sie nicht mitnehmen konnten, nicht per Anhalter, wie Ismael mir erklärte, mehrmals. Sie winselte und kratzte gegen das Holz der Tür, die ich hinter uns geschlossen hatte, und fast wäre ich bei ihr geblieben.

»Es ist ja nur für ein paar Tage«, schreckt mich Ismael auf.

»Was?«, gebe ich verwirrt zurück.

»Nemi. Sie ist ja nur für ein paar Tage dort.«

Ich blinzle die Gedanken davon. »Ja, ich weiß«, entgegne ich dann. »Aber das ist lange genug. Ich hoffe, sie kümmern sich um sie.«

»Werden sie. Du hast Óscar schließlich sehr eindringlich darum gebeten und er sah nicht so aus, als würde er seine Aufgabe nicht ernst nehmen.«

Wir belegen viel zu weiches Toastbrot mit angeschmolzenem Käse. Das Wasser ist fast aufgebraucht. Mehr als eine Anderthalb-Liter-Flasche wollte Ismael nicht kaufen, auch so war unser Gepäck schwer genug. Auf unserem gestrigen Marsch von der Straße, wo uns der Pick-up-Fahrer absetzte, immer weiter in die Landschaft hinein fiel ich zunehmend zurück. Die Riemen meines Rucksacks drückten an den Schultern und mit jedem Schritt wurden meine Füße schwerer. Die staubige, heiße Luft verklebte meine Lunge. Ismael entfernte sich immer weiter von mir. Irgendwann blieb er stehen und wartete auf mich, in seinem Blick lauerte die Ungeduld, aber er sagte nichts. Danach ging er etwas langsamer und ich etwas schneller, bis die karge Landschaft um uns herum wieder an Leben gewann. Wir trafen auf ein paar Häuser, nackte graue Hütten im Nichts. Eine alte Frau stand vor einem winzigen Gebäude, das wohl so eine Art Laden war, ausgemergelte Hunde hechelten im Schatten, einer folgte uns ein Stückchen. Hinter dieser Ansammlung von Häusern, weniger als ein Dorf, erstreckte sich der Lauf eines nahezu ausgetrockneten Flussbettes, an dessen Ufer die Vegetation viel dichter wurde, viel grüner. Auf einer erhöht liegenden Stelle fand Ismael einen Platz für unser Lager.

Wir frühstücken stumm und trinken die letzten Reste Wasser.

»Willst du mitkommen?«, fragt er und deutet auf die leere Flasche. Ich nicke. Schweigend räumen wir alles zusammen, deponieren die Tüten wieder im Baum und brechen auf zu dem winzigen Dorf. Die Stille ist so nah, dass man sie anfassen kann. Lediglich das Meckern von ein paar Ziegen dringt bis zu uns.

Wir begegnen niemandem auf dem ausgetretenen Weg und auch die Tür zu dem Geschäft ist verschlossen. Ismael klopft dagegen, das Pochen dringt laut in den Raum dahinter. Gerade als wir uns umwenden und wieder zurückgehen wollen, wird die Tür geöffnet. Die alte Frau vom Vortag sieht uns an, ihr Gesicht ist faltig und ausdruckslos. Wir folgen ihr in den düsteren Raum hinein, nur eine Glühbirne baumelt von der kahlen Decke. Ein einzelner, wackliger Tisch steht an einer Wand und daneben ein paar Kisten mit Gemüse und Keksen, Putzmitteln und Konserven, in einer Ecke Getränkeflaschen. Wir kaufen die letzte mit Wasser und eine mit Sprite.

»Morgen kommt die nächste Lieferung. Oder übermorgen«, antwortet die Frau auf Ismaels Frage, der Klang ihrer tiefen Stimme schabt unangenehm über meine Haut. Wir bezahlen und tragen die Getränke zurück zu unserem Lager.

»Warst du schon häufig hier?«, frage ich Ismael.

»Das ist das fünfte oder sechste Mal. Das erste Mal bin ich mit einem Freund gekommen. Er hat mir den Ort gezeigt. Danach war ich immer allein hier.«

Obwohl die Hitze immer tiefer bis in die schattigsten Winkel dringt, fühle ich ein Kribbeln in den Beinen, eines, das mich immer weiter lockt. Ich suche meine Tasche aus dem Zelt und Ismael, der sich gerade im Schatten das gekrümmten Baumes niederlassen wollte, sieht mich fragend an.

»Hast du noch eine Verabredung?«

»Ich wollte mir die Umgebung ansehen, vielleicht ein paar Fotos machen.«

»Okay.« Er nickt nachdenklich. »Pass auf die Kojoten auf.«

»Kojoten?«

»Keine Angst, sie sind in der Gegend eher scheu. Ich glaube nicht, dass du einem begegnen wirst. Und selbst wenn, greifen sie normalerweise keine Menschen an.«

»Normalerweise.«

Er grinst, nimmt meine Hand und zieht mich an sich. »Vielleicht machen sie bei dir eine Ausnahme. Willst du, dass ich mitkomme?«

»Wegen der Kojoten? Ich glaube nicht, dass sie dich eher jagen würden.« Ich kneife ihm spielerisch in seinen kaum vorhandenen Bauch und löse mich wieder aus seinen Armen. »Ich gehe eh nicht weit, am Ende finde ich sonst nicht mehr zurück.«

Vorsichtig setze ich meine Schritte, versuche, so wenige Geräusche wie möglich zu verursachen. Ab und zu bleibe ich hängen, mit der Hose an irgendeinem Gestrüpp, mit den Haaren an den dornigen Zweigen eines Baumes. Obwohl das Zirpen und Surren mich umringt, kann ich kaum Insekten ausmachen. Mein Blick fährt über die Weite der Landschaft, irgendwo am Horizont ragen diesig umnebelte Berge empor.

Es wäre so leicht, hier verloren zu gehen.

Wahrscheinlich würde man mich niemals finden.

Mit einem trägen Kopfschütteln sammle ich meine Konzentration und suche mir ein schattiges Plätzchen. In der Ferne sehe ich unser graugrünes Zelt, das sich wie selbstverständlich in seine Umgebung einfügt. Für einen Moment zieht es mich schmerzhaft zurück, aber ich bleibe sitzen, suche mein Tagebuch heraus und die Pastellkreide und warte darauf, dass die Bilder in mir niedersinken.

Die Linien sind zittrig und ich finde keine Farben, um die Flächen zu füllen. Ich versuche es mit einem dunklen Grün und Grau, aber nichts sieht so aus, wie ich es sehe, nur verschmierte Flecken, die nichts Ganzes ergeben. Mit einem Seufzer packe ich die Sachen wieder ein und nehme stattdessen ein paar Fotos auf. Etwas zu helle, verlorene Fotos, doch wie soll man auch eine Welt festhalten, in der die Natur den Atem anhält?

Ich glaube, es ist kaum Zeit vergangen, als ich zurückgehe. Ismael sitzt unter dem Baum und arbeitet und ich setze mich neben ihn und stütze mein Kinn auf seine Schulter.

»Hast du einen gesehen?«, fragt er.

»Einen was?«

»Einen Kojoten.«

Ich lächle stumm. »Noch nicht.«

»Hunger?«

»Immer.«

Wir suchen kochbare Lebensmittel aus unserem Baumlager, Karotten und Kartoffeln, ein paar runde, kleine Zucchini, Zwiebeln, Tomaten und ein birnenförmiges Gemüse mit stachliger, grüner Schale. Ismael beginnt, alles auf einem kleinen Holzbrett zu zerlegen, während ich mit dem Topf zu dem schmalen Flussrinnsal hinuntersteige, um ihn auszuwaschen. In einiger Entfernung entdecke ich Pferde mit sattem, braunem Fell, an einigen Stellen weiße Flecken. Unruhig beobachten sie mich, wie ich den Topf in dem grünlichen Wasser ausspüle, das ihn wahrscheinlich nicht sehr viel sauberer macht. Sie schnauben und wiehern nervös.

Als ich sechs oder sieben Jahre alt war, wollte meine Mutter mich zum Reitunterricht bringen. Sie selbst war viele Jahre geritten, aber ich hatte mich gesträubt. Die Tiere waren mir viel zu groß erschienen, kraftvoll und gefährlich. Nicht ein einziges Mal konnte sie mich dazu überreden, mich auf eines raufzusetzen.

Die Wüste würde ganz anders aussehen, wenn man sie auf dem Rücken eines Pferdes durchstreifen könnte. So wie in einem Westernfilm vielleicht, wild und unnahbar, voller verborgener Schönheiten. Weniger bedrohlich, weiter, aber bezwingbarer.

Ismael ist fast fertig mit dem Gemüse, als ich zurückkomme. Wir füllen etwas Öl in den Topf und entzünden die Feuerstelle. Ich beobachte ihn dabei, wie er nach und nach die Gemüsestücke hineingibt, dazu etwas Knoblauch. Schließlich verschließt er den köchelnden Eintopf mit dem Deckel.

»In ein paar Stunden ist das Essen fertig«, scherzt er. Ich krieche in das Zelt und suche meine Hängematte heraus. Tatsächlich gelingt es mir, sie zwischen die Zweige unseres Baumes zu spannen. Müde schließe ich die Augen, ergebe mich der Hitze und der Musik aus Julias MP3-Player, ein neues Lied diesmal, eines, zu dem ich bisher noch nicht vorgedrungen bin. Spüre, wie Ismael neben mich kriecht, sich unsere Beine ineinander verschränken.

»Weshalb warst du schon so oft an diesem Ort?«, frage ich so leise, dass ich mich selbst kaum höre gegen die Klänge in meinem Ohr.

»Das ist schwer zu erklären. Ich glaube, es ist wegen der Ruhe.« Seine Worte kitzeln über meine Haut, legen sich darauf nieder wie eine Schicht Kleidung. »Und weil es hier niemanden gibt, der einen stört. Man ist mit sich allein.«

»Außer jetzt.«

»Ja. Außer jetzt.«

Die Hängematte schaukelt sanft hin und her, als er uns von dem Stamm des Baumes abstößt. Ich reiche ihm einen der Ohrstöpsel und drücke auf »Repeat«. Durch die Zweige blitzt die Sonne und ein kleiner Vogel hüpft auf ihnen herum.

»Wenn du könntest, würdest du dann für immer hierbleiben?«

Erst glaube ich, dass er meine Frage nicht gehört hat, doch dann bewegt er sich, ganz leicht nur, und ich wende den Kopf, um ihn anzusehen. Er kneift die dunklen Augen zusammen, konzentriert sich auf irgendetwas tief in seinem Inneren.

»Vielleicht. Aber ich kann nicht.«

»Nein?«

»Nein. Würdest du immer mit dir allein sein wollen?«

Die Zeit, in der ich das tatsächlich gewesen bin, fühlt sich so unendlich weit weg an, ist nicht mehr ein Teil von mir. Wie ein Pullover, der mir zu klein geworden ist. Jene kleine Wohnung, deren Fenster der Efeu verrankte. Geräusche nur gedämpft von außen. Ein Telefon, das fast nie klingelte. Ich lege meine Hand auf Ismaels Bauch. »Jetzt nicht mehr.«

Nach einer Weile kämpft er sich aus der Hängematte und prüft unser Mittagessen. Aus dem Topf steigt der schwere Duft gekochter Kartoffeln.

»Willst du?« Er blickt mich fragend an und ich setze mich neben ihn in den Schatten. Wir teilen uns meinen Plastikteller und das winzige Campingbesteck. Vorsichtig koste ich von dem noch heißen Essen und bin überrascht, wie intensiv und würzig es schmeckt, obwohl wir nur Salz dabeihaben, keine anderen Gewürze. Ismael halbiert eine Avocado, die schon weich ist und ganz schwarz von außen, und beißt von einer kleinen, fast runden Chilischote ab. Die Tränen steigen ihm in die Augen und ich unterdrücke ein Lachen. Bisher habe ich ihn nicht ein einziges Mal etwas ohne Chili essen sehen, außer der *churros* in Ocelotlán und dem *arroz con leche* bei Norma.

Ocelotlán.

Der Name dieses Ortes wühlt in meinem Magen. Vielleicht sind sie schon fertig mit dem Theaterstück, vielleicht haben sie es schon längst aufgeführt, doch dann fällt mir ein, dass wir erst vor zwei Tagen abgefahren sind. Dass wir eigentlich noch gar nicht wirklich weg sind.

»Auch?« Ismael reicht mir seine gelbe Habanero, aber ich winke ab.

»Wir müssen Wasser sparen, und wenn ich davon auch nur ein winziges bisschen esse, brauche ich mindestens einen halben Liter Flüssigkeit«, begründe ich und lege meinen Löffel ab. Die Wärme füllt meinen Magen schneller als das Essen. Ich krieche in die Hängematte und in die Musik zurück und bin dankbar für das Nichtstun, für Ismaels stille Anwesenheit. Er raschelt und klappert mit irgendetwas und danach wird es ganz ruhig, wie vorher, nur das Summen der Insekten und dazwischen vereinzelte Windbrisen in den Blättern des Baumes. Ich lasse mich durch diese Geräusche gleiten, durch die Musik, breite die Arme ein wenig aus und es fühlt sich so an wie fliegen. Selbst wenn ich fallen würde, es würde nicht weh tun, ich würde einfach davon gleiten, durch diese Landschaft voller stachliger Gewächse, höher, bis hinein in das tiefe Blau, das mich verschluckt, und dann bin ich weit weg, von hier und von allem anderen.

Etwas scheppert unter mir und ich reibe mir die Müdigkeit aus den Augen, höre immer noch dasselbe Lied, zum wievielten Mal weiß ich nicht. Die Sonne steht bereits tief und die erholsame Frische des Abends weht über die Ebene.

Noch immer etwas benommen von einem Traum, an den ich mich nicht erinnern kann, richte ich mich auf. Das graubraun gescheckte Tier neben meiner Hängematte sieht auf und starrt mich regungslos an. Ein Kojote, denke ich, aber er ist viel zu groß dafür. Unter dem dünnen Fell zeichnen sich die Rippenbögen ab und die schwarzen Nasenflügel blähen sich. Er tritt ein paar Schritte zurück, beobachtet mich aufmerksam.

Der Topf mit unserem Abendessen liegt umgekippt auf der kalten Feuerstelle, nur noch wenige Reste darin, die jetzt auch niemand mehr essen würde.

»Böser Hund«, versuche ich zu schimpfen, doch es gelingt mir nicht, meine Stimme verärgert klingen zu lassen. Die großen, dunklen Augen starren mich immer noch an. Vorsichtig schäle ich mich aus der Hängematte. Für einen unspürbar kurzen Moment habe ich Angst, dass er mich angreifen könnte. Er ist hungrig und ausgemergelt und ich bin allein, zumindest kann ich Ismael nirgendwo entdecken. Unschlüssig hebe ich den Topf vom Boden auf und halte ihn bewegungslos in den Händen. Schließlich stelle ich ihn etwas abseits von unserem Lager wieder ab und blicke den Hund an.

»Na komm«, sage ich freundlich. Sofort setzt er sich in Bewegung. Innerhalb weniger Sekunden hat er das restliche Essen ausgeschleckt. Mit einem Seufzer nehme ich den nun leeren Topf, kontrolliere, ob nichts Essbares mehr in Erreichbarkeit des Hundes herumliegt, und laufe hinunter zum Flussbett, um den Topf auszuwaschen. Der Hund folgt mir in einiger Entfernung, wartet, bis ich mit der Spülprozedur fertig bin, und läuft mir wieder zum Zelt hinterher.

Noch immer ist das Lager verlassen. Mein Herz klopft nervös. Eilig blicke ich in das Zeltinnere, plötzlich von der Angst erfüllt, Ismael könnte einfach so gegangen sein, mich hier zurückgelassen haben, doch sein Rucksack liegt noch neben meinem. Ansonsten ist das Zelt leer, auch hier keine Spur von ihm.

»Was machen wir jetzt?«, frage ich den Hund, der sich im Schatten des Baumes hingelegt hat. Zögernd gehe ich auf ihn zu und setze mich neben ihn. Er lässt sich hinter den Ohren kraulen, gähnt einmal und stützt dann seinen Kopf auf seine Vorderpfoten. »Wenn wir ihn suchen müssen, verlasse ich mich auf dich.«

Der Hund antwortet nicht, natürlich tut er das nicht. Meine Hand ist schmutzig von seinem Fell, ich wische sie an meiner Hose ab.

Er hätte mich aufwecken und mir sagen können, dass er weggeht. Oder mir wenigstens einen Zettel dalassen. Oder warten können, bis ich mitkomme, wohin auch immer.

Der Horizont verfärbt sich rosa, die Dämmerung kriecht aus ihrem Versteck immer näher auf mich zu. Auch die Streichhölzer hat er. Eilig suche ich meine Taschenlampe aus dem Rucksack, um wenigstens etwas zu haben gegen diese Dunkelheit, in der es nicht mehr gibt als einen hageren Mond und Sterne, die viel zu weit weg sind.

Gerade als die letzten Lichtfetzen verblassen, kommt eine schmale, schattenhafte Gestalt den Weg hinauf. Der Hund neben mir spitzt die Ohren und reckt seine Schnauze in die Luft, gibt jedoch kein einziges Geräusch von sich. Vielleicht würde er mich doch nicht beschützen, wenn ich jetzt in Gefahr wäre. Nur ein Essen, mehr verbindet ihn nicht mit mir.

»Wo warst du denn?«, frage ich und will gar nicht so vorwurfsvoll klingen, wie meine Stimme mir vorkommt.

»Ein bisschen spazieren. Du hast geschlafen.«

Spazieren in diesem staubigen Nirgendwo, in dem man überall hängen bleibt, in dem alles sich irgendwie ähnlich sieht.

Ich antworte nicht. Er setzt sich neben mich, auf die andere Seite, und der Hund hat sich wieder hingelegt, atmet ruhig und gleichmäßig.

»Wo hast du den da her?«

»Ich habe ihn nirgendwoher. Er ist von selbst gekommen und hat unsere Suppe aufgegessen.«

»Oh.« Ismaels Blick schweift durch die Dunkelheit und bleibt an der Feuerstelle hängen, in der der nun leere Topf steht. »Was essen wir dann?«

»Weiß nicht.«

»Glaub ja nicht, dass du den auch behalten kannst. Er gehört bestimmt jemandem aus dem Dorf.«

Jetzt, da die Hitze nachlässt, bekomme ich tatsächlich Hunger, doch ich will mich nicht bewegen. Irgendetwas hat sich um uns gesponnen, ganz dünn ist es und ich spüre die Risse darin.

»Ich habe Peyote gesucht«, erklärt Ismael nach einer Weile.

»Was ist das?«

»Eine Kaktusart.«

»Was willst du damit?«

»Ihn essen.«

Verständnislos sehe ich ihn an, das, was ich von ihm erkennen kann. Meine Hand liegt wieder auf dem staubigen Fell des Hundes, der noch keinen Namen trägt.

»Er löst Halluzinationen aus«, fügt Ismael hinzu.

»Du meinst, wie eine Droge?«

Er erwidert nichts und ich erinnere mich, dass Julia mir einmal davon erzählt hatte. Manche Menschen führen nur in die Wüste, um Peyote zu essen, obwohl das eigentlich verboten ist.

»Bist du deshalb hier?«

»Nicht direkt.« Seine Finger tasten sich vor bis zu meinen und ich halte meine Hand ganz still, als sie sich darauflegen. »Ich habe das erst zweimal gemacht. Das erste Mal, als ich mit meinem Kumpel herkam, dann einmal noch allein. Es befreit den Geist, weißt du. Man sieht vieles hinterher anders.«

Ich frage mich, was genau er denn anders sehen will. Er steht auf und raschelt in den Tüten, sucht wahrscheinlich nach etwas, das wir jetzt essen können. Der Hund hat sich aufgesetzt und beobachtet Ismael neugierig, bewegt sich dabei aber kaum. Vorsichtig fahre ich ihm über den Rücken und an der Seite entlang, spüre nur das kurze Fell und die Knochen direkt darunter. Ismael kommt mit einem Teller zurück, Sandwichscheiben bestrichen mit Avocado und belegt mit Tomaten.

»Hier«, sagt er und wirft etwas in die Dunkelheit vor die Pfoten des Hundes.

»Was ist das?«

»Avocadoschalen.« Schmatzend verschlingt das Tier die wenigen Reste. »Er frisst sie wegen des Fettes darin.«

Irgendwann, als wir fertig sind und in der Einsamkeit der Nacht unsere Zähne geputzt haben, kriechen wir in unser Zelt. Auch wenn ich ihn nicht sehen kann, weiß ich, dass der Hund dort draußen auf den nächsten Tag wartet. In der Hoffnung, dass dann wieder etwas übrig bleibt.

»Was hältst du von ›Negro‹?«, fragt Ismael schläfrig.

»Wie meinst du das?«

»Als Namen für den Hund.«

»Ich denke, ich kann ihn nicht behalten.«

»Hm.« Seine Stimme schwimmt davon. Ich vergrabe mich tief in meinem Schlafsack, obwohl ich nicht müde bin, und habe mit einem Mal das Gefühl, dass es regnet. Dass weiche, kühle Wassertropfen auf die Zeltplane prasseln.

Negro. Dabei ist er gar nicht schwarz.

»Ismael?«

»Ja?«

»Erzählst du mir eine Geschichte?« Ich kuschele mich enger an ihn.

»Was für eine Geschichte?«

»Irgendeine. Etwas über dich.«

»Über mich gibt es keine Geschichten.« Er schiebt seinen Arm unter meinen Kopf, der andere umfasst meine Taille und die unsichtbaren Regentropfen werden zu den Klängen eines Pianos, zu einem der Lieder aus Julias Playlist. »Es tut mir leid, dass ich einfach so weggegangen bin. Ich bin es nicht gewohnt, jemand anderem Bescheid zu sagen.« Um uns herum die dünne Zeltwand, dahinter nichts.

»Du bist wie dieser Typ aus der Legende.«

»Welcher Typ?«

»Der aus der Legende von Nemilitzli. Ich habe in Carlos' Geschichtsbuch darüber gelesen und in diesem kleinen Museum in Ocelotlán wurde er auch erwähnt. Man sagt, dass Nemi nicht allein in diesem Ort zurückblieb, sondern dass ein Krieger bei ihr war. Er sollte sie beschützen, jedenfalls vermutet man das. So genau weiß man eigentlich nicht, was er für eine Funktion hatte, denn was soll ein Krieger schon allein gegen eine spanische Conquistadorenarmee ausrichten? Vielleicht blieb er auch bei ihr, weil er ein verbotener Geliebter war. Jedenfalls verließ er sie im letzten Moment einfach so, und als die spanischen Eroberer kamen, war Nemi allein.«

»Ich würde dich nie einer Horde Spanier überlassen. Außerdem, wer weiß, vielleicht hat er allen eine Falle gestellt und seine Geliebte dadurch gerettet. Bei Legenden weiß man nie, wie viel dazuerfunden wurde. Und ob überhaupt etwas an ihnen wahr ist.«

»Hm.« Ich vergrabe mein Gesicht an seiner Brust, dort, wo mir sein Leben entgegenschlägt. »Es wäre doch schön, wenn ein bisschen davon wahr wäre. Ein ehemals verfluchter Ort und eine blutjunge Prinzessin, die mutiger ist als alle anderen.«

»Na klar, jetzt ist sie schon eine Prinzessin.« Sein Lächeln kitzelt über mein Haar. »Und dein vergessener Krieger ein gefallener Gott. Was kommt dann? Sie leben gemeinsam bis zu ihrem glücklichen Ende?«

»Es gibt kein glückliches Ende. Ein Ende ist immer irgendwie traurig.«

»Das kommt darauf an, was man daraus macht.«

Die letzten Pianotropfen, bevor die Nacht still wird.

»Rona?«

»Ja?«

»Darf ich den Hund behalten?«

KAPITEL 14

FAMILIEN

Man kann die Wärme zwischen ihnen sehen, seine und ihre. Ganz ruhig liegen sie nebeneinander, ohne Berührung, die Rücken einander zugewandt. Nemis Atem ist rasch, als würde sie rennen im Traum, vor etwas davonlaufen, während sich Negros Bauch nur langsam hebt und senkt.

Niemand hatte uns mitnehmen wollen, als wir mit dem ausgemergelten Hund am Straßenrand warteten. Es ist ohnehin schwieriger geworden, mitgenommen zu werden, hatte Ismael mir erklärt. Wegen der Drogengeschichten. Weil niemand, der vom Militär angehalten und kontrolliert wird, einen Fremden bei sich haben will, von dem man nicht weiß, was er in seinem Rucksack transportiert. In manchen Gegenden hört man nachts Hubschrauber und morgens die Geschichten. Bandenbosse, die ins Gefängnis gesteckt wurden, oder Menschen, die irgendwie zwischen die Fronten gerieten. Tote. Manchmal steht es in den Zeitungen, meistens nicht.

»Vielleicht wird es ja anders, sobald Peña Nieto Präsident ist«, sagt einer von Ismaels Freunden. Wir sitzen in der kleinen Gasse zwischen den Ständen voller Schmuck und Kleidung.

Óscar lacht laut, tief und bärig, irgendwie gemütlich klingt sein Lachen, auch wenn es in dem Moment gar nicht witzig gemeint ist. »Als ob sich schon jemals irgendwas geändert hat, wenn ein anderer Präsident kam. Zumindest ist es nie besser geworden. Und dann auch noch einer von der PRI. Die hatten schon lange genug Zeit, alles kaputt zu machen.« Irgendwie sieht er erschöpft aus nach seiner kurzen Rede. Unter seinen Augen liegen tiefe Ringe und sein Atem riecht säuerlich nach abgestandenem Alkohol und dem Bier, das er in seiner bunten Umhängetasche versteckt. María hatte unrecht, es gibt noch Menschen, die sich für ihr Land interessieren, ein wenig zumindest, Menschen, die eigentlich noch jung genug sind, für etwas zu kämpfen.

Auch ich wäre jung genug dafür.

Óscar zwinkert mir zu durch seine Müdigkeit und ich lächle still zurück. Ismael ist nicht da, er läuft lieber herum, sagt er, spricht die Mädchen und Jungs an und fragt sie, ob sie Tattoos haben wollen. Mein Buch liegt aufgeschlagen auf meinen Knien, doch ich kann mich nicht konzentrieren. Die Stimmen wirbeln um mich herum, immer noch in politische Diskussionen verstrickt, dazwischen die Geräusche vorbeischlendernder Menschen. Ich habe Lust auf ein Eis, will aber die Hunde nicht allein hierlassen, damit sie nicht verschwinden in der Menge auf der Suche nach Ismael oder mir. Auch wenn sie bestimmt zurückfinden würden, schließlich ist auch Nemi in den Wüstentagen nicht verloren gegangen.

Heute Morgen habe ich eine Hündin gesehen, die von fünf oder sechs Rüden verfolgt wurde. Eigentlich müssten wir Nemi sterilisieren lassen.

Óscar klappt seinen Hocker auf, der viel zu klein aussieht für ihn, und setzt sich neben mich. »Wie fühlst du dich?«, fragt er.

Ich blicke zu ihm hoch und denke, dass mich das noch nie jemand so gefragt hat. Es klingt viel ehrlicher, ist viel mehr als ein »Wie geht's dir?«.

»Ich weiß es nicht«, antworte ich. Nemi schreckt auf, vielleicht durch meine Stimme geweckt, und blinzelt mich an. »Alles okay«, flüstere ich ihr zu.

»Ich habe ein Geschenk für dich.«

»Ehrlich?« Überrascht taxiere ich ihn, erwarte, dass er nur einen Scherz gemacht hat. Er hat keinen Grund, mir etwas zu schenken.

»Ja, ehrlich.« Ein Lächeln gleitet über sein Gesicht. »Einen Glücksbringer.« Er öffnet den Reißverschluss seiner abgewetzten Ledergürteltasche und sucht ein schwarzes Plastiktütchen hervor, das er mir wortlos reicht. Ein Armband ist darin, es glänzt silbern und wird in der Mitte von einem hellgrünen, zu einer Blüte geschliffenen Kristall zusammengehalten.

»Das ist ein Jadeit«, erklärt Óscar. »Die sind sehr schwer zu bearbeiten.«

»Hast du ihn selbst geschliffen?«

»Ja, wir haben bei uns eine kleine Werkstatt. Ismael wollte sie heute Abend noch benutzen, dann zeige ich sie dir.«

Sorgsam wiege ich das Schmuckstück auf der Handfläche und streiche vorsichtig mit den Fingern darüber. »Danke. Es ist wirklich wunderschön.« Ich lege das Armband um mein Handgelenk, es fühlt sich kühl an auf der Haut, glänzt poliert und neu.

»Es passt«, stellt er fest.

»Ja, perfekt.« Mir fällt nichts ein, das ich ihm geben könnte, ich trage nichts bei mir, das verschenkbar wäre. Er hat die Augen geschlossen gegen die Sonne, die langsam den Dächern entgegensinkt. Ganz ruhig sitzt er da, völlig bewegungslos, ohne auf irgendetwas zu warten. Als gäbe es keine Zeit, die immerzu gleichmäßig an uns vorbeitropft.

*

»Wohin fahren wir?« San Luis Potosí haben wir schon vor über einer Stunde verlassen. Die Umgebung sieht struppig aus und strohgelb, vertrocknete Landschaft. Wir überqueren einen Fluss, das Wasser glitzert in der Sonne, doch darunter ist es grau und schlackig.
»Nach Morelia. Meine Cousine wohnt dort. Ich habe sie schon seit Jahren nicht mehr gesehen und ihr versprochen, mal vorbeizukommen, sobald ihr Kind geboren ist. Mittlerweile ist er etwa drei Jahre alt und sie hat vor einem halben Jahr ihr zweites Kind zur Welt gebracht. Diesmal ein Mädchen.«
»Du bist nicht gerade pünktlich.«
»Nein.« Er lächelt. »Aber immerhin komme ich heute.«
Wenn wir in Deutschland wären, würde ich ihn fragen, ob es okay ist, dass er mich mitbringt. Ob es sie nicht stört, wenn er sie einfach so überfällt, ohne Vorankündigung. Ob er nicht vorher hätte anrufen sollen, um Bescheid zu sagen und zu fragen, ob sie überhaupt zu Hause sind. Aber wir sind nicht in Deutschland.

Nemi hockt auf unserem Bett und schaut links am Fahrersitz vorbei aus dem Fenster. Negro muss sich noch daran gewöhnen, auf Rädern unterwegs zu sein. Immer wieder ist er rausgesprungen, bevor wir endlich losfahren konnten, und nun liegt er auf dem Boden gekauert, die Augen halb geschlossen, und winselt ab und zu. Vielleicht kann Hunden beim Autofahren auch schlecht werden. Ich tätschle ihm den Kopf, doch er reagiert kaum darauf.
»Er sieht nicht gut aus«, murmle ich. »Ob wir ihn hätten dalassen sollen?«

»Wo? In San Luis?«

»Nein, in der Wüste.«

»Haben wir ja versucht. Er wollte nicht.«

Als wir nach drei Tagen unsere Sachen wieder zusammenpackten und uns den Weg zurückschleppten zu der großen Straße in der Nähe von Tula, diesmal mit etwas leichterem Gepäck, war er uns still hinterhergelaufen. Ismael hatte ihn mehrmals halbherzig angeschrien, aber er ließ sich nicht wegschicken. Vielleicht hätte Ismael lauter schreien müssen. Vielleicht hätte er ihn treten müssen. Er tat nichts davon und ich erst recht nicht. Selbst Nemi, die den fremden Hund zwar einmal kurz anknurrte und sich nur widerwillig beschnuppern ließ, verjagte ihn nicht.

Er gehört jetzt zu uns.

Ich betrachte das Armband an meinem Handgelenk. Ich traue mich nicht, Óscar zu fragen, ob er es extra für mich angefertigt hat. Das Einzige, was ich ihm schenken konnte, war eine Skizze von dem *callejón*, in dem wir saßen. Die farbenfrohen Hauswände im Hintergrund, die Stände mit den Waren, er darauf, ein paar seiner Kumpels. Es war nur ein kleines Bild, gezeichnet mit leicht verschmierten Pastellkreiden auf einer herausgerissenen Seite meines Tagebuchs. Trotzdem, er freute sich darüber. Jetzt hängt es in der Küche, dort, wo es nicht schmutzig wird beim Kochen, aber wo es jeder sehen kann. Vor allem er.

»Wenn du das nächste Mal wiederkommst, wird es hier immer noch hängen«, versprach er, doch seine Worte klangen viel zu leicht für eine Zukunft, die tatsächlich einmal kommen wird.

»Wir bleiben nie lange an einem Ort«, sagte Ismael einmal zu mir und meinte mit »wir« alle seine Freunde. Manchmal ist es nicht wichtig, ein Zuhause zu haben. Ich öffne das Fenster, lasse den warmen Fahrtwind herein.

Und mein Zuhause?

Ich war nur kurz im Internetcafé, bevor die Jungs gestern Abend ihre Stände abbauten. Mein Vater freut sich schon auf meine Rückkehr, er lud mich zu sich nach England ein, damit ich alles erzählen und Fotos zeigen kann. Bevor das Studium wieder losgeht. Denn das will ich ja, weiterstudieren, oder? Zurückkehren in meine dunkle Wohnung, die schon seit einem halben Jahr voller Kisten steht, Kartons von einem anderen Leben, das bei mir zwischengelagert wird, bis es sortiert ist. Bis ich weiß, was ich davon weggeben will und was behalten.

Es fiel mir schwer, ihm zu schreiben, dass ich meine Rückkehr um drei gestohlene Wochen fortgeschoben habe. Ich hätte ihm nicht erklären können wieso. Ihm nicht von Ismael schreiben können, für den es einfach nicht die richtigen Worte gibt. Also sagte ich nur, dass ich noch ein bisschen mehr reisen wollte, wer weiß, wann ich das nächste Mal die Gelegenheit dazu bekam.

An Julia schrieb ich nur die zwei Sätze: *Ich bleibe drei Wochen länger. Ich musste.*

»Du solltest nicht immer an so viele traurige Dinge denken«, sagt Ismael. »Du drehst dich dabei sowieso nur im Kreis.«

»An was soll ich sonst denken?«

»Ich weiß nicht. An etwas Schönes.«

Wir überholen einen dieser riesigen amerikanischen Trucks, der Fahrer winkt uns fröhlich zu.

»Für Anhalter ist es ein Glücksfall, wenn sie einen mitnehmen, weil sie weite Strecken fahren«, erzählt Ismael. »Nur besonders schnell sind sie eben nicht und man sollte wach bleiben. Manchmal hauen sie sich mit Drogen voll, damit sie lange Zeit durchhalten, ohne Pause zu machen.«

Ich schließe die Augen gegen die vielen Bilder, die an meinem Fenster vorbeirauschen. Ismael war gestern lange in der kleinen Werkstatt, die sich Óscar mit einem seiner Mitbewohner teilt, um Silber zu schmieden, einen Anhänger und zwei Ringe schaffte er. Er goss etwas Silber zu einem schmalen, etwa vier Zentimeter langen Stück und zog es durch eine Schablone voller Löcher unterschiedlicher Größe. Immer, wenn es durch eines gut durchkam, wurde es durch das nächstkleinere Loch gezogen, bis ein langer, dünner Draht daraus wurde, den er auf eine Spule aufrollte. Neuer Silberdraht für neue Ohrringe.

»Meist nehme ich *alpaca*, das ist billiger. Echten Silberschmuck kaufen die Leute kaum, zumindest nicht auf der Straße. Größere Mengen kann ich allerdings an Schmuckgeschäfte verkaufen.«

Irgendwann ging ich schlafen, schreckte nur ab und zu auf, wenn die Jungs laut lachten. Ich war die Erste, die am Morgen wach wurde. Das Wohnzimmer stand voller leerer Bierflaschen und die Hunde lagen dazwischen. Draußen auf der Straße, die noch kühl war, unberührt vom Sonnenlicht, wusch ich Negro mit dem Hundeshampoo, um ihn von seinen Flöhen zu befreien. Er blieb ganz still dabei, aber ich sah ihm an, dass er den scharfen Geruch nicht mochte.

*

Wir sind schon fast da, als ich wieder aufwache. Nemi ist nach vorn geklettert und liegt zu meinen Füßen, die sie mit ihrem kleinen Körper wärmt. Laternen streuen diffuses Licht auf die Straßen und durch das geöffnete Fenster dringt die Kühle der Nacht. Ich suche meine Strickjacke aus der Tasche auf meinem Schoß und streife sie über, kurz darauf halten wir in einer ruhigen, fast menschenleeren Straße.

»Wir sind da.«

»Ja, das dachte ich mir.« Zögernd öffne ich die Tür und lasse erst Nemi hinausspringen, bevor ich ihr folge. Die lilafarbenen Blüten eines Jacarandabaumes besprenkeln den schmalen Bürgersteig. Ich schiebe die Tür des Busses ein Stückchen auf, damit Negro mit uns kommen kann. Er wirkt unruhig, schaut sich mehrmals um und läuft zu Ismael, der bereits auf die Klingel neben der metallenen Eingangstür drückt. Im Haus hört man etwas poltern und die Stimme eines Kindes, kurz darauf wird die Tür aufgerissen.

»Ismael«, sagt der rundliche, freundlich lächelnde Mann.

»Ernesto.«

Ein fröhliches Schulterklopfen. Ismael nimmt meine Hand und stellt mich vor, ein rollendes R, ein Witz, den ich nicht verstehe, und schon wird die Tür hinter uns geschlossen und wir laufen durch einen kleinen Flur in ein geräumiges Wohnzimmer mit Küche, überall Klamotten, dazwischen Spielzeug, im Fernsehen eine Kindersendung, ein paar schmutzige Teller auf einem quadratischen Tisch, den eine kleine, ebenfalls freundlich lächelnde Frau gerade abräumt. Sie umarmt Ismael und ich sehe Tränen in ihren funkelnden Augen, das Lächeln wie eingebrannt in ihre Gesichtszüge. Ein Junge starrt mich an und aus einem anderen Zimmer dringt das Weinen eines Babys.

»Sie merkt immer, wenn Besuch kommt«, erklärt Ismaels Cousine, bevor sie verschwindet und kurz darauf mit dem Baby auf dem Arm zurückkehrt. »Sie hasst es, etwas zu verpassen.«

»Dann kommt sie ganz nach dir.«

Sie kneift ihn freundschaftlich in die Seite. »Bist du dünn geworden. Setzt euch, ihr habt bestimmt noch nichts gegessen.«

Noch bevor wir etwas erwidern können, werden wir bereits an dem Tisch platziert, vor uns ein Stapel *tortillas* und je ein Teller mit einer gulaschähnlichen Suppe. Die Hunde liegen draußen in dem schmalen Flur und ich merke, dass ich eilig esse, um noch mit ihnen rausgehen zu können. Wir haben unterwegs nur einmal angehalten, damit sie zumindest ein wenig Auslauf bekamen und etwas trinken konnten, doch auch sie haben seit heute Morgen noch nichts zu essen bekommen.

»… dann war das immer Mariela«, erklärt Ismael und ich nicke unbestimmt, weil mir der Zusammenhang zu seiner Bemerkung verloren gegangen ist.

»Ich geh noch ein bisschen mit den Hunden spazieren«, antworte ich. »Das Essen war sehr lecker, vielen Dank«, füge ich eilig hinzu. Ich atme tief, der Raum ist viel zu klein für uns alle, die warme Luft sammelt sich darin.

»Soll ich mitkommen?«

Ich schüttle nur den Kopf und finde allein zur Haustür zurück. Die Hunde folgen mir, wie immer klopft mein Herz viel zu schnell, als ich mit ihnen auf die Straße trete. Sie kennen sich hier genauso wenig aus wie ich. Aus dem Auto hole ich Fleischreste und etwas Trockenfutter, unsere Vorräte sind fast aufgebraucht. Sie kauen eifrig, sind in Windeseile fertig mit ihren Portionen.

»Bist du dir sicher, dass ich nicht mitkommen soll?« Die Tür ist kaum größer als Ismael, ein schwarzer Rahmen um seine dunkle Gestalt.

»Ja, natürlich. Du hast deine Cousine doch schon ewig nicht mehr gesehen. Ich bin gleich wieder da.«

Er hält mich fest, bevor ich loslaufen kann. »Die Hunde sollen gut auf dich aufpassen«, sagt er leise.

»Mal sehen, wer hier auf wen aufpasst«, antworte ich und wage ein kurzes Lächeln. »Bis gleich.«

Nur ein paar Straßen lang ist es still, wie unbewohnt, zwischen den Häusern ein kleiner Altar, das Bild einer Madonna darauf, die *Virgen de Guadalupe*, getrocknete Blumen und ein paar flackernde Kerzen in Votivgläsern davor. Stimmen kriechen aus Ritzen in den Hauswänden und sammeln sich draußen, es riecht nach gedünsteten Zwiebeln und nach Süßem und der Freitagabend macht sich immer stärker bemerkbar. Pärchen schlendern die Straße entlang, hier und da stehen kleinere Grüppchen beieinander, meist dort, wo auch Essen oder Getränke verkauft werden.

Ich habe mir angewöhnt zu pfeifen, wann immer Negro oder Nemi zu weit vorlaufen, und sie haben sich daran gewöhnt, dann zu mir zurückzukommen. Ich bin mir sicher, dass es irgendwann einmal nicht funktionieren wird. Dass sie irgendwann einfach weiterlaufen werden, in irgendeiner fremden Gegend, und dass wir abreisen werden ohne sie. Dass wir nicht für immer zusammengehören können.

In einer *tienda* kaufe ich ein paar Kekse, nehme noch ein paar mehr für später, für die anderen, und setze mich auf eine Bank in einem kleinen Park, um ein paar davon zu essen. Nemi und Negro scheinen sich miteinander angefreundet zu haben, sie weichen einander kaum von der Seite.

»Where are you from?«, werde ich angesprochen und ich antworte knapp, muss drei, vier Worte verlieren, um zu verhindern, dass der Junge sich neben mich setzt. Obwohl meine Haut schon dunkler geworden ist von der Sonne und man meine Augenfarbe in dem diffusen Licht kaum richtig erkennen kann, gibt es wohl noch immer etwas an mir, das mich als jemanden markiert, der nicht hierher gehört. Überall ist das so.

Wir gehen wieder zurück, die Hunde immer nur wenige Meter voraus.

Ismael macht mir die Tür auf.

»Wir lassen sie im Garten«, sagt er. »Mariela möchte sie nicht im Haus haben, wegen der Kinder und der Flöhe.«

»Sie haben keine Flöhe.«

»Kann sein, trotzdem.«

Am Ende des Flurs führt eine schmale Tür in einen kleinen, verwilderten Garten. Er ist von Mauern umgeben, ein Eisengitter sperrt ihn zur Straße hin ab.

»Ihr bleibt schön draußen«, sage ich und tätschle Nemi den Kopf. Sie scheinen dankbar für den Auslauf zu sein, tollen im Gras und schnuppern nach Spuren, von Mäusen vielleicht oder einer streunenden Katze. Ich lasse ihnen noch einen Wassernapf draußen stehen, bevor ich Ismael zurück ins Wohnzimmer folge, in dem der Fernseher mittlerweile ausgeschaltet ist.

»Und, wo habt ihr euch kennengelernt?«, fragt Mariela. Sie rührt in einem großen blauen Topf und schöpft daraus eine dunkle Flüssigkeit in Tassen.

»In Ocelotlán«, antworte ich, da Ismael nichts sagt.

Mariela reicht mir eine der Tassen und ich setze mich neben ihn auf das Sofa. »Was ist das?«, frage ich.

»*Café de olla.*«

Vorsichtig nippe ich an der heißen Flüssigkeit, die irgendwie fruchtig schmeckt und ein wenig nach Kaffee. Der wärmende Geschmack von Zimt bleibt auf der Zunge zurück. Ich hole die Kekse aus meiner Tasche und lege sie auf den kleinen Tisch vor dem Sofa, tauche einen in das süße Getränk.

»Wie lange bist du schon in Mexiko?«

Ich beantworte ihre Fragen ruhig, sie sind anders als sonst, wenn Fremde einem ein Gespräch aufdrängen, ernster und interessierter. Irgendwann holen sie Fotos hervor, Ismael ist noch so klein auf ihnen, die Haare verstrubbelt und die Knie aufgeschlagen.

»Er hat immer auf mich aufgepasst«, erinnert sich Mariela lachend.

»Wir sind zusammen aufgewachsen«, erklärt Ismael. »Mariela hat bei uns in Mérida gelebt.«

»Ja, meine Eltern sind früh gestorben. Trotzdem, wir haben viel Spaß gehabt.« Das Baby in ihrem Arm ist wieder eingeschlafen, das Gesicht ganz weich und glatt. »Deine Eltern haben viel für mich getan. Und du auch.« Sie lächelt so sanft, dass sich alle Gefühle darin auflösen, ein Lächeln wie ein tröstlich warmer Teller Suppe an einem verschneiten Wintertag. Ernesto lässt sich auf der Armlehne ihres Sessels nieder und legt eine Hand auf ihre Schulter. »Was habt ihr in Ocelotlán gemacht?«, fragt Mariela, während ich weiter durch das Fotoalbum blättere. Ismael hat immer zerzauste Haare, auf allen Bildern, und ein freches Grinsen, das, je älter er wird, zu einem herausfordernden Funkeln wächst.

Irgendwann schläft auch der Junge ein, von einem Moment auf den nächsten rollt er sich auf einer Decke auf dem Boden zusammen, umgeben von Bausteinen und Plastikspielzeug. Ernesto trägt ihn ins Schlafzimmer, danach auch das Baby, das nur ein kurzes schläfriges Protestwimmern ausstößt.

»Ich glaube, niemand kennt Mérida so gut wie Ismael«, meint Mariela und trinkt den letzten Rest ihres Kaffees aus. »Ich meine, wir sind dort aufgewachsen, wir haben jeden Tag draußen gespielt, aber immer wieder hat Ismael neue Orte entdeckt. Kaum haben wir einen neuen Park gefunden oder ein neues verlassenes Haus, mussten wir schon wieder woandershin. Das war manchmal ganz schön anstrengend, vor allem, wenn wir uns gestritten haben. Dann ist Ismael nämlich einfach allein nach Hause gerannt und Lorena und ich mussten selbst sehen, wie wir wieder zurückfinden.«

»Nun verbreite mal keine Märchen. Ich bin immer in der Nähe geblieben. Ich hätte auch ganz schön Ärger mit meiner Mutter bekommen, wenn ich euch irgendwo zurückgelassen hätte. Sie hat mir immer wieder eingeschärft, dass ich auf euch aufpassen soll.«

»Oh ja, und du hast auch jedes Mal mächtig Ärger bekommen, wenn du es nicht gemacht hast.« Sie kichert. »Einmal musste er ohne Abendessen ins Bett. Du kannst dir nicht vorstellen, wie schwierig das für ihn war. Wie alt warst du da? Dreizehn? Vierzehn? Auf jeden Fall war er immer hungrig. Danach hat er sich ein geheimes Süßigkeitenlager angelegt. Für den Notfall.«

»Und ihr habt es ziemlich schnell entdeckt und gnadenlos geplündert.«

Sie nimmt mir die inzwischen leere Tasse ab und trägt sie in die Küche zurück. »Du warst eben nicht sehr geschickt im Verstecken.«

Ernesto bringt uns Laken und Decken. Wir verabschieden uns voneinander für die paar Stunden, die von der Nacht noch übrig geblieben sind.

»Sie ist nett, deine Cousine«, flüstere ich. »Wieso hast du sie so lange nicht mehr besucht?«

»Ich weiß nicht. Irgendwie war nie der richtige Moment dafür.« Ismaels Worte verklingen zu einem schwachen Murmeln. Das Sofa ist sehr schmal, ich halte ihn fest, damit er nicht hinunterfällt.

Ein helles Lachen aus dem Schlafzimmer, dann dunkle Stille.

KAPITEL 15

ZU BESUCH

Mariela macht uns Rührei zum Frühstück und frisch gepressten Orangensaft. Die Kinder haben uns um sechs geweckt, seitdem sitzt Ismael mit dem Baby auf dem Schoß auf dem Sofa und sieht sich Bilderbücher an, deren Pappecken bereits angekaut sind. Ich baue mit dem Jungen einen Palast aus angeschlagenen Holzbausteinen. Ernesto hat sich nur eilig ein paar Scheiben Toast mit Marmelade bestrichen und musste dann auch schon los in die Autowerkstatt, in der er als Mechaniker arbeitet. Mariela ist selbstständig als Webdesignerin, auch wenn sie momentan wegen der Kinder, wie sie sagt, kaum Aufträge annimmt.

»Hier riecht es etwas streng«, bemerkt Ismael und hält ihr das Baby entgegen, das einen höchst entrüsteten Gesichtsausdruck aufsetzt. Offenbar zieht es Bilderbücher dem dringend notwendigen Windelwechsel vor. Ich gehe in die Küche hinüber und streue frisch gehackten Koriander in das noch nicht ganz gestockte Ei, das Mariela unbeaufsichtigt zurückgelassen hat.

»Willst du einmal Kinder haben?« Ismael steht mir gegenüber, auf der anderen Seite des Tresens, der den Küchenbereich vom Wohnzimmer trennt.

»Was?«

Sein Blick ist so tief und unergründlich wie immer, wenn er mich völlig aus einem Moment reißt.

»Ich weiß nicht«, beginne ich zögernd. »Ich finde es noch ein bisschen früh, darüber nachzudenken.« Nach mehreren Versuchen gelingt es mir, die Gasflamme auszudrehen. Mit einem Plastikschaber verteile ich das Rührei auf vier Teller. »Und du?«

»Ich finde es nicht zu früh, darüber nachzudenken.«

»Das war dringend nötig«, ruft Mariela uns fröhlich zu und legt das Baby auf die Krabbeldecke auf dem Boden. Sie runzelt die Stirn, als sie wieder aufsieht. »Alles okay? Habt ihr euch gestritten? Lass dich von ihm nicht ärgern, hörst du? Er testet gern Grenzen aus, das hat er schon immer getan. Er ist eben noch wie ein Kind. Was meinst du, wie oft er mich früher immer beleidigt hat, nur um zu sehen, wie ich darauf reagiere?« Den Blick, den Ismael ihr zuwirft, kann ich nicht sehen, doch Mariela lacht nur herausfordernd und nimmt mir zwei Teller ab. Wir tragen sie zum Tisch hinüber. In einem Topf kocht Wasser, das Mariela in Tassen mit löslichem Kaffee umfüllt. Der Junge möchte unbedingt neben mir sitzen. Er quetscht die letzten Reste Ketchup aus einer Tube über sein Ei und vermanscht es mit zerkleinerten Tortillastücken.

»Du solltest das auch essen.«

Als Antwortet grinst er mich nur an und fährt fort, Rühreiinseln in den reißenden Ketchupfluss zu bauen. Ich habe nie über Kinder nachgedacht. Irgendwie kommt es mir so vor, als wäre ich vor Kurzem selbst noch eines gewesen. Langsam trinke ich den süßen Orangensaft, der voller Fruchtfleisch ist, und versinke in der Unterhaltung, die sich zwischen Ismael und Mariela entspinnt, ohne wirklich zuzuhören. Nachdem alle Erwachsenen fertig sind mit Essen, räumen wir den Tisch ab.

Mariela lässt warmes Wasser über das Geschirr laufen. »Du weißt schon, dass deine Mutter in einer Woche Geburtstag hat, oder?« Ihr Sohn sitzt noch am Tisch, beschäftigt mit den Tortillapiraten, die sich auf seinem Teller eine heftige Schlacht liefern. Ketchupblut auf dem T-Shirt.

Ich nehme mir ein Geschirrhandtuch und beginne, die Teller abzutrocknen.

»Tja«, brummt Ismael, »ich glaube, sie hat irgendwann mal eine E-Mail geschrieben.«

»Das war vor sechs Wochen.«

»Kann sein.«

»Also? Fährst du hin?«

»Natürlich fahre ich. So ein schlechter Sohn bin ich nun auch wieder nicht.« Achtlos wirft er die abgetrockneten Gabeln in den dafür vorgesehenen Kasten.

»War auch nicht so gemeint.« Ihre Hand ruht kurz auf seinem Arm. »Ich wollte es ja nur wissen. Wir werden auch kommen.«

»Gut. Sie wird sich freuen.« Seine Stimme klingt furchtbar kalt, unnahbar. Ich werfe Mariela einen fragenden Blick zu, doch sie reagiert nicht darauf. Stattdessen wendet sie sich ab und beginnt, uns, obwohl ich protestiere, Sandwiches für unterwegs vorzubereiten. »Ihr werdet euch freuen, etwas dabeizuhaben«, sagt sie, die betonte Fröhlichkeit in ihrer Stimme kippt zur Seite.

Ich gebe nach und gehe hinaus in den Garten, wo die Hunde unter einem regenverwitterten Holztisch liegen. Schwanzwedelnd kommen sie auf mich zu und ich führe sie durch den Flur rasch nach draußen, auf die Straße. Es riecht schwer und süßlich, wie kurz vor einem Gewitter, doch der Himmel ist wolkenlos klar und die Hitze zieht ihren klebrigen Dunst über meinen Körper.

»Eine gute Reise«, verabschiedet uns Mariela. Sie reicht mir die Brotpakete und stellt eine Schüssel mit Fleischresten und darin eingeweichten *tortillas* auf den Boden.

»Danke«, erwidere ich. Sie lächelt so klar und ehrlich, dass ich sie einfach umarmen muss. Ganz leicht strömt der Geruch von Seife aus ihrem Haar.

»Wir sehen uns dann in einer Woche.«

»Ja. In einer Woche.« Mit einem Mal kommt sie mir endlos vor, diese vor mir liegende Zeit. Als könnte alles Mögliche in ihr geschehen.

»Und pass auf Ismael auf. Auch wenn er glaubt, allein zurechtzukommen.« Sie hebt die leer geschleckte Schüssel wieder auf. Ihr Sohn steht neben ihr, eine Hand in ihre geschoben. Aus dem geöffneten Autofenster winke ich ihnen noch einmal zu, bevor wir mit dröhnendem Motor die Straße hinunterfahren.

Das Sitzen zerrt an meinen Kräften. Häuser, Straßen, Bäume, Menschen, nichts davon kann ich anfassen, die Dinge ziehen an mir vorüber wie in einem Kinofilm ohne Handlung.

»Mariela hat viel durchgemacht«, sagt Ismael unvermittelt. »Ihre Eltern sind sehr früh gestorben, ich weiß nicht einmal genau wie. Irgendein Arbeitsunfall. Sie hatte einen jüngeren Bruder, der zu einer anderen Tante kam, einer Schwester ihres Vaters. Sie hat ihn nie wieder gesehen, weil diese Tante nicht wollte, dass die beiden Kontakt halten. Sie meinte wohl, dass das für die Kinder so besser wäre. Mit achtzehn hat Mariela geheiratet und den Jungen bekommen, aber ihr Mann hat sie geschlagen und nach der Geburt des Kindes verlassen. Man merkt ihr all das nicht an. Sie hat sich immer wieder aufgerafft, ist einfach weitergegangen. Irgendwie hat sie es geschafft, ihr Studium zu beenden. Natürlich haben ihr meine Eltern geholfen, wo sie nur konnten. Sie wohnte wieder bei ihnen und sie halfen ihr mit dem Kind, aber sie mussten auch beide arbeiten.« Er sieht mich an, sein Blick wirkt nachdenklich, irgendwie entfernt. »Wenn Mariela jemanden liebt, lässt sie ihn nie fallen. Ich habe ihr damals nicht so geholfen, wie ich gekonnt hätte. Auch jetzt tue ich das nicht. Trotzdem, wenn ich sie brauchen würde, wäre sie für mich da. Immer.« Mit einem Mal leuchtet das Lächeln in seinem Gesicht. »Ich freue mich, dass ihr euch kennengelernt habt.«

»Ja. Ich freue mich auch.«

*

»Und hier wohnt ein Freund von dir?« Staunend betrachte ich die Villa, vor der wir den VW-Bus geparkt haben. Das Gebäude besitzt schon fast die Größe eines Schlosses. Platz genug für mehrere Familien mit Großeltern, Freunden und Haustieren.

»Das Haus gehört seinem Vater. Mateo wohnt eigentlich bei seiner Mutter, er ist nur ab und zu hier.«

»So wie jetzt.«

»Ja, so wie jetzt.«

Den weitläufigen Park umgibt eine hohe Mauer, sodass wir das Gebäude von außen nicht sehen konnten. Neben dem Eisentor war eine winzige Kamera in die Wand eingelassen, von der ich kaum glauben konnte, dass sie uns mitsamt dem Bus hatte aufnehmen können. Doch offenbar gelang es ihr, zumindest wurde Ismael von irgendjemandem erkannt und hineingelassen. Ich traue mich nicht zurückzublicken, um zu überprüfen, ob das Tor nun wieder den einzigen Eingang verriegelt.

»Wie riesig das Grundstück ist, und das mitten in der Stadt.« In Berlin habe ich so etwas noch nie gesehen. Selbst die Stadtrandvillen in Zehlendorf erscheinen mir winzig im Vergleich mit dieser Anlage, die eher einem Hollywoodfilm entsprungen zu sein scheint. Nur dass die Fassade des Gebäudes viel lebendiger strahlt und der Garten weniger akkurat zurechtgestutzt wirkt. Eher wie ein kleiner, nur stellenweise gezähmter Wildpark. Bestimmt verbergen sich hier Schlangen im dichten Gras, seltene Papageien, Kojoten, vielleicht sogar ein Jaguar.

Die weite Flügeltür des Hauses schwingt auf. Der Junge, der die Stufen hinunterspringt, ist vielleicht fünfzehn oder sechzehn Jahre alt. Seine Haare sind kurz und mit Gel kunstvoll zurechtgewühlt, der Pony hängt ihm in die Augen, die Jeans sitzt eng und das schwarze, bedruckte T-Shirt schmiegt sich an den schmächtigen Körper. Die Kleidung ist löchrig, sieht aber neu aus und strahlt noch voller Farbe.

»Du hast jemanden mitgebracht.« Ich kann nicht feststellen, ob seine Stimme enttäuscht oder erfreut klingt. Er lächelt matt und schlägt seine Hand fest in meine, bevor ich etwas sagen kann. »Kommt rein. Dad ist nicht da, der kommt erst morgen Abend wieder.«

»Wir haben noch zwei Hunde dabei.«

»Is okay, lass sie raus. Dad hat Brujo mitgenommen.«

Ismael öffnet die Schiebetür und lässt die beiden herausspringen. Sie schnüffeln eifrig, schon viel weniger zurückhaltend als am Vorabend. Wahrscheinlich gewöhnen sie sich langsam daran, jeden Tag einen anderen Ort zu erkunden.

»Sein Vater hat einen Dobermann«, erklärt Ismael und irgendwie wundert mich diese Information kaum. »Wenn der hier wäre, wären unsere beiden sein Mittagssnack.«

Wir wahrscheinlich auch, denke ich und reibe mir über die Arme. Die Luft flimmert von diesem abwesenden Hund. Gedankenverloren kraule ich Nemis Kopf, die einmal genüsslich gähnt und anschließend Negro in den hinteren Teil des Gartens folgt.

»Ich bin Mateo, aber alle nennen mich Maty.« Seine Worte sind wie Flummis, die munter gegen Wände schlagen und dabei ständig die Richtung wechseln. Ich nicke, bis mir auffällt, dass ich mich noch nicht vorgestellt habe, doch der Junge ist bereits die Stufen zur Eingangstür hinaufgesprungen. Wir folgen ihm etwas langsamer in die weitläufige Halle. Wäre sie mit dem blanken Marmor und dem polierten Messing, dem Meer aus Farben in Rot, Braun, Weiß, Gold, Blau und Schwarz nicht so modern, würde ich mich wie in einem Märchenfilm fühlen. Alles glänzt frisch poliert, auf schmalen Tischchen an den Wänden stehen Vasen mit Blumensträußen.

»Essen ist fertig«, ruft uns Maty aus einem der Räume zu, die sich an den Eingang anschließen. Ich würde mich verlaufen, müsste ich mich hier allein zurechtfinden. »Es reicht bestimmt für alle.«

»Was macht denn sein Vater?«, frage ich Ismael leise, trotzdem hallen meine Worte in der Weite des Raumes von allen Seiten wider.

»Er ist Musikproduzent.«

»Und damit kann man so viel Geld verdienen?«

»Allein damit vielleicht nicht.«

»Wie meinst du das? Was macht er denn sonst noch?«

Ismaels Antwort versinkt in seinem ruhigen Blick. »Manche Fragen stellt man besser nicht.«

Der nächste Raum wirkt beruhigend kleiner als die Eingangshalle, er ist etwa so groß wie meine gesamte Wohnung. Die Seite zum Garten hin besteht vollends aus Glas, durch die geöffnete Terrassentür weht der Duft des blühenden Parks herein. Er scheint zu explodieren in Farben und dehnt sich noch ein ganzes Stück nach hinten aus, bevor ihn die etwa drei Meter hohe Mauer abschirmt.

Der Tisch, an dem wir uns niederlassen, ist lächerlich lang und glänzt schwarz, kein einziger Fleck darauf, kein einziger Kratzer.

Es hätte mich nicht gewundert, wenn Diener mit weißgelockten Perücken erschienen wären, um Schweinebraten auf Silbertabletts hereinzutragen und Weingläser aufzufüllen. Zumindest wird die Pizza von einer fülligen Haushälterin gebracht. Ich verkneife mir jede weitere Frage und kaue schweigend den etwas zu trockenen Boden, während Maty sich mit Ismael unterhält und dabei innerhalb weniger Minuten mehr Kraftausdrücke verwendet, als ich in den bisherigen fünfeinhalb Wochen zusammen gehört habe.

Mein Magen fühlt sich verklebt und schwer an nach dem vielen Sitzen. Die letzten Pizzastücke nehme ich mit hinaus in den Garten. Auf dem saftig grünen Rasen stehen in unregelmäßigen Abständen Obstbäume, am Rand nur wenige Blumenbeete. Nemi tollt auf mich zu, während Negro sich zögernd immer wieder umblickt. Sein Fell sieht schon viel besser aus, weicher und weniger zottelig, und seine Rippen treten nicht mehr ganz so deutlich hervor.

»Keine Ahnung, wo wir hier gelandet sind.« Hart und viel zu rau purzelt mein Deutsch über das Gras, fast stolpere ich darüber. Vorsichtig wiederhole ich diesen Satz, diesmal auf Spanisch, und sehe den Worten dabei zu, wie sie ganz weich in den Boden einsinken. Die Hunde schnappen mir vorsichtig die Pizzastücke aus den Händen. Wie immer brauchen sie nur wenige Sekunden, um ihre Mahlzeit zu vertilgen.

Erschrocken zucke ich zusammen, doch es sind nur Ismaels Finger, die mich warm am Ellbogen berühren. »Willst du dir den Rest des Hauses ansehen?«, fragt er.

Ich betrachte die gelb strahlende Fassade, die so fröhlich wirkt und so gigantisch. »Sollte ich dafür nicht lieber Wanderschuhe anziehen?«, frage ich und deute auf meine ausgetretenen Flipflops.

»Wenn du willst. Wir haben schon unser Picknick zusammengepackt.« Er lächelt. In seinen Augen funkelt eine ungewohnte Nähe, als er meine Hand nimmt.

Die Räume erstrecken sich endlos und sind so säuberlich hergerichtet, dass ich mir kaum vorstellen kann, jemand würde darin wohnen. Tische, Stühle und Schränke passen immer perfekt zueinander, Blumenvasen bringen eine Spur Lebendigkeit in die akkurat zurechtgerückte Monotonie. Bei unserer Wanderung durch diesen dreidimensionalen Hochglanzkatalog frage ich mich, ob in den Schränken und Kommoden auch etwas aufbewahrt wird oder ob sie nur dort stehen, damit das Haus mit irgendetwas gefüllt ist. Einzig Matys Zimmer folgt keinen Designvorgaben. Eine Wand ist schwarz gestrichen, eine dunkelblau, Poster von irgendwelchen Bands hängen daran und eine gigantische Musikanlage dominiert den Raum. Statt eines Bettes liegt nur eine Matratze auf dem Boden. Unter dem Fenster breitet sich ein langer Eckschreibtisch aus, über den Monitor laufen Fotos, Maty beim Bungeejumping, am Strand, irgendwelche Mädchen. Die Bilder verschwinden, als er an der Maus rüttelt, ein paar Augenblicke später kracht ein wilder Schlagzeugrhythmus aus den schulterhohen Boxen.

»Kann ich mal E-Mails checken?«, schreie ich.

»Klar.« Maty kramt einen Laptop hervor, er ist groß und verblüffend leicht, darauf legt er ein Headset. »Falls du telefonieren willst.«

Ich zögere einen Moment, bevor ich das Zimmer wieder verlasse und zurück hinunter auf die Terrasse finde, ohne mich zu verlaufen. Matys Musik vibriert durch das gesamte Haus, dringt durch die geöffneten Fenster nach draußen und bleibt in den dicht belaubten Baumkronen hängen.

Noch bevor ich mich in meinen E-Mail-Account eingeloggt habe, ist das Skype-Programm bereits gestartet.

Ich brauche eine Weile, bis ich das Headset richtig eingestöpselt und auf meinem Kopf zurechtgerückt habe.

»Ich dachte schon, du bist irgendwo verschollen.« Julias Stimme rieselt warm in meinen Körper und zieht mein Herz zusammen.

»Ja, ich weiß, ich war nicht so oft im Internet. Wir waren viel unterwegs.«

»Wir?«

Ein Kolibri flattert vor dem rosa blühenden Strauch neben mir, sein bewegungsloser Körper und die verwischten Flügel wie aus einer Tierdokumentation. Ich könnte ihn anfassen, wenn ich den Arm ausstrecken würde.

»Ismael und ich.« Die Worte kleben in mir fest, wollen kaum hinaus. Seit über einer Woche gibt es das schon, dieses Wir. Oder erst? Die Tage verschwimmen zu einem Klumpen aus untrennbarer Zeit, sie fangen nirgendwo richtig an, sind einfach da.

»Ja, das dachte ich mir schon fast. Deshalb die drei Wochen, oder?«

»Ja, deshalb die drei Wochen.«

»Wo wart ihr denn überall?«

Die Haushälterin kommt heraus und stellt mir ein Glas *agua de limón* auf den Tisch. Ich danke ihr mit einem knappen Lächeln und schiebe das Glas so weit wie möglich von dem Laptop weg. Eiswürfel klirren darin. Sekunden, in denen ich überlege, wie man diesen Zeitklumpen erklären kann. Die vielen Orte und Menschen, die unzählbaren Momente. Irgendwo fange ich an, muss die Erinnerungen hervorziehen, die sich widerspenstig festklammern. Julia bleibt still, während ich erzähle. Zwischendurch frage ich sie immer wieder, ob sie noch da ist, so geräuschlos ist ihr Zuhören. Sie ist jedes Mal noch da.

»Ehrlich, als ich dich kennengelernt habe, hätte ich dir das nicht zugetraut. Ich meine, dass du mit einem Typen, den du eigentlich nicht kennst, durch das halbe Land reist.«

»Nein, wahrscheinlich hätte ich es mir selbst nicht zugetraut. Manchmal passieren die Dinge eben einfach so, oder? Mit dir bin ich ja auch gereist, obwohl ich dich nicht kannte.«

»Das war schon irgendwie was anderes, würde ich sagen.«
Ein Grinsen durchtränkt ihre Stimme. Nemi rennt auf mich zu und tänzelt vor mir herum. »Ich habe übrigens dem Israeli geschrieben.« Nun ist sie leiser geworden, Julias Stimme, fast ein Flüstern, das von der anderen Seite des Meeres bis zu mir dringt, ein leichtes Rauschen darin.

»Hat er dir geantwortet?«

»Ja. Ja, hat er. Er will nächstes Jahr nach Deutschland kommen und mich dann auch besuchen.«

»Oh.« Ich höre ihren Atem, der ruhig ist und konzentriert. »Wird das nicht merkwürdig?«

»Wahrscheinlich schon.«

»Was sagt denn Dennis dazu?«

»Ich habe es ihm nicht erzählt. Er ... er wird ein Erasmussemester in Sevilla machen. Er meint, er will auch Auslandserfahrungen sammeln und Spanisch lernen.« Nemi legt sich auf meine Füße unter den Tisch, während Negro im Schatten eines Baumes döst. Erst nach einer Weile fährt Julia fort: »Eigentlich wollten wir zusammenziehen. Das heißt, sobald ich einen Job gefunden habe, aber das wird hoffentlich auch nicht mehr lange dauern. Na ja, daraus wird jetzt erst mal nichts. Vielleicht ist das auch ganz gut, so lernt er auch einmal die andere Seite kennen.«

»Ein halbes Jahr ist doch auch nicht so wahnsinnig lang und Spanien nicht so weit weg. Du kannst ihn dort ja besuchen.«

»Ja, könnte ich.«

Matys Musik hat sich zurückgezogen in das dunkle Zimmer dort oben, in dem er und Ismael wahrscheinlich auf der Matratze hocken und über alles Mögliche reden. Über Menschen, die ich nicht kenne, über Songs, über eine Vergangenheit fern von meiner.

»Wo seid ihr jetzt eigentlich? Immer noch in Morelia?«, unterbricht Julia unser Schweigen.

»Wir sind in D. F. in einer riesigen Villa. Ganz ehrlich, so ein Haus habe ich noch nie gesehen. Aus der Eingangshalle könnte man einen Ballsaal machen, wie aus einem Historienfilm. Nur ein bisschen moderner. Keine Ahnung, wie viele Zimmer es gibt. Wir haben uns zwar fast alles angesehen, aber ich habe dabei den Überblick verloren. Der Vater von einem Freund von Ismael wohnt hier, aber er ist gerade nicht zu Hause. Ismael meint, dass er Musikproduzent ist, aber auch noch etwas anderes macht. Nur was, das sollte ich wohl nicht so genau wissen. Irgendwie bin ich ganz froh, dass ich ihn nicht kennenlernen muss.«

»Nicht, dass du in das Haus von so einem Drogenboss geraten bist.«

Ich muss kichern bei dem Gedanken, obwohl er gar nicht so abwegig erscheint.

»Lach nur, wenn dich heute Nacht die Polizei bei einer Razzia aus dem Schlaf reißt und du morgen früh in einem mexikanischen Gefängnis wieder aufwachst, findest du das Ganze nicht mehr lustig.«

»Nun übertreib mal nicht. Vielleicht schmuggelt er ja nur Waffen oder so.«

»Das wäre natürlich viel besser.«

Wir spinnen noch ein bisschen weiter, doch je mehr ich darüber nachdenke, desto unheimlicher erscheint mir das strahlende Gebäude mit dem bunt blühenden, parkähnlichen Garten.

»Ich muss mich jetzt fertig machen«, sagt Julia irgendwann. »Ich bin noch zum Tanzen verabredet.« Gedankenverloren nicke ich und betrachte die Desktop-Uhr. In Deutschland ist es schon nach zweiundzwanzig Uhr an einem Samstagabend. »Ach, übrigens«, fügt sie hinzu, »wenn du nach Deutschland zurückkommst, können wir ja auch zusammenziehen. Falls du nach Hamburg kommst oder ich in Berlin einen Job finde.«

Sie legt so rasch auf, dass ich über eine Antwort nicht mehr nachdenken kann. Das rot unterlegte X neben ihrem Namen sticht mir in die Augen. Nemi erhebt sich und schleicht eher lustlos durch das sonnengewärmte Gras. Ich wackle mit den Zehen, versuche, die Taubheit daraus zu vertreiben, und warte noch ein paar Augenblicke, bevor ich meine Mails lese, erst die von Julia, dann die von meinem Vater, die viel kürzer ist, als ich dachte.

Pass auf dich auf, schreibt er, mehr nicht. Keine Fragen nach meinen selbst entschiedenen drei Wochen. Keine Sorgen, Ängste, Ratschläge.

Ich passe auf mich auf, schreibe ich zurück, mehr nicht. Bin mir nicht sicher, ob das stimmt.

Durstig trinke ich mein *agua de limón*, das warm und zuckrig schmeckt.

Meine Spuren auf der Landkarte Mexikos sind unberechenbar. Ich weiß selbst nicht, was ich als Nächstes sehen werde, wohin mich mein Weg führt. Er ist voller Schleifen, führt nirgendwohin, und jeder Tag fühlt sich so neu an, dass ich morgens nie weiß, ob er mir passen wird. Ob es ein Tag ist, der sich noch ausdehnen wird oder in den ich erst hineinwachsen muss. Du hast einmal zu mir gesagt, dass der Alltag und das immer Gleiche uns mehr Schaden zufügen als ein tragisches Ereignis. Dass es uns langsam zerfrisst und wir es nicht einmal bemerken. Ich weiß nicht, ob du recht hast, vielleicht ist das auch bei jedem anders. Du bist nach Marokko gefahren. Vielleicht wäre es länger bei dir geblieben, dieses altbekannte Leben, wenn du nicht versucht hättest, für eine kurze Zeit ein anderes anzuprobieren. Aber sie hat dir gut gepasst, diese Auszeit. Sie hat deine Haut gebräunt und das Lächeln in deine Augen zurückgeholt. Das Lächeln, das ich nur noch von früher kannte und dessen Fehlen auch dein lautes Lachen nicht verbergen konnte.

Das Lächeln in den eigenen Augen kann man nicht sehen. Ich habe es ausprobiert, morgens bei Mariela. Habe mein Gesicht im Spiegel betrachtet, meine Augen fokussiert, doch nichts darin entdeckt als dieses dunkle Blau, das schon immer in ihnen gewesen ist.

Nemi brummt leise, bevor sie sich neben Negro legt. Von der Straße vor dem Haus höre ich ein Auto über das Kopfsteinpflaster rumpeln, leise nur, es klingt sehr weit entfernt.

Wie aus einer anderen Welt.

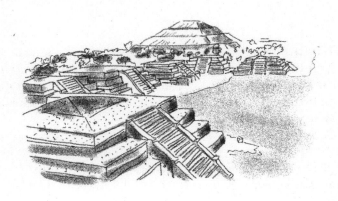

KAPITEL 16

NUR EINE PARTY

Der heiße Wind zieht an meinem ausgeblichenen T-Shirt. Schon zum sechsten oder siebten Mal streiche ich mir die Strähnen aus dem Gesicht, die sich aus dem Haargummi gelöst haben. Staubig und klebrig fühlen sie sich an.

»Teotihuacán bedeutet ›Die Stadt der Götter‹«, erklärt Ismael. Gerade und scheinbar endlos erstreckt sich ein breiter, grauer Weg vor uns, der umsäumt ist von kleineren Bauwerken. Kleiner im Vergleich zu der Pyramide, die weit hinten gen Himmel ragt. »Die Mondpyramide«, fährt er fort. »Sie wurde in mehreren Etappen erbaut. In manchen Schichten hat man Gräber gefunden.«

»Wie beruhigend.« Langsam gehen wir los und folgen den zahlreichen anderen Besuchern, die hauptsächlich auf die Mond- und die noch größere Sonnenpyramide zuströmen. Mit der Hand schirme ich meine Augen ab und sehe sie, aus der Ferne wie winzige Käfer, die zahlreichen Stufen der Pyramide hinaufkriechen. Ein grauer, gerade behauener Fels, in der Mitte bunt gefleckt von wandernder Kleidung. Auf den einzelnen Ebenen drängen sie sich ebenfalls, hoch über dem Boden, ohne Geländer. Ein unangenehmes Kribbeln durchzieht meinen Körper. »Wir klettern aber nicht dort hoch, oder?«

»Wieso?« Überrascht sieht Ismael mich an. »Wir müssen ja nicht so schnell laufen, wenn es dir zu anstrengend wird.«

Ich schüttele vorsichtig den Kopf. »Das ist es nicht.«

»Hast du etwa Höhenangst?« Er grinst herausfordernd und schon bereue ich, etwas gesagt zu haben.

»Nicht sehr«, weiche ich aus. »Es wird schon gehen.«

Er überlegt einen Moment, bevor er antwortet: »Dann steigen wir eben nur auf die Mondpyramide. Die ist nicht ganz so hoch und es sind auch weniger Menschen darauf. Meistens suchen sich die Leute eine aus, und da die Sonnenpyramide höher und wichtiger ist, gehen die meisten auf die.«

Ab und zu überholen uns Touristen, tragen immer wieder andere Sprachen an uns vorbei. Ich sammle die Gesprächsfetzen, dieses Mosaik aus Wortklängen, und frage mich, wie es damals, vor etwa eintausendfünfhundert Jahren, hier gewesen sein muss. Wie sich die Sprache damals anhörte, wie man sich unterhielt. Ob es eher harte, schnalzende Laute waren oder eher weiche, sanfte. Der Zeitklumpen an diesem abgeschiedenen Ort nordöstlich von Mexico City ist viel größer als meiner, schon angetrocknet und zerrissen, und nur ab und zu kommt jemand vorbei, um ihn ein Stückchen aufzurollen.

»Was hat man hier früher für eine Sprache gesprochen?«, frage ich Ismael gegen den Wind.

»Das weiß man nicht genau.« Wir nähern uns der Mondpyramide, die tatsächlich von etwas weniger Menschen belagert wird. Einen Moment lang bleiben wir davor stehen, blicken bis nach oben. »Als die Spanier nach Mexiko kamen und ihre Eroberungszüge durchführten, war die Stadt schon längst verlassen. Es gibt einige Theorien zu Sprache und Bewohnern, aber so genau kenne ich sie nicht.«

Wir schweigen, als wir die viel zu hohen Stufen hinaufklettern, bis nach oben. Ich hätte nicht einer der Priester sein wollen, die hier hinauf mussten. Wenn er dann, kurz vor der Opferzeremonie, feststellte, dass er sein Obsidianmesser unten vergessen hatte, muss er sich auch wahnsinnig gefreut haben.

Immer wieder machen wir eine Pause. Ich blicke mich nur vorsichtig um, versuche, mich auf das zu konzentrieren, was noch vor mir liegt. Viele, viele Minuten später stehe ich neben Ismael. Unter uns erstrecken sich die Überreste einer längst untergegangenen Stadt, geteilt durch die lange gerade Straße, die Calzada de los Muertos, die wir soeben entlanggegangen sind. Darum herum Tempel und Paläste, die Sonnenpyramide. Alles in einem dunklen Grau, eingerahmt von weitem Grün, belaubten Bäumen, Agaven und Kakteen, etwas weiter entfernt eine kleine Stadt aus geduckten Häusern, verwittert sieht sie aus, wie von einem Sturm bis hierher getragen und einfach fallen gelassen.

Über uns verwirbeln die Wolken, stellenweise überziehen sie den Himmel mit einer grauweißen Schicht. »Es sieht nach Regen aus«, bemerke ich.

»Kann sein.« Ismael blickt kaum nach oben. Vielleicht spürt er, ob es regnet oder nicht, wie sich die Luft verändert. »In der Trockenzeit sieht es hier anders aus. Im Winter wird das Gras ganz gelb.«

»Wie oft warst du schon hier?«

»Nicht so häufig. Zweimal oder so.«

Ich hake mich beim ihm ein. Der Wind wird stärker, ein paar Tropfen klatschen auf meine nackten Arme.

»Wir fahren noch in die Stadt rein.« Ismael zeigt unbestimmt in eine Richtung, dorthin, wo die Häuser stehen. »Ich will noch Obsidian kaufen. Hier in der Gegend gibt es mehrere Werkstätten, aber wir fahren nicht zu der großen, zu der sie alle Touristen hinkarren.«

Natürlich nicht, denke ich und frage mich, ab wann man kein Tourist mehr ist. Ob diese Maske aus einheimischer Sprache und sonnengebräunter Haut, aus Reisen in einem VW-Bus und einem irgendwo unterwegs verloren gegangenen Reiseführer schon genügt. Ob Ismaels Hand dafür ausreicht, die ganz selbstverständlich meine nimmt, als wir wieder unten angekommen sind.

*

»In einer Viertelstunde sind wir da.« Seine Stimme hat mich vorsichtig geweckt, dabei habe ich gar nicht wirklich geschlafen. Nur die Augen geschlossen, während die Erinnerungsbilder der letzten Tage durch meine Gedanken rasten. Veracruz gefiel mir, der karibische Charme, obwohl die Stadt gar nicht an der Karibikküste liegt. Ein bisschen zu laut, ein bisschen zu bunt, aber voller Musik und lachender Gesichter.

Ich stelle die Musik ein bisschen lauter, wieder eines dieser Lieder, die ich ewig hören könnte, blättere durch mein Tagebuch, betrachte die Zeichnung von den beiden Männern am Hafen, die mit faltigen Gesichtern tief über ihr Schachbrett gebeugt sitzen. Davor Tepotzotlán, ein Städtchen nördlich von Mexico City, wo wir noch am Samstagnachmittag, nach dem Besuch bei Maty, hinfuhren. Markttag. Ismaels Schmuck auf dem Stand eines Freundes, die Hunde darunter verkrochen, wo es kühl und geschützt war, oder bei mir, während ich allein über die Kopfsteinpflasterstraßen schlenderte. Ein ehemaliges

Kloster, jetzt mit einem Museum darin, eingeschlossen von einem dichten Park. Unser winziges Hotelzimmer, nur kaltes Wasser im Bad, das einzige Hotel, das unsere Hunde mit hineinließ. Eine hastige Bleistiftskizze von Teotihuacán, die Pyramiden viel zu mächtig für meine ungeübte Hand. Der alte Mann in der Nähe der Ruinenstadt, bei dem Ismael Obsidian und ein paar Opale kaufte. Danach Holztische und -bänke auf einem Innenhof in Tepotzotlán, Ismael und ein paar Freunde, milchiger, säuerlich riechender *pulque* in Tonkrügen, daneben meine Versuche, ein Paar Ohrringe, ein Armband herzustellen. Taxco, die Silberstadt, in der jeder Weg ungeheure Anstrengung bedeutet, weil man fast immer bergauf gehen muss. Ismael in den engen Gassen des Marktes, wo er darauf wartet, dass sein Alpacadraht versilbert wird. Ein kleiner Balkon über einer schmalen Straße, gegenüber die in der Abendsonne orange verfärbte Fassade einer Kirche, vor uns zwei Gläser Rotwein und ein Zettel, auf den wir beide gleichzeitig malen, Muster und Figuren in allen Farben, die ich gerade bei mir trug. Nach Veracruz Coatzacoalcos, ein unscheinbares und ruhiges Städtchen, Fischessen in einem Restaurant direkt am Wasser, wir beide leer nach den vielen Worten auf dem Weg dorthin. Die lange Fahrt nach Campeche, ein kleines Fest abends auf dem *zócalo*, die Stadtmauer und die historische Innenstadt, davor der Markt, groß und laut und unsortiert, und das Haus eines Freundes von Ismael, dessen Zimmer so aussahen, als wären sie schon jahrhundertealt, genauso alt wie die Musik, die durch die hohen Räume schallte, eine Opernarie, schwer und süß.

Nun sind wir hier, in Mérida. Wir passieren bereits die ersten Ausläufer der Stadt. Mein Herz schlägt dumpf in meinen Magen, ich trinke langsam einen Schluck Wasser.

»Hast du deiner Mutter gesagt, dass du jemanden mitbringst?«

»Nein, wieso? Ich habe ihr nicht einmal gesagt, dass ich komme.«

Natürlich.

Die Musik fließt durch meine Adern, aber das dumpfe Pochen verschwindet trotzdem nicht. Wir kommen an ein von einer niedrigen weißen Mauer umsäumtes Grundstück. Das eiserne Tor steht offen und Ismael fährt in die kleine Einfahrt hinter einen Golf, der irgendwie deplatziert wirkt.

Die Haustür schwingt auf und eine ältere Frau mit gelockten schwarzen Haaren und langem, rot gemustertem Kleid läuft uns die Stufen hinunter entgegen.

»Da seid ihr ja endlich«, ruft sie und umarmt mich. »Ich habe mich wohl ein bisschen verschätzt. Das Essen ist schon seit einer halben Stunde fertig.«

Irritiert blicke ich zu Ismael, der nun seinerseits von seiner Mutter vereinnahmt wird. Er grinst mir zu. »So ist das immer«, erklärt er, nachdem sie ihn wieder losgelassen hat. »Es bringt einfach nichts, sie anzurufen, sie weiß auch so, wann ich vorbeikomme.«

»Und eure Tiere?«

Schweigend öffne ich die Schiebetür. Nemi und Negro springen fast gleichzeitig aus dem Inneren des Wagens. Ohne einen einzigen Laut folgen sie Ismaels Mutter ins Haus, aus der bereits der Duft von gekochtem Fleisch und frisch gebackenen *tortillas* dringt.

»Mir wäre das unheimlich. Mütter wissen doch schon so mehr als genug von einem.«

Ismael hilft mir dabei, den Rucksack aufzuschnallen. Er streicht mir über die Stirn und lächelt sanft. »Manchmal ist es aber auch gut, wenn man bestimmte Dinge nicht erklären muss.«

Er lässt mich vorgehen. Ich betrete einen kleinen Vorraum, an den sich Wohnzimmer und Küche anschließen.

»Bringt die Sachen nach oben«, weist seine Mutter uns aus der Küche an. Auf der Arbeitsfläche vor ihr stehen Futternäpfe, die sie gerade befüllt.

Wir steigen die Treppenstufen hinauf in die obere Etage.

»Meine Schwester und Mariela mussten sich immer ein Zimmer teilen«, sagt Ismael und lacht vergnügt. »Ich hatte mein eigenes.« Er öffnet die Tür zu einem kleinen Raum mit großem Fenster, durch das die letzten Sonnenstrahlen auf die mintgrünen Wände fallen. Erleichtert lasse ich den Rucksack auf den gefliesten Boden fallen. Das Bett ist schmal, nicht viel breiter als das in seinem VW-Bus. In einer Ecke steht ein Schrank, mehr Möbel gibt es nicht und auch die Wände wirken kahl, ohne Fotos, ohne Erinnerungen.

»Gemütlich«, bewerte ich den Anblick und setze mich auf die weiche Matratze, »nur ein bisschen neutral. Wann warst du das letzte Mal hier?«

»Vor einer Weile.« Er lehnt unsere Rucksäcke in einer Ecke gegeneinander. Ich stehe wieder auf und blicke aus dem Fenster auf die Straße hinaus. Leer und ruhig liegt sie dort, die Grundstücke wie hingeworfen nebeneinander, immer unterschiedlich groß, die Betonhäuser in verschiedenen Farben, manche grau, manche völlig unverputzt. Auf den flachen Dächern lagern schwarze Wassertanks, Wäsche flattert im Abendwind.

»Kommst du?«

Ich seufze leise und weiß nicht wieso. Hinter Ismael gehe ich die Treppe hinunter und stelle mir vor, wie er als Kind hier entlangrannte, immer hüpfend, mehrere Stufen auf einmal nehmend. Wie sein wildes, freies Lachen jede Ecke des Hauses erfüllte.

Das Wohnzimmer wirkt groß und hell. Rosario lacht und redet viel, ihre Stimme ist so warm wie die Abendluft, die sich durch das geöffnete Fenster schleicht und sich auf unsere

Schultern legt. Auf meinem Teller liegen gelber Reis und gekochte Bohnen und Hühnchenfleisch, daneben Salat und Guacamole, die ich auf die noch heißen *tortillas* streiche, gebratene Zwiebeln darauf. Ismael beträufelt sein Essen mit so viel Limettensaft, dass ich mir nicht vorstellen kann, es könnte noch nach irgendetwas anderem schmecken. Dazu die üblichen Chilis, von denen auch sein Vater reichlich nimmt. Das *agua de sandía* füllt meinen Mund fruchtig und süß, ein paar schwarze Wassermelonenkerne schwimmen noch in der Glaskaraffe.

»Also«, beginnt Rosario schließlich, nachdem wir aufgegessen haben. »Wie war es bei Mariela?«

Wir trinken *café de olla*, der genauso schmeckt wie vor einer Woche, in einem anderen Haus, und blicken hinaus in die Dunkelheit, in der Nemi und Negro herumtollen. Ich lasse Ismael erzählen und meine Konzentration davonschwimmen, sie gleitet durch die letzten Wochen, deren Tage völlig durcheinandergeschüttelt sind. Irgendwo dazwischen müssten die Erinnerungen an das Vorher sein – an meine kleine Wohnung in Berlin, an Tage voller Begriffe und Grafiken zum Auswendiglernen, an Gespräche, die auf einem schmalen, fast nie genutzten Balkon in der Dämmerung verklingen –, doch sie sind fleckig und blass wie alte, feucht gewordene Fotografien.

»Wie hat dir die Wüste gefallen?«, fragt Rosario an mich gewandt und an ihrem Blick erkenne ich, dass sie diese Frage bereits zum zweiten Mal stellt.

»Ja, gut. Schön ruhig und einsam. Wir haben Negro dort gefunden oder eigentlich ist er uns hinterhergelaufen. Wir mussten ihn mitnehmen.« Ich lächle vorsichtig. Sie sagt nichts dazu und ich habe das Gefühl, dass sie eine andere Antwort erwartet hätte. Eine Weile lang ist es still. Roberto, Ismaels Vater, stellt sich an das geöffnete Fenster. Das leise Fauchen des Streichholzes klingt nahezu bedrohlich, als er es entzündet und an seine Zigarette hält. Ich sehe dem Rauch dabei zu, wie er sich in den Abend hinausschlängelt, der bereits so schwarz ist wie eine dieser leeren, traumschweren Stunden mitten in der Nacht.

»Gut«, nickt Rosario irgendwann später. Ich habe schon wieder vergessen, worüber wir uns eben noch unterhalten haben. »Und welcher Ort in Mexiko hat dir bisher am besten gefallen?«

»Boca del Cielo.«

»Oh, dort war Ismael früher gern, mein Bruder hat ihn in den Ferien immer bei sich aufgenommen. Es ist schon Ewigkeiten her, dass ich das letzte Mal dort war, bestimmt fünf oder sechs Jahre. Ich finde einfach nie die Zeit zum Reisen.« Sie schüttelt leicht den Kopf, ihre Haare glänzen im Licht der Deckenlampe, dicht und schwarz sind sie, wie Ismaels. »Wie geht es Adrián?«

»Gut. Er hat Probleme mit den Wasserleitungen. Die Fassade vom Haus ist frisch gestrichen, damit sind sie jetzt endlich fertig geworden. Was ist mit deiner Geburtstagsparty morgen?« Ismael steht auf und stellt sich ebenfalls ans Fenster. Er ist ein wenig größer als sein Vater, aber viel schmaler, sein Gesicht fast hager. »Müssen wir dafür nicht noch etwas vorbereiten?«

»Nicht viel. Die Suppe ist bereits gekocht und die Torten sind bestellt. Den Rest schaffe ich ganz schnell.«

»Ich kann dir auch gern helfen«, biete ich an und weiß schon in dem Moment, dass ich nur im Weg stehen und sie aufhalten werde, doch Rosario lächelt warm und sanft.

»Das kannst du gern tun. Aber erst einmal schlaft ihr aus, ihr werdet nach der langen Fahrt müde sein.«

»Heute war sie gar nicht so lang. Wir sind von Campeche gekommen.«

Vorsichtig berührt Ismael meinen Arm und ich folge ihm nach oben in das kleine Zimmer, das seine gesamte Kindheit beherbergt, irgendwo. Negro und Nemi bleiben unten im Hof.

»Ismael«, sage ich und suche nach dem richtigen Klang für meine Gedanken, »ich kann auch gehen, wenn ihr morgen eure Familienfeier habt. Bestimmt störe ich da nur.«

»Ich wüsste nicht, wie du bei vierzig Gästen stören solltest.«

Ich nicke zaghaft, suche nach weiteren Worten, doch er ist schneller: »Ich würde mich freuen, wenn du hierbleiben würdest. Auch wenn viele Menschen kommen.«

Unter dem dünnen Laken ist es warm und ich habe das Gefühl, mich an Ismael festhalten zu müssen, um nicht aus dem schmalen Bett zu fallen. Ich schaffe es nicht, die Augen zu schließen, obwohl der Schlaf nach dem gestrigen langen Abend in diesem großen Haus, in dem schon so viele Menschen gestorben sind, dass ihre Geister keinen Platz mehr in ihm finden, an mir zerrt.

»Früher«, hatte Ismaels Freund über das Haus erzählt, »war das gesamte Gebäude ein Krankenhaus. An manchen Abenden spürt man die Anwesenheit der Verstorbenen. Vor einem Jahr etwa wollte ich abends fernsehen und mehrmals wechselten die Sender, ohne dass ich die Fernbedienung berührt habe. Solche Dinge geschehen häufig.« Manchmal sieht er auch Menschen, hat er gesagt. Meist sitzen oder stehen sie nur irgendwo, sie reagieren kaum darauf, wenn jemand vorbeikommt. Aber sie sind dort, tauchen auf und verschwinden wieder, manchmal nur schemenhaft, manchmal so klar und deutlich, als könne man sie anfassen. Er erzählte das so leise im flackernden Licht einer kleinen Lampe, dass ich die Schatten um uns herumhuschen sah. Es fiel mir schwer, in dieser Wohnung zu schlafen, durch die nachts behäbige Schritte zu streifen schienen und regelmäßig ein Klacken wie von gegeneinanderprallenden Glasmurmeln zu hören war. Nur Ismael schien das nicht zu stören, er schlief so ruhig neben mir wie immer.

»Dein Vater, er ist sehr still«, flüstere ich jetzt.

Ismaels Arm liegt um meiner Hüfte. Sein Brustkorb hebt und senkt sich gleichmäßig, ich bin mir sicher, dass er nicht mehr antworten wird. Ganz leise, von weit her und schon im Rhythmus seines Schlafes murmelt er: »Er weiß nicht mehr, was er sagen soll, seit wir wissen, dass sie bald stirbt.«

*

Mit dem Teller in der Hand, auf dem meine letzte, mit den Hühnchenfleischresten vom Vorabend und etwas Käse gefüllte *quesadilla* liegt, begutachte ich das Chaos in der Küche. Der Inhalt dreier nahezu randvoll gefüllter Töpfe brodelt auf dem Herd vor sich hin und verbreitet den Duft von Koriander und etwas Süßlichem, das mich an Vanille erinnert. Wann Rosario aufgestanden ist, weiß ich nicht. Munter singt sie zu einem Lied aus dem Radio und zerlegt Obst in kleine Stücke. Die letzten Vorbereitungen, sagt sie, dann ist sie fertig. Es bleibt nichts übrig, bei dem ich helfen könnte, also sehe ich ihr nur zu, bis ich aufgegessen habe, und schlendere dann ins Wohnzimmer hinüber. Ismael ist verschwunden und auch sein Vater nirgendwo zu sehen.

An der Wand neben der Tür hängen ein paar Fotos, sorgsam ausgesucht und gerahmt. Ein Junge mit verwuschelten Haaren, Mariela, so unglaublich jung und mit vom Spielen geröteten Wangen, ein anderes Mädchen, das sehr ernst aussieht mit strengem Blick, zusammengezogenen Augenbrauen, zwei lange Zöpfe um das schmale Gesicht.

»Lorena«, erklärt Rosario neben mir. »Ismaels Schwester. Man sieht es, oder?«

»Ja. Ich habe sie schon mal auf einem Foto gesehen. Bei Mariela.« Wie eine Geschichte hängen die Bilder nebeneinander, verschiedene Leben, die so fest ineinander verhakt sind, dass sie sich kaum trennen lassen. »Wer ist das?«, frage ich und deute auf einen anderen Jungen, der häufig neben Ismael steht, genauso groß wie er, das gleiche zurückhaltende, irgendwie nachdenkliche Lächeln.

»Das ist Eddy. Ein Freund von ihm.« Sie zögert, scheint noch etwas sagen zu wollen. »Hast du Lust auf einen Spaziergang?«, fragt sie stattdessen.

Mein Blick huscht Richtung Küche, doch Rosario hat sich bereits bei mir eingehakt und zieht mich nach draußen. Eine dünne, graue Wolkenschicht drückt die Luft schwer nach unten. Meine Flipflops klatschen auf dem Boden, als wir die kleine Straße entlanglaufen, Palmen ragen über weiße Mauern und an einigen Bäumen blühen rote Blüten zwischen gefederten Blättern.

»Du darfst ihm nicht böse sein«, sagt sie unvermittelt.

»Wem?«

»Ismael. Du darfst ihm nicht böse sein, dass er ab und zu einfach verschwindet. Er hat das schon immer so gemacht. Schon als Kind, weißt du?« Ihr helles Lachen flattert über uns, zart und weich wie die Flügel eines Schmetterlings. »Ich wusste nie, wo er ist. Ich glaube, er wacht jeden Morgen mit irgendeiner Idee im Kopf auf, die er mit niemandem teilen will. Und dann probiert er sie aus. Davon kann ihn niemand abhalten, du kannst nur versuchen, dich daran zu gewöhnen.«

Wir biegen ab in einen kleinen Park mit weiß gestrichenen Bänken, auf dem Boden verstreut kleine Blätter. Wo Platz bleibt für jemand anderen zwischen all diesen Ideen, will ich fragen, aber ich weiß, dass es überflüssig wäre. Dass sie diese Frage schon längst kennt und genauso wenig eine Antwort darauf hat wie ich.

»Hier haben sie am häufigsten gespielt.« Rosario bleibt vor einem Haus stehen, das schon fast einer Villa gleicht. Kein

Kolonialgebäude mehr, aber auch nicht sehr viel jünger, mit ausladendem Balkon und Säulen vor dem Eingang, die Fassade strahlt in einem leuchtenden Gelb. »Es stand sehr lange leer, bestimmt fünfzehn Jahre lang. Wahrscheinlich hatten die Kinder Glück, dass das Treppenhaus nicht unter ihnen zusammengebrochen ist. Das Dach war noch ganz und die Fenster weitestgehend auch, das hat die schlimmsten Schäden im Inneren abgehalten. Sie haben es geliebt, sich da drin zu verstecken.« Ihre Erinnerungen sind so klar, dass ich sie fast sehen kann, obwohl sie selbst wahrscheinlich nie dabei gewesen ist. »Ab und zu wurden sie vertrieben, keine Ahnung, von wem eigentlich, das Grundstück gehörte ja niemandem wirklich. Wahrscheinlich haben ein paar Nachbarn mit darauf aufgepasst. Vor sechs oder sieben Jahren wurde es dann doch verkauft und restauriert und jetzt wohnt eine Familie darin.«

Wir laufen weiter durch gemütliche Straßen, über Grundstücksmauern ragen blühende Hecken und Rosario verströmt eine Vergangenheit, die ganz ihr gehört.

»Ich muss in letzter Zeit häufig daran denken, wie die drei als Kinder waren. Sie haben sich erstaunlich selten gestritten, nur Lorena war manchmal beleidigt. Ismael und Mariela haben sich immer besser miteinander verstanden als mit ihr. Ich glaube, sie war eifersüchtig auf die beiden.« Rosario bleibt stehen, sie atmet tief ein und aus. Das Kochen heute Morgen muss sie furchtbar angestrengt haben. Sie lächelt und in ihren Augen blitzt so viel Jugend und so viel Kraft, dass ich nicht glauben kann, was Ismael gestern Abend über sie gesagt hat.

Die Grundstücke rechter Hand sind unbebaut, nur auf einem steht eine raue, unverputzte Mauer, zur Straße hin offen, dahinter wild wuchernder Rasen. Als wäre die Stadt hier noch nicht ganz fertig, so sieht es aus, und ich blicke starr nach vorn, dorthin, wo sie wieder weitergeht.

»Wir werden in ein paar Tagen verreisen. Ihr könnt gern noch im Haus bleiben, wenn ihr wollt.«

»Ihr verreist?«

»Ja. Adrián kann nicht zu meiner Geburtstagsfeier kommen, also werde ich zu ihm fahren müssen. Jetzt endlich mal.« Sie seufzt leise. Vor einer *tienda* bleiben wir stehen. Ein alter Mann lächelt zahnlos, ein goldenes Glitzern in den leeren Reihen, das Spanisch so verschmiert, dass ich kein einziges Wort herausfiltern kann.

»Ich verstehe ihn auch kaum«, wispert Rosario. »Das ist Robertos Vater. Er hat Ismael immer mit in seinen Laden genommen, damit er früh lernt, selbstständig zu arbeiten. Das haben wir nun davon.« Sie kauft Mehl in einem transparenten Plastikbeutel. »Das ist Ismaels Freundin«, erklärt sie unvermittelt und der alte Mann nimmt meine Hand und drückt sie, sein Lächeln noch tiefer.

Als wir zu dem kleinen Haus zurückkehren, parken bereits mehrere Wagen auf dem Hof, Stimmen schwirren durch geöffnete Fenster und den Garten. Rosario stiehlt sich eilig ins Haus, um sich umzuziehen, und hält meine Hand dabei so fest, dass ich mit ihr mitgehen muss.

»Ich habe etwas für dich«, sagt sie. »Falls du möchtest, natürlich.« Die Wände des Schlafzimmers sind zitronengelb und halten das Licht fest, das sich in dem großen Spiegel an der einen Wand bricht. Aus dem breiten Kleiderschrank sucht Rosario ein hellblau geblümtes Kleid und wirft es aufs Bett, holt dann ein weißes, schlicht geschnittenes mit Spitzen am Saum hervor.

»So ein Kleid hätte ich gern zu meiner Hochzeit gehabt, aber damals besaßen wir überhaupt kein Geld und so kurz nach der Wirtschaftskrise erst recht nicht. Ich habe es mir erst sehr viel später irgendwann zu Weihnachten gegönnt. Wahrscheinlich ist es dir zu altmodisch, aber wenn du willst, leihe ich es dir für diesen Abend aus.« Sie verschwindet im Bad, um sich umzuziehen, und ich betrachte den feinen, hellen Stoff, auf dem ich bereits die Flecken sehe, die ich garantiert darauf verteilen werde. Trotzdem streife ich es über und betrachte mein Spiegelbild, das mir so fremd erscheint. Die Haare sind ausnahmsweise ordentlich gekämmt, meine Haut viel dunkler, als sie jemals zuvor gewesen ist.

»Toll siehst du aus«, bemerkt Rosario. Ich betrachte ihr Spiegelbild neben meinem. Wir stehen beide still, wie gezeichnet in den schlichten, blauen Rahmen. Schließlich löst sie sich mit einem raschen Lächeln von dem Anblick und steckt mit wenigen Handgriffen meine Haare zusammen. Nur gegen die Idee, noch Blümchen hineinzuflechten, wehre ich mich.

»Wenn du versprichst, es auch anzuziehen, schenke ich es dir«, sagt sie.

Vorsichtig taste ich über den zarten Stoff. »Ich mag das Kleid«, antworte ich. »Aber ich verspreche nie etwas.«

»Ja, das ist vielleicht gar nicht mal so dumm. Nur manchmal, weißt du, sind gegebene Versprechen das Einzige, was uns den Weg weisen kann.«

Ich lasse sie vorgehen, als wir wieder nach unten laufen, das Wohnzimmer ist bereits voller Gäste, Lachen, Gesprächsfetzen. Unauffällig stehle ich mich in den Garten hinaus. Auf der kleinen Rasenfläche hinter dem Haus ist ein Pavillon aufgebaut, darunter Tische, die später wohl noch mit dem Essen beladen werden. Inmitten einer der Grüppchen entdecke ich Ismael, ein weißes Hemd und eine dunkle, saubere Jeans, die Haare ordentlich zurückgekämmt. Neben ihm steht die Frau, die aus dem Mädchen auf dem Foto geworden ist, Lorena. Von selbst hätte ich kaum Ähnlichkeiten entdeckt. Ihre Miene bleibt unbewegt von der Unterhaltung, ihr Blick irgendwo zwischen die anderen gerichtet, vielleicht auf eines der Kinder, die durch den kleinen Garten tollen.

Mariela, die sich soeben noch mit Ismael unterhalten hat, winkt mir zu. Ihre farbenfrohe Bluse verhüllt geschickt die nicht mehr ganz schlanke Taille und die schwarze Hose lässt ihre Beine länger wirken.

»Hey, wie schön, dich so schnell wiederzusehen«, begrüßt sie mich.

Ismael sieht auf, sein Lächeln kaum wahrnehmbar. Langsam kommt er auf mich zu und ich muss tief ein- und wieder ausatmen, so anders wirkt er auf mich, so ungewohnt.

»Da bist du ja. Hat meine Mutter dich entführt?«

»Sieht so aus.«

»Sag mal, das Kleid kenne ich doch«, bemerkt Mariela.

»Es gehört deiner Tante.«

»Ach deshalb. Lorena und ich wollten uns dieses Kleid früher immer zum Verkleiden ausleihen, obwohl es uns natürlich viel zu groß war. Wir durften auch nie.« Um ihre Augen tanzt ein Lächeln. »In meinem Lieblingsbuch früher ging es um ein junges, armes Mädchen, das sich in den Sohn eines reichen *haciendero* verliebte. Natürlich war ihre Liebe verboten, denn er sollte an eine Adlige verheiratet werden. In der Nacht vor der Hochzeit stahl der Junge das Kleid seiner zukünftigen Braut, schlich sich davon und entführte seine Geliebte. Sie heirateten weit weg in einem abgeschiedenen Dorf. Dieses Kleid erinnert mich immer irgendwie an diese Geschichte.«

»Mariela liebt Kitschromane«, erklärt Ismael betont entnervt. »Du solltest ihr mal unsere Legende von Ocelotlán erzählen, die würde ihr gefallen.«

»Kitschromane sind besser als deine Vorliebe für Horrorfilme«, entgegnet Mariela augenzwinkernd und lässt sich von ihrem Sohn, der mit einer Wasserpistole bewaffnet auf uns zu gerannt ist, mitziehen.

Ismaels Lippen sind ganz zart, als sie meine streifen und dann meine Wange. »Lass uns flüchten«, flüstert er, »und heiraten, irgendwo, wo uns niemand kennt. Wir kaufen uns eine alte *hacienda* voller Obstbäume und bleiben für immer dort, du und ich.«

»Was würden deine Eltern dazu sagen?«, antworte ich und reiße gespielt entrüstet die Augen auf. Er sieht mich nur an, schweigend, und ich atme den herben, dunklen Geruch ein, der von ihm ausgeht. Sehe bereits das weitläufige Gutshaus, die Limetten- und Orangenbäume, unsere Hunde und die lauen Abende in der untergehenden Sonne. »Irgendwann vielleicht«, sage ich leise und spüre, wie der Augenblick zerspringt und die winzigen Splitter im Gras versinken.

Jemand ruft Ismael etwas zu und dieser lacht und ruft etwas zurück. Zwischen all diesen Geräuschen, der Musik aus dem Wohnzimmer und den Unterhaltungen, funkelt die Stille so tief, dass ich bewegungslos bleibe, um nicht hineinzufallen.

Ismael hebt die Hand und deutet hinauf in den grauen Himmel. »Sieh mal«, sagt er. »Die Sonne kommt raus.«

KAPITEL 17

ISLA HOLBOX

Ich lehne im Türrahmen und beobachte Ismael dabei, wie er in einer Sauce rührt. Die Küche darf ich nicht betreten, hat er gesagt, nur dem Knirschen der Walnüsse lauschen, die er mit dem Stößel zerreibt. Eigentlich sollte ich fernsehen oder lesen, ihn in Ruhe das Abendessen zubereiten lassen, aber das Haus kommt mir seltsam groß vor, unbewohnt, seit die anderen mit den Kindern zu einem Ausflug aufgebrochen sind.

»Wie alt ist deine Mutter eigentlich geworden?«

»Sie hat erst im November Geburtstag. Sie wollte nur jetzt schon feiern, falls sie es dann nicht mehr kann. Solche großen Familienfeiern liebt sie und sie meint, mit neunundvierzig ist man noch zu jung, um zu sterben. Mit fünfzig ist es okay, also hat sie sich jetzt ein halbes Jahr älter gemacht.«

Der kühle Ton in seiner Stimme jagt einen eisigen Schauer durch meine Adern. Er stellt den Mörser beiseite und schält konzentriert ein paar Knoblauchzehen.

»Was hat sie denn?«, frage ich zögernd.

Er zuckt nur mit den Schultern. Ruppig kratzt er den Knoblauch von dem Schneidebrett in die Hackfleischsauce.

»Das Essen dauert noch. Du brauchst nicht die ganze Zeit hier zu warten.«

Ich wende mich um und gehe ins Wohnzimmer zurück. Der Regen klopft gleichmäßig gegen die Fensterscheiben, so dicht und laut, dass ich froh bin, jetzt nicht draußen zu sein, wo die Dunkelheit sich bereits ausgebreitet hat. Von einer Kommode sammle ich die Kerzen und stelle sie auf den Esstisch, versuche, die Wärme zurückzuholen, die Rosario verströmt, wenn sie hier ist. Nemi blinzelt mir erschöpft mit einem Auge zu. Nachdem wir heute zwei Stunden mit den Hunden spazieren waren, sind sie sogar zu faul, in der Küche nach Essensresten zu betteln. Negro ist irgendwo oben verschwunden, vielleicht wieder unter das Bett im Schlafzimmer von Ismaels Eltern gekrochen, seinem neuen Lieblingsplatz.

Nach mehreren Versuchen gelingt es mir, Musik aus der Stereoanlage zu locken. Der rasche, beschwingte Rhythmus pulsiert durch meinen Körper und wird seltsam gegensätzlich von einer schweren Frauenstimme durchtränkt. Unwillkürlich schließe ich die Augen, sehe Bilder durch meine Gedanken rasen, die viel zu schnell vorbeieilen, als dass ich sie festhalten könnte. Langsam öffne ich die Augen und blicke Ismael an, der mir gegenübersteht.

»Wo hast du die CD her?«, fragt er ein wenig vorwurfsvoll.

»Sie war schon drin. Ich glaube, deine Mutter hat sie heute Morgen gehört. Du hast noch geschlafen.«

Die Klänge durchweben den Raum, immer dichter ziehen sich ihre Fäden zusammen. Ismael schreitet auf mich zu, sein

Arm umschlingt meine Taille, und noch bevor ich ihm sagen kann, dass ich nie tanzen gelernt habe, folge ich bereits seinen Bewegungen. Ich denke nicht nach über seine Schritte oder meine, wie von selbst fließen sie ineinander.

»Ich habe das schon seit Ewigkeiten nicht mehr gehört«, murmelt er irgendwann. Wir stehen eng nebeneinander in dieser Stille zwischen dem einen Lied und dem nächsten.

»Was ist das für Musik?«

Das Flackern der Kerzen lässt die Schatten an den Wänden tanzen, so wie wir es noch kurz zuvor getan haben. »Vor ein paar Jahren habe ich mal in einer Band gespielt. Matys Vater hat uns produziert, aber eher seinem Sohn zuliebe, nicht, weil er wirklich von uns überzeugt war. Wir waren am Anfang auch nicht besonders erfolgreich, aber nach und nach wurden wir immer bekannter, bis wir fast nur noch unterwegs waren, um Konzerte zu geben. Mir wurde das zu anstrengend, deshalb habe ich aufgehört.« Er schweigt und ich warte, schließlich spricht er weiter, sein Blick umklammert die Dunkelheit draußen. »Eigentlich wurde die Band von meinem besten Freund Eddy und mir gegründet. Er war ziemlich sauer, als ich aufhörte, er hat es nicht verstanden. Wir haben uns sonst nie gestritten, aber in den paar Wochen nach meinem Entschluss ständig. Für mich war unsere Musik etwas zwischen ihm und mir und dem Publikum, aber durch die Studioaufnahmen bekam sie eine andere Richtung, wurde zu etwas Offiziellem. Sie engagierten einen anderen Drummer und kurz danach, bevor sie mit den Aufnahmen für das zweite Album beginnen konnten, hatten sie mit dem Tourbus einen Unfall. Eddy war der Einzige, der nicht überlebt hat.«

Seine tiefe, ruhige Stimme sticht tief in mein Herz, mein Blut aufgewühlt von dem unbezwingbaren Rhythmus, der durch den Raum springt, in jede Ecke hinein. Vorsichtig berühre ich Ismaels Arm, so leicht, dass er es gar nicht bemerkt.

»Du hättest das nicht verhindern können. Du weißt nicht, was passiert wäre, wenn du dich anders entschieden hättest.« Die Sätze klingen so abgenutzt, dass ich innehalte.

»Ja.« Er wendet sich ab, starrt aus dem Fenster, in dem nichts zu sehen ist außer dem Spiegelbild dieses Zimmers, zwei reglose Gestalten darin. »Kann sein.« Die Regentropfen laufen an den Scheiben hinunter wie bei einem Wettrennen. »Früher mochte meine Mutter die Musik nicht, aber in letzter Zeit hängt sie an vielen Dingen, die ihr sonst nie wichtig waren.«

»Ich glaube nicht, dass es die Dinge sind, an denen sie hängt. Es ist Musik, die du gemacht hast, oder?«

Er wendet sich zu mir um, sein Blick verliert sich in meinem. Wir stehen beide so bewegungslos, als wäre das Leben aus uns gewichen. Schließlich hebt er die Hand, seine warmen Finger streichen meine Schläfe entlang. Das Klappern der Haustür und plötzlich hereinbrechende Stimmen reißen die Stille davon. »Ich muss mich um das Essen kümmern«, sagt er hastig und eilt in die Küche zurück.

»Ich hab Hunger«, ruft eines von Lorenas Kindern, das älteste, glaube ich, ich kann die vier nur schwer auseinanderhalten.

»Dauert nicht mehr lange«, antwortet Ismaels Schwester in demselben schleppenden Ton, in dem sie immer spricht.

Rosario tänzelt herein, ihre Schritte sind heute so leicht, als könnte sie fliegen. »Wie findest du meinen Hut?«, fragt sie und präsentiert mir einen hellen, fliederfarbenen Strohhut, der perfekt zu dem Sommerkleid passt, das ihren schmalen Körper umhüllt.

»Sehr schön«, antworte ich wahrheitsgemäß.

»Ein Engel«, bemerkt Roberto und küsst sie zart auf die Stirn, bevor er weitere Einkäufe nach oben trägt. Die Kinder toben durch das Haus, auf der Suche nach dem großen Hund, der sich so ruhig und geduldig von ihnen bespielen lässt. Die leichte

Unterhaltung der drei Frauen umwickelt meine Gedanken, bis Ismael das Essen serviert.

»Was ist das?«, frage ich und betrachte die gefüllte Paprikaschote auf meinem Teller, die mit einer weißen Sauce und Granatapfelkernen dekoriert ist.

»*Chiles en nogada*«, erklärt Rosario.

»Das Nationalgericht Mexikos«, fügt Ismael hinzu. »Mamas Spezialität. Ich habe es nach ihrem Rezept gekocht.«

»Genau genommen ist es nicht meins.« Sie schneidet ein Stück der grünen Schote ab. »Es ist aus meinem Lieblingsbuch, *Como agua para chocolate*, nur noch ein kleines bisschen abgewandelt. Quasi nach Familienrezept verfeinert.«

»Rosario verfeinert alles nach Familienrezept. Wenn man das Geheimnis kennt, ist es eigentlich ziemlich langweilig«, wirft Mariela ein.

»Deshalb kennt es ja auch fast niemand.«

Lorenas Handy klingelt. Einen Moment lang sieht sie so aus, als wolle sie aufstehen und rangehen, dann bleibt sie doch sitzen und kaut auf einem winzigen Happen. Ich kann förmlich spüren, wie wenig sie von uns wahrnimmt. Rasch wende ich mich meinem Essen zu.

Der Geschmack des würzigen Hackfleischs, mit dem die Chilis gefüllt sind, vermischt sich mit der Süße von Früchten darin und der cremigen, kalten Sauce. Ich kaue so langsam, wie ich kann, filtere das herbe Aroma von Nüssen heraus und den kräftigen Geschmack von Ziegenkäse.

Ismael fängt meinen Blick auf und mit einem Mal ist alles um uns herum verschwunden, nur für diesen einen Moment.

Wieder klingelt Lorenas Handy. Diesmal steht sie doch auf, ich brauche die Kinder nicht anzusehen, um zu wissen, dass sie nur noch lustlos in ihrer Sauce rühren, die Augen leer nach unten gerichtet. Leise dringt Lorenas Stimme aus dem Flur bis zu uns, wird immer lauter, getränkt von Wut und einer tiefen, ehrlichen Traurigkeit.

»Wer will Nachtisch?«, fragt Roberto munter. Der Anblick der noch fast vollen Teller zittert wie ein dumpfes Pochen durch meinen Magen, doch die Kinder rufen begeistert: »Ich, ich!«

Wir sind die Einzigen, die sitzen bleiben, Ismael und ich, nachdem seine Eltern und Mariela mit den Kleinen in der Küche verschwunden sind.

»Das macht nichts«, bemerkt er und ich muss kurz überlegen, ob ich irgendetwas gesagt habe. »Ich habe es nicht für sie gekocht.« Seine Fingerspitzen streifen die meinen, bevor sich unsere Finger ineinander verschränken. »Irgendwie muss ich dich ja bestechen, damit du weiter mit mir mitkommst.«

»Weiter mitkommen? Wohin wollen wir denn fahren?«

»Dahin, wohin unser Weg uns führt.« Er grinst und ich rolle mit den Augen. Die Stimme seiner Schwester erstirbt, aus der Küche quillt das Lachen der Kinder, Töpfe klappern. »Wenn meine Eltern weg sind, wird dieses Haus so leer und still, dass ich es nicht aushalte. Mir ist egal wohin, aber hierbleiben will ich nicht.«

»Gut«, sage ich. »Fahren wir.«

*

Ich blinzle gegen die Sonne, die kraftlos über den Horizont klettert. Der verlorene Schlaf schwimmt schwer und dick in meinem Blut, schwappt immer wieder in meinem Kopf herum, in dem alles diesig ist und gelähmt. Hin und wieder spritzt die Gischt in mein Gesicht. Am liebsten würde ich die Augen schließen, den Moment nur spüren, aber dann würde der Schlaf mich vollends mit sich reißen. Ismael, der vor mir sitzt, dreht sich zu mir um, seine Worte werden von dem Lärm des Motors davongerissen.

Holbox ist kein Ort, den man vergessen kann. So hat Ismael einmal diese Insel beschrieben, die immer näher an uns heranrückt. Nachdem das Boot an dem kleinen Hafen angelegt hat, klettern wir mit den Rucksäcken von Bord.

»Autos gibt es hier kaum«, erklärt Ismael. »Die meisten benutzen Motorroller oder Golfmobile, aber da der eigentliche Stadtkern ziemlich klein ist, kann man alles zu Fuß erledigen.« Er deutet auf ein paar überdachte Gefährte, die wohl als Taxis auf die ankommenden Touristen warten. Müde schleppe ich mich neben Ismael her. Auch die Hunde sind träge, gleichzeitig noch aufgeregt von der Fahrt. Nur weil Ismael den Betreiber der Buslinie kennt, hatten wir mit den beiden Tieren fahren können.

»Ich lasse das Auto immer bei meinen Eltern und fahre mit dem Bus bis Chiquilá«, erklärte mir Ismael am Vorabend, »weil man es auf Holbox sowieso nicht benutzen kann.« Der Bus fährt, wie sich herausstellte, um elf Uhr abends los. Ich hatte kaum geschlafen, als wir gegen fünf in Chiquilá ankamen. »Um sechs fährt die erste Fähre nach Holbox, die *lanchas* kosten aber nur die Hälfte und fahren meist dann, wenn sie voll sind.« Wir hatten Glück, dass der Bus genügend Menschen auswarf, um das kleine Boot rasch zu füllen.

Ein Leguan hockt bewegungslos mitten auf dem Weg, die Sonne badet seinen graugrünen Körper. Kurz bleibe ich stehen, überlege, ob ich versuchen soll, ihn anzufassen. Wie ein Stein sieht er aus, vielleicht würde er es nicht einmal bemerken, doch Ismael und die Hunde laufen bereits weiter und mit dem riesigen Rucksack auf dem Rücken könnte ich mich ohnehin nicht bücken.

Die breite Straße, die wir entlangtrödeln, ist wie alle anderen Wege auf dieser Insel aus Sand. Vom Hafen bis ins Zentrum des einzigen Städtchens brauchen wir nur gute zehn Minuten. Der Strand der Nordseite schimmert zwischen den niedrigen, teilweise verwitterten, teilweise frisch renovierten und farbig strahlenden Häusern hindurch. Links von der Hauptstraße reiht sich ein Hotel an das nächste.

Ich bin zu erschöpft, um wirklich mitzubekommen, wie Ismael uns eine Unterkunft besorgt. Eine ältere Frau führt uns zu einem niedrigen, schon etwas heruntergekommenen Gebäude direkt am Hauptplatz des Städtchens, der viel zu unscheinbar wirkt, um ihn wirklich *zócalo* zu nennen. Einen überdachten, halb offenen Gang entlang laufen wir bis zum letzten Zimmer. Zwei Betten darin, eine dünne Sandschicht auf dem Boden, hereingeweht vom Wind der letzten Tage. Einfach, irgendwie verfallen, aber mit einer gewissen Gemütlichkeit, wie ein abgenutztes Wohnzimmer, in dem jede Ecke von seinen Bewohnern erzählt. Ich stelle meinen Rucksack ab, werfe mich auf eines der Betten und lasse mich in die Stille fallen.

*

Ismaels Arm liegt schwer auf meinem Rücken. Vorsichtig schiebe ich ihn beiseite, bleibe noch kurz auf dem Bettrand sitzen mit kribbelnden Beinen, die fast zusammensacken unter meinem Gewicht. Langsam verlässt mich der Schlaf, der letzte Traumfetzen, von dem nur ein tiefes, unbestimmtes Gefühl zurückbleibt. Ich trinke durstig aus unserer Wasserflasche und blicke mich in dem Zimmer um. Die hintere linke Ecke davon wurde abgezweigt und in ein Bad verwandelt, eine Dusche mit, wie es scheint, warmem Wasser, ein Waschbecken, eine Toilette, ausnahmsweise mit Klobrille und -deckel.

Ich suche Julias MP3-Player heraus, nehme einen der beiden Plastikstühle und stelle ihn nach draußen vor die Tür. Es gibt nicht viel, worauf ich schauen könnte, nur eine etwa kopfhohe graue Mauer, ein Baum ragt darüber, die nackten Wände des

Nachbarhauses. Eine warme Brise trägt den Geruch des Meeres bis hierher. Nach mehreren Versuchen finde ich ein Lied, das bei mir bleiben kann, ich schließe die Augen und lasse es meine Gedanken durchströmen, bis es verklingt und wieder von vorn beginnt.

Erschrocken zucke ich zusammen, als Ismael mit einem Mal neben mir steht. Eine Weile lang sitzen wir nebeneinander, jeder einen Ohrstöpsel im Ohr, die geteilte Melodie ganz anders als vorher, von irgendwoher das Rauschen des Meeres.

»Wollen wir etwas essen?«, fragt er irgendwann.

Der Vormittag überschwemmt die Straßen des Dorfes mit Leben. Ein paar Touristen schlendern herum, vor einem Obstladen liegen die Waren aus, Mohrrüben und Kartoffeln und Wassermelone. In einer *lonchería* teilen wir uns eine *comida corrida*, ein Mittagsmenü mit Rindfleischsuppe und Reis mit Bohnen, Salat und Hühnchen, dazu ein *agua de melón*.

»Ein Freund von mir hat hier einen Laden, wollen wir ihn besuchen gehen?«, fragt Ismael und stellt den leeren Becher vor sich ab. Ich will zum Meer, stimme aber trotzdem zu. Der Laden ist nur fünf Gehminuten von der *lonchería* entfernt, alles hier wirkt so klein und nah. »Ideas de Holbox« heißt das Souvenirgeschäft, die Fensterläden geschlossen, die Jalousie vor der Tür heruntergelassen.

»Wahrscheinlich macht er erst nachmittags auf«, meint Ismael und ruft laut einen Namen. Keine Antwort.

Nebeneinander schlendern wir zum Strand, der sich weit und kaum besucht in beide Richtungen erstreckt. Das Meer türkisblau und klar, der Strand voller Algen, teilweise ragen vom Salz zerfressene Felsen ins Wasser. Ein Steg führt ein Stück ins Meer hinein, ein kleines Häuschen wacht an seinem Ende. Vereinzelt ankern Fischerboote am Ufer. Wir beginnen zu laufen, immer am Wasser entlang. Ich ziehe die Sandalen aus, warmer, weicher Sand zwischen den Zehen. Nach dem Dorf reihen sich rechter Hand Hotelanlagen, nicht riesig, aber elegant und luxuriös. Ich habe das Gefühl, dass es hier nichts weiter gibt als Fischerfamilien und Touristen, dass wir am Ende der Welt angekommen sind, wenn wir nur weiterlaufen würden, immer weiter, bis es keine Hotels mehr gibt und auch keine kleinen Hütten mehr, bis nur noch windzerzauste Palmen und Mangroven den Strand säumen. Man könnte die Vögel besser hören, Fische im Wasser beobachten, weiter draußen vielleicht sogar einen Wal. Es gäbe nur noch uns.

Ismael läuft ein Stück vor mir, ab und zu dreht er sich zu mir um, immer genau so weit entfernt, dass ich ihn nicht mehr berühren kann.

Ich hebe einen Stock auf und werfe ihn ins Wasser. Negro springt sofort hinein, eifrig schnappt er nach dem dicken Zweig und trägt ihn zurück. Er lässt ihn achtlos in den Sand fallen, beobachtet mich aber aufmerksam, als ich mich ihm nähere. Kaum will ich danach greifen, nimmt er ihn wieder auf und rennt ein Stückchen weiter. Er sieht auf einmal viel jünger aus, die Augen glänzender, die Bewegungen rascher. Ismael jagt ihm nach, ich lasse mich zu Nemi in den Sand fallen, die sich von dem ganzen Theater wenig beeindruckt zeigt.

»Männer«, sage ich zu ihr und ihr Schwanz klopft auf den weichen Sand, bevor sie ihren Kopf auf meinen Schoß legt, die Augen halb geschlossen.

Unerbittlich prallt die Mittagshitze auf uns herunter. Wir laufen zurück, diesmal Hand in Hand, die Schritte immer schwerer, je näher wir dem Ort kommen. An einer Strandbar treffen wir auf Ismaels Kumpel, der seine Hand locker in meine schlägt, als würden wir uns kennen.

Sie haben sich lange nicht mehr gesehen, Ismael und Ricardo, sitzen nebeneinander an der Bar, trinken prickelnd kaltes Bier gegen die Wärme.

Langsam blättere ich durch die Seiten meines Tagesbuches, die immer voller geworden sind in den letzten Wochen. Obwohl von irgendwo Musik dringt und Gespräche durcheinanderschwirren, obwohl immer mehr Menschen an den Strand kommen, ist der Moment ganz still und alles lässt sich so leicht wegdenken. Ich male hastig, die Farben stimmen nicht ganz, vor allem die des Meeres nicht. Es ist viel zu dunkel geworden, das Funkeln der Sonne darin fehlt. Die Möwen wirken riesig, fast bedrohlich, und die Schnäbel der Pelikane sind viel zu lang. Als das Bier geleert ist, gebe ich auf.

Wir laufen zu Rickys noch immer geschlossenem Laden, auf dem Weg dorthin holt Ismael sein Kästchen mit dem fertigen Schmuck. Ricky öffnet die Jalousien seines Ladens.

»Meistens verkaufe ich nur abends«, erklärt er uns. Der Raum ist klein, an den Wänden hängen T-Shirts auf Bügeln aufgereiht und Wickelröcke, auf schmalen Tischen darunter liegt Schmuck aus, bunt bemalte Vasen und Töpfe und weiteres Kunsthandwerk, alles leuchtet in zahlreichen Farben. Die hintere Ecke des Raumes wird von einem orange gemusterten Vorhang abgetrennt. Eine winzige Umkleidekabine, gerade groß genug für eine Person.

Wir setzen uns auf die Stufen vor dem Laden, jeder einen Becher Cola in der Hand, die ich in Deutschland eigentlich nie trinke. Die Hunde liegen neben uns im Schatten und ruhen sich aus.

Ismael öffnet das Kästchen und reicht es Ricky, der ein Schmuckstück nach dem anderen in die Hand nimmt, es sorgsam prüft. Nur der Anhänger ist nicht darin, der mit dem Jadestein in der Mitte und Nemi darauf.

Nach einer Weile gehe ich ins Hotel zurück, die Hunde laufen vor mir her, plötzlich wieder voller Energie. In eine Schüssel fülle ich Wasser und stelle es ihnen draußen neben die Tür.

Unser Zimmer wirkt viel zu groß, so viel Raum im Gegensatz zu Ismaels Bus. Zu viel Raum für mich allein.

Die Matratze gibt unter meinem Gewicht nach, gezeichnet von all den Menschen, die bereits ihre Träume in sie hineingeatmet haben. Den Blick auf die kahle, orangegelbe Decke gerichtet, kreisen die Bilder der letzten Wochen um mich herum.

Man kann es nicht hören, das Meer. Nicht hier.

*

Ein einsames Haus. Ich nehme ein Foto der nicht mehr frischen Holzhütte auf, die so einsam und abgeschieden von dem Städtchen liegt. Gerade als ich weitergehen will, öffnet sich die Tür. Ein älterer Mann, braun mit weißem Haar, kommt leicht schwankend auf mich zu. Er lächelt freundlich, sein Atem durchtränkt von Rum. Ich muss mich konzentrieren, um ihm zuzuhören, seinem langen Monolog über ein vergangenes Leben. Von Politik erzählt er. Dann, dass er Marinesoldat war und sich in ein deutsches Mädchen verliebte, doch ihre Liebe zerbrach an seiner herrschsüchtigen Mutter. Ob ich ihn heiraten will, fragt er, und ich verneine und bedanke mich höflich und gehe weiter.

Die endlose Landschaft erstreckt sich vor mir, alles Teil eines großen Naturschutzgebietes. Nun bin ich allein auf dem hellen Sand, rechts von mir das Wasser, dessen seichte Wellen träge gegen den Strand laufen und sich genauso schleppend wieder zurückziehen. Eine Insel, einsam irgendwo mitten ins Meer gestreut, vergessen von der Zivilisation. Eine Insel ohne das Sirren von Elektrizität, ohne das Brummen von Motoren, eine Insel ohne Sprache. So ein Ort könnte das hier sein.

Ich sehe zurück zu den letzten Gebäuden, die nur noch ganz klein in der Ferne erahnbar sind, den vereinzelten Liegestühlen, wie bunte Punkte auf dem Sand. Vergessen sehen sie aus, einfach dort stehen gelassen. Immer weiter laufe ich, um eine Kurve herum, den Blick nur noch nach vorn gerichtet. Die Luft hier fühlt sich ganz anders an, ein wenig frischer, wie von weit her, sie hält sich an meinen Haaren fest, die offen und ein wenig zerzaust auf meinen Schultern liegen. Weitere Fotos, ein paar Pelikane, die über das Wasser gleiten, ein Ast im Sand, ohne Baum dazu.

In der Ferne strahlt ein Haus weiß in der Sonne, wird immer heller, je näher ich komme. Es steht auf Säulen, Schutz vor dem Wasser, ragt auf einer Seite mit einer weiten Terrasse über den Strand, als könnte es in der nächsten Sekunde zu dieser Seite umkippen, einfach in sich zusammenstürzen. Vor der Treppe, die noch oben ins Innere führt, parkt ein Wagen, ein Golfmobil, doch ich kann nirgendwo jemanden entdecken. Irgendwie passt das Gebäude nicht hierher, dieses blütenreine Weiß der kahlen Wände, diese konstruierte Architektur, die nichts mit der Umgebung zu tun hat. Trotzdem wünsche ich mir, einfach hineingehen zu können. Ein Liegestuhl auf der weiten Terrasse, Blick zum Meer, an nichts denken als an die sanfte Bewegung der zaghaften Wellen und an den Horizont, diese gerade Linie in unberührbarer Ferne.

Diesmal fliegt mein Stift wie von selbst über das Papier, die Linien so zielsicher und gerade, dass ich kaum hinsehen muss. Mit jeder Zeichnung wird das Buch schwerer.

Hierher kommen nur selten Menschen, denke ich, vielleicht manchmal ein paar Urlauber auf Erkundungstour durch die Natur, Touristen wie ich. Nur Menschen, die kommen und schon am nächsten Tag oder in der nächsten Woche wieder verschwunden sind.

Nicht einmal meine Fußspuren im Sand bleiben.

Ich will immer noch weiter gehen, kann nicht mehr aufhören zu laufen, doch dann bin ich schon angekommen am Ende der Insel. Die Mangroven verlaufen sich in der karibischen

See, jeder weitere Weg führt wieder zurück. Ich entwirre das Handtuch, das ich um die Träger meiner Tasche geschlungen habe, und lege mich in den Schatten einer Palme. Das Buch aus Mexiko liest sich mittlerweile fast von selbst, nur ein kurzes Verharren auf den einzelnen Worten und schon fliegen sie mir zu. Auch diesmal lese ich laut, obwohl María gar nicht hier ist, um mir zuzuhören, und Ismael auch nicht. Nur ich selbst kann sie hören.

Nach ein paar Seiten werden die Worte zu laut. Ich schlage das Buch wieder zu und ziehe die Hose und das T-Shirt aus. Das Meer wartet auf mich. Meine Füße berühren das klare Wasser, immer tiefer gehe ich hinein, doch es steigt nur allmählich. Die See wurde glattgebügelt, extra für mich, und ich lasse mich von ihr umhüllen, ziehe sie an, sie passt haargenau. Irgendwo ganz weit am Ende beginnt ein anderer Kontinent und auf diesem Kontinent lebe ich, eigentlich.

Langsam frisst sich die Nacht über den blankgeputzten Himmel und treibt dicke, graue Wolken vor sich her, als ich in den Ort zurückkehre. Die Tür des Hotelzimmers ist verschlossen, die Hunde sind nicht da. Ich laufe zu Rickys Souvenirgeschäft, erwarte schon, ihn und Ismael davor sitzen zu sehen, ein paar Flaschen Bier auf den Treppenstufen, aus dem Laden Musik, doch Ricardo ist allein.

»Ich habe ihn seit heute Nachmittag nicht mehr gesehen«, erklärt er. »Ich glaube, er wollte sich noch mit ein paar alten Freunden treffen. Wahrscheinlich ist er in irgendeiner Bar, so viele gibt es hier aber auch nicht.« Er sieht nach oben auf die dunkle Wolkenschicht, durch die entfernter Donner grummelt. »Eigentlich waren wir für später verabredet, aber wenn es anfängt zu regnen, bleibe ich lieber hier.«

Als hätte das Gewitter nur auf ein Zeichen gewartet, zerreißt ein greller Blitz das schwere Grau des Himmels. Ein paar

Sekunden später folgt das Krachen des Donners, kurz bevor eine plötzliche Regenflut auf uns herunterbricht.

»Komm lieber mit rein«, ruft Ricardo in das klirrende Prasseln der dicken Regentropfen, die bereits zu ersten Pfützen auf dem Sandweg zusammensickern.

Ich folge Ricky durch einen Vorhang, der den kleinen Laden von den dahinterliegenden Räumlichkeiten abtrennt. Dieses Zimmer ist deutlich größer als das schmale Geschäft und bietet genügend Platz für ein Sofa, eine Kommode, ein Bett und eine kleine Küche im hinteren Teil des Raumes. Er befüllt einen Wasserkocher und trotz der Geräusche des Regens ist es unangenehm still.

»Solltest du nicht vorn im Laden aufpassen?«, frage ich.

Aus einem Schrank sucht er löslichen Kaffee und Teebeutel. »Bei dem Wetter kommt hier niemand vorbei, aber ich könnte die Tür abschließen.« Er verschwindet kurz, das Wasser beginnt zu brodeln.

»Tee oder Kaffee?«, fragt er, als er wiederkommt.

»Tee, bitte.«

Er reicht mir eine Tasse und setzt sich mir gegenüber auf einen Sessel. Mein Blick bleibt an einem Katalog hängen, der auf dem Tisch liegt.

»Was ist das?«, frage ich und schlage den Ordner auf.

»Tattoo-Motive. Gelegentlich fragt mal jemand danach.«

»Du machst Tattoos? Richtige?«

»Ja. Ich habe auch Ismaels gemacht, ist allerdings schon ein paar Jahre her. So haben wir uns kennengelernt. Er war damals fünfzehn oder sechzehn. Das Motiv habe ich extra für ihn entworfen, weil er ziemlich spezielle Vorstellungen hatte. Haben die wenigsten in diesem Alter.«

»Hast du in Mérida gelebt?«

»Ja, eine Zeit lang. Habe dort ein richtiges Studio, eines der besten in der Stadt. Manche achten nicht auf die nötige Hygiene oder verwenden schädliche Farben mit vielen Metallverbindungen. Schlecht für den Körper. Irgendwann wollte ich etwas anderes machen und mittlerweile kommen eher Touristen, weil es hier billiger ist als im Ausland. Das Studio leitet jetzt ein Freund von mir. Ab und zu, wenn ich in der Stadt bin, tätowiere ich noch Freunde und Stammkunden, ansonsten nicht mehr.«

Ich blättere durch den Katalog, Tiere und Zeichen und Muster, nirgendwo der Jaguar und die Sonne, die Ismael auf dem Rücken trägt. Nach einer Weile blicke ich auf, noch immer beobachtet er mich.

»Ich freue mich, dass er jemanden gefunden hat«, sagt er.

»Wie meinst du das?« Ohne hinzusehen, klappe ich den Ordner wieder zu und lege ihn auf den Tisch zurück. Der Regen prasselt unaufhörlich gegen die Fensterscheiben und mit einem Mal habe ich das Gefühl, dass er nie wieder aufhören wird.

»Vorher war er nicht so wie jetzt. Wir haben uns zwar nicht oft gesehen, aber trotzdem. Er hat immer nach etwas gesucht. Das tut er jetzt nicht mehr.«

»Ist das so.« Mehr fällt mir nicht ein und auch Ricardo fährt sich nur mit der Hand über die kurzen Haare und sagt nichts mehr.

Ein Donnerschlag kracht ohrenbetäubend, dann fällt das Licht aus. Ich höre Ricardo in der Dunkelheit poltern und fluchen, als er gegen irgendetwas läuft. Wenig später zündet er ein paar Kerzen an.

Ebenso schnell, wie der Regen begonnen hat, hört er auch wieder auf. Ricky öffnet die Ladentür, noch immer hängt die Feuchtigkeit in der Luft und die Wege stehen voller Pfützen, der Sand vermatscht. Nur wenig Licht dringt durch vereinzelte Fenster, warm und flackernd. »Viel Spaß auf dem Rückweg«, meint er und grinst herausfordernd. »Es ist ja nicht weit.«

Ich laufe die Stufen hinunter, springe über die Wasserlachen und modrigen Stellen, wenn ich sie rechtzeitig bemerke, in mir ein Funke, der mich vorantreibt, immer schneller, und endlich bin ich da, durch das Fenster glimmt ein schwaches Licht und die Tür zu unserem Zimmer lässt sich öffnen.

Zur Begrüßung reibt Nemi ihren Kopf an meinem Schienbein. Manchmal vergisst sie, dass sie keine Katze ist.

»Ich habe beim Billard dreimal gewonnen«, erklärt Ismael. Er legt seine Arbeit beiseite und steht auf. Ich kann nicht mehr weitergehen, stoße gegen eine unsichtbare Mauer, kein Wort in meinen Gedanken. Es gibt nur sein Leben und meins. Mehr nicht, denke ich, sehe nur noch diese beiden Sätze, alle anderen sind irgendwo in der Dunkelheit dort draußen verloren gegangen.

»Wie war dein Spaziergang? Du bist gar nicht nass geworden, oder?«

Langsam schüttele ich den Kopf.

»Ist alles in Ordnung mit dir?«

Nichts ist in Ordnung mit mir, aber ich weiß selbst nicht, was gerade kaputtgegangen ist. Wieso es so zieht in meinem Inneren, wieso ich nicht einfach weitergehen kann, bis zu ihm.

Vielleicht, weil er bald schon nicht mehr da sein wird. Weil es dann nur das weite Meer gibt, das zwischen uns liegt.

»Ich dachte, du willst nicht, dass ich mit dir mitkomme«, sagt er leise.

Ich will, dass du überallhin mitkommst, denke ich und dann, mit einem Mal, sage ich das auch. Die Worte wiegen mehr als alles andere, was ich jemals gesagt habe, kleben dick und zäh wie Teer an meinen Füßen. Für einen Moment wünsche ich mir, dass er einfach verschwindet und ich zu niemandem mehr gehören muss, doch er verschwindet nicht.

Steht nur dort in dem dämmrigen Licht.

*

»Wo fahren wir als Nächstes hin?«

Die Sonne taucht in den Horizont und zieht die Kühle der Dämmerung über das Meer. Ich sehe Ismael an, dessen Worte nur mühsam durch den Lärm des Motors dringen. Die *lancha* legt im Hafen von Chiquilá an, ein Fremder hilft mir beim Aussteigen und ich danke ihm mit einem kurzen Lächeln.

»Also? Wie wäre es mit Bacalar? Das würde dir gefallen. Die Lagune ist toll, das Wasser ist ganz klar und durchsichtig. Der Zeltplatz ist sehr rudimentär, es gibt nur ein Toilettenhäuschen ohne Dach, aber dafür kann man auch in Hängematten direkt am Wasser schlafen. Dort kenne ich auch niemanden.« Er lächelt, es sieht fast entschuldigend aus. »Oder wir fahren bis nach Chetumal. Wir könnten dort mit einem Boot rausfahren und vielleicht sogar Seekühe beobachten.«

»Ismael«, sage ich, ganz sanft und ruhig, ganz leise, damit ich meine eigenen Worte nicht spüre. »Ismael, ich habe nur noch eine Woche. In einer Woche fliege ich nach Deutschland zurück.«

Wir haben nie darüber gesprochen, wie lang unsere gemeinsame Zeit dauert. Doch nun sieht er mich an mit einem Blick, aus dem etwas verloren gegangen ist. Etwas, von dem ich bis jetzt nicht gemerkt habe, dass es überhaupt seinen Weg zu ihm gefunden hat.

»Okay«, sagt er schließlich, die Stimme leicht und dunkel wie immer. »Dann bleiben wir noch einen Tag im Haus meiner Eltern und fahren übermorgen nach D. F. zurück.«

»Du brauchst mich nicht zu bringen, wenn du nicht willst. Ich kann auch allein zurückfahren.« Für einen Moment schließe ich die Augen und halte den Atem an. Höre schon, wie er es wieder sagt, dieses bedeutungslose Okay, doch als er nichts erwidert, öffne ich die Augen. Er sieht irgendwo anders hin, so lange, bis der Bus ankommt und genau vor uns stehen bleibt.

Der einzige Direktbus nach Mérida fährt früh am Morgen. Wir werden umsteigen müssen, irgendwo mitten auf dem Weg, und mit einem langsameren Bus weiterfahren, der in jedem Dorf unterwegs anhält.

Wortlos steigen wir ein. Wir sind fast die Einzigen, die die leeren Reihen besetzen, wählen jeder eine eigene aus, um besser schlafen zu können. Ismaels schwarze Haare ragen über den Sitz vor mir, ich könnte sie anfassen, wenn ich wollte. Mit einem lauten Dröhnen wird der Motor gestartet. Meine Jacke rolle ich zu einem Kissen zusammen und lege den Kopf darauf, die Beine angewinkelt, sodass nur meine Füße über die Sitzfläche ragen. Das gleichmäßige Brummen beruhigt meine Gedanken, sie schwimmen davon, lösen sich auf in irgendwelchen Bildern, die mir teilweise bekannt vorkommen, andere auch wieder nicht.

Ein Knall fährt durch diese verworrenen Farbfetzen und schreckt mich auf. Durch die breite Windschutzscheibe sehe ich schattenhafte Bäume und die Straße, die sich vor uns schlängelt, irgendetwas stimmt an der Bewegung nicht und auch nicht an dem Schwindel, der mich plötzlich erfasst, der Übelkeit, dem rauschenden Blut in meinen Ohren und dem lauten Pochen. Das Nächste, was ich sehe, ist Ismael, wie er über die Sitzlehne springt bis zu mir, er hält mich so fest, dass mit einem Mal alles wieder ruhiger wird. Die Bremsen quietschen und das Gefährt schlingert auf dem vom Regen feuchten Asphalt, dann liegt die Straße wieder bewegungslos vor uns, ein Lastwagen mit grellen Scheinwerfern kommt uns entgegen. Ismael geht nach vorn, ich höre nichts von dem, was sie sagen, fühle nur die stechende Kälte, bis er zurückkommt.

Erst nach mehreren Versuchen springt der Motor an. Wahrscheinlich ist der Fahrer eingeschlafen, erklärt Ismael mit leiser Stimme, und von der Fahrbahn abgekommen, wieder aufgewacht und hat mit einem Ruck, der den Bus zurück auf die Straße bringen sollte, selbigen ins Schleudern gebracht. Der Motor, der sich hinten im Fahrzeug befindet, ist gegen einen Baum geknallt, funktioniert aber anscheinend noch.

Ich hänge immer noch in meinen Bildern fest, spüre nur das Brennen in meinem Brustkorb. Und wenn er wieder einschläft?, denke ich.

»Der andere Fahrer fährt jetzt«, beantwortet Ismael meine unausgesprochene Frage.

»Danke«, flüstere ich.

Das Licht eines entgegenkommenden Fahrzeugs streift Ismaels Gesicht. Es ist zurückgekehrt in seinen Blick, viel tiefer diesmal und gleichzeitig so nah, dass es wehtut. Seine Finger tasten nach meinen. Wir sitzen nebeneinander, völlig regungslos, und ich lausche dem Pochen seines Herzens, als gäbe es kein anderes Geräusch auf der Welt.

KAPITEL 18

DORT, WO DIE GESCHICHTEN LEBEN

Ich brauche mein Tagebuch, um nachzurechnen, dass unser Zeitklumpen vier Wochen alt ist. Vier Wochen seit der Abreise von Ocelotlán.

Die Marktstände sind noch dieselben, die Geschäfte an der großen Straße, die uns durch das Zentrum führt, auch. Der *zócalo* ist noch derselbe, die niedrigen Häuser, der Sandweg bis zu dem freien Grundstück, auf dem Ismael den Bus parkt.

Es riecht anders hier als irgendwo sonst, blumiger und schwer und dunkel wie vor einem Gewitter.

Stolz zeigt uns Helen die Zwischenwand des Betongebäudes und die noch ungefüllten Regale für die Bücher. Eine alte Liege steht nun in dem abgetrennten Raum, auf einigen Regalbrettern liegen Kleidungsstücke.

»Ich wohne jetzt hier«, erklärt sie und erhitzt Wasser in einem Wasserkocher für drei Tassen schwarzen Tees. »War euer Hund beim letzten Mal nicht noch weiß?«

»Das war ein anderer. Nemi haben wir bei Ismaels Mutter gelassen. Sie wollte dort bleiben.« Hastig nehme ich ihr die Tasse ab, schwappe dabei fast das heiße Wasser über meine Hand. Nemi hatte nicht einsteigen wollen. War einfach liegen geblieben auf dem noch morgenkühlen Gras und ich hätte sie ohnehin nicht mitnehmen können. Nicht mit zurück in jenes andere Leben, das immer näher rückt.

Wir setzen uns in den anderen Raum, den, der noch leer ist, fast. Jetzt steht er voller Stühle, weiße und rote aus Plastik und andere aus Holz, manche zum Einklappen. Unsere Stühle, aus der ganzen Stadt zusammengetragen, und nun sind sie sorgsam in Reihen angeordnet. Für das Publikum, das sich morgen das Theaterstück ansehen wird.

»Die Mädchen werden sich so freuen, dass du zur Premiere gekommen bist«, sagt Helen. »Wie lange wollt ihr bleiben?«

Es ist Ismael, der antwortet. »Nur für zwei Tage. Sonntagfrüh fahren wir weiter nach D. F. Ronja fliegt am Montagabend wieder nach Hause.«

»Ehrlich?« Sie wirkt tatsächlich überrascht und ich frage mich, ob sie nichts hat, wohin sie zurückkehren müsste.

Und dann, was ich eigentlich habe, das auf mich wartet.

»Hast du Kinder?«, frage ich sie unvermittelt.

Erstaunt sieht sie mich an und schüttelt langsam den Kopf. Ein Lächeln stiehlt sich unwillkürlich über mein Gesicht, als ich die einfache Bewegung des Zeigefingers bemerke, die das Kopfschütteln begleitet, schon ganz von selbst. »Nein, wir konnten keine bekommen.«

Der Tee schmeckt bitter, ich schlucke schwer und stelle die Tasse auf dem Boden ab. Die kühlen Wände des Gebäudes halten die Hitze des späten Nachmittags draußen. Trotzdem wäre ich lieber dort, von wo die Musik dringt, oder dort, wo sich der Sandweg in dichtem Gestrüpp verliert, keine Häuser mehr am Wegesrand.

Wir verabschieden uns, Helens Händedruck ist leicht und so zart, dass ich Angst habe, ihr wehzutun.

»Hast du Ocelotlán vermisst?«, fragt Ismael. Wir laufen zu Normas Haus, Negro stürmt voraus, achtet kaum auf den Weg.

»Nur ein bisschen«, antworte ich nach einer Weile. Vermisst?

Ja, Marisol habe ich vermisst. Sie springt so aufgeregt um uns herum, dass mir ganz schwindelig wird, vielleicht auch von den vielen Sätzen, die im selben Tempo aus ihr heraussprudeln, perlig und süß. Wir haben Obst mitgebracht und Fleisch zum Braten, ich helfe Norma beim Kochen, während sich Ismael mit Carlos unterhält.

»Du siehst anders aus«, stellt Norma fest.

Ich hacke weiter die Zwiebel, wische mir die Tränen aus den Augen. »Wie meinst du das?«, frage ich.

»Ich weiß nicht. Irgendwie anders.«

»Vielleicht habe ich abgenommen«, versuche ich einen Scherz und lächle ein Lächeln, das sie nicht erwidert.

»Nein, das ist es nicht. Irgendwas in deinem Gesicht oder in deiner Haltung. Keine Ahnung.« Sie wendet sich wieder den Schweinefilets zu und ich zerschneide weiter die Zwiebeln, immer kleiner. Dazu Carlos' und Ismaels Stimmen, die sich in denen aus dem Fernseher auflösen.

*

Es gibt keinen einzigen unbesetzten Stuhl mehr. Bis eben, bis zu diesem Moment, hätte ich gedacht, dass in dieser kleinen Stadt kaum Menschen leben, nicht mehr als die wenigen, denen man zu den Hauptzeiten auf dem *zócalo* begegnen kann. Sie scheinen alle hier zu sein und den Raum bis in die kleinste Ecke auszufüllen. Nur das schmale, offenbar in den letzten Wochen zusammengezimmerte Podest steht frei vor der smaragdgrün schimmernden Lagune und den rauen Felswänden, die sie umrahmen.

Ismael hat mir einen Platz freigehalten. Mühsam schlängle ich mich bis zu ihm durch und nicke Helen aufmunternd zu, deren Haut so weiß ist wie ihre Haare.

»Wo warst du denn?«, fragt Ismael.

»Draußen. Ich habe mich noch mit Juana unterhalten.« Kein Gespräch, das ich mit ihm teilen kann. Die leisen Worte, mit denen sie mir sagte, dass sie schwanger sei, von ihrem Chef, der verheiratet ist, natürlich.

Überall auf der Welt wiederholen sich dieselben Geschichten.

Die Glühbirne erlischt, für einen Moment ist es ganz dunkel. Kurz darauf leuchten winzige, goldgelbe Lämpchen auf, die überall an den Wänden verteilt sind.

María ist die Erste, die die Bühne betritt, ihre Schritte sorgsam gewählt, ich bin mir sicher, dass sie sich auf diese Weise niemals verirrt.

Ganz langsam spinnen sich die Fäden durch den Raum. Jedes Wort umwebt die Zuschauer, alle Geräusche verstummen und nur die Stimmen der Frauen auf der Bühne sinken tief in uns hinein. Manchmal versprechen sie sich. Manchmal blickt eine von ihnen auf, in die zahlreichen Gesichter hinein, die sie beobachten, und dann schleicht sich ein Zittern durch ihren Körper. Manchmal stocken sie, müssen die Rollen wiederfinden, die sie in dem Moment spielen, die Figuren, die sie verkörpern. Doch nur manchmal.

Helen sieht mich an, ihre Augen groß und leuchtend, ich fange ihr Lächeln auf.

Toll, oder?, sagt ihr Blick. Das ist unser Theaterstück.
Ich nicke. Ja, toll.
Unser Theaterstück.

*

»Ich wusste, dass du noch mal vorbeikommst, um es dir anzusehen.« Ana umarmt mich so heftig, dass ich kaum Luft bekomme. »Hat es dir gefallen?«
»Es war großartig.«
Sie lacht und fährt sich durch die Haare, die jetzt viel kürzer sind, ihr nur noch bis zum Kinn reichen. »Du lügst ja. Wir wollen aber auf jeden Fall weitermachen. Helen schreibt schon an dem nächsten Stück.« Sie erzählt und ich kann nicht mehr zuhören, grau und nebelig verschwimmt die Umgebung, ich blinzle und im nächsten Moment ist alles wieder wie vorher. Ana verabschiedet sich und läuft zu einer Freundin, die ihr zu der gelungenen Aufführung gratulieren will.
»Wann fahrt ihr morgen ab?« Juana steht dicht neben mir, einen Wegwerfteller mit Suppe in der Hand. Sie hat am häufigsten gezittert und gestockt, immer nur kurz, immer nur ein winziges Stolpern am Anfang eines Satzes, eine unmerkliche Pause vor dem nächsten Sprechen. Sie fragt nicht, wie ich das Stück fand.
»Ich weiß nicht genau, wahrscheinlich morgens.« Mein Blick wandert zu Ismael, der sich mit einem ungewöhnlich großen, schlanken Mann unterhält, seinem Nahuatl-Lehrer, wenn ich mich richtig erinnere.
»Schon so früh.«
»Ja. Ja, schon so früh.«
Sie schweigt. Jemand hat Musik mitgebracht, die Kinder tanzen bereits dazu, vor allem Marisol, deren Bewegungen so weich sind, als hätte sie nie etwas anderes getan.

»Kommst du irgendwann wieder?« Die Frage hängt vor mir, so nah, dass ich sie greifen, sie einstecken und mitnehmen könnte, doch es ist keine Frage, die einfach in die Hosentasche passt. Ich sehe Juana an, deren Augen dunkelbraun schimmern, all ihre Sorgen darin und ein sanftes Lächeln.

»Ja, ich komme irgendwann wieder.«

»Versprichst du es?«

Ich atme ein, ganz tief, und langsam wieder aus. »Ich verspreche es.«

*

Das letzte gemeinsame Lied.

Dreckig und schmierig sehen die großen Regentropfen aus, die gegen unsere Windschutzscheibe prasseln. Gegen Ismaels Windschutzscheibe.

»Ist das Deutsch?«

»Ja.«

»Ein schöner Song.«

Ich schließe die Augen, sanfte Pianomelodie und eine unaufdringlich weiche Stimme, die ihre Klänge in den kleinen Raum wispert, in dem nur wir sind, alles andere ist draußen, die ganze Welt. Mit den Fingerspitzen streife ich über Ismaels Arm, er sieht mich an, nur kurz, und aus irgendeinem Grund bin ich überzeugt, dass er den Text versteht, ein Song über das Ende von etwas, das nicht wiederkommen wird.

Die grünen Hügel weichen auseinander, lassen den Blick frei auf einen Teil des Tals, in dem sich die Hauptstadt erstreckt. Wolkenkratzer, Bürogebäude, dazwischen die geduckten, halb zerfallenen, einfachen Häuser, in denen die Menschen wohnen, zumindest einige von ihnen. Viele wahrscheinlich. Ich drehe die Musik etwas lauter, wünsche mir, die ganze Stadt könnte sie hören, dabei reicht es doch, dass sie hier ist, bei Ismael und mir.

»Wohin fahren wir?« Vor ein paar Tagen habe ich ihm von diesem Hostel erzählt, in dem ich am Anfang war, den engen Räumen, dem Büffet auf der Dachterrasse, den Fenstern zum Innenhof, in dem sich die Luft staute und jedes Geräusch in alle Stockwerke hallte.

»Ich kenne da jemanden«, sagt er und ich zwinge mich zu einem Lächeln. Wieder zu Maty oder zu irgendjemand anderem. Unser letzter Abend, geteilt mit einem Fremden. »Er hat ein kleines Hotel in der Zona Rosa, ziemlich versteckt. Eigentlich ist es eher eine Art Pension. Dorthin gehen nur wenige Leute, weil er keine Internetseite hat und auch sonst keine Werbung macht. Er vermietet einfach nur einige Zimmer, um sich ein paar Pesos dazuzuverdienen, und das Haus ist für ihn allein auch viel zu groß. Na ja, soweit ich weiß, hat sich seine Köchin gelangweilt. Sie freut sich wohl, dass sie jetzt auch Gästen ihre Spezialitäten servieren kann. Jedenfalls können wir dorthin, wenn du magst. Es ist ruhig und etwas Schöneres werden wir nur schwer finden.«

Der Rushhour-Verkehr schlängelt sich Richtung Zentrum. Wie endlos einem diese breiten Straßen erscheinen können, die anscheinend die gesamte Stadt durchziehen. Irgendwann biegt Ismael ab auf schmalere Wege und parkt den Wagen schließlich in einer ruhigen Kopfsteinpflasterstraße.

»Warte hier«, sagt er und steigt aus. Ich warte, drehe mich zu Negro um und spreche mit ihm. Er wirkt ruhiger, seit Nemi nicht mehr bei uns ist, zurückgezogener. Ismael kehrt zurück und schließt das breite Tor auf, fährt dann den Bus auf einen weiten *patio*, auf dem rechts ein paar Parkflächen asphaltiert wurden und sich links ein großes Stück Rasen erstreckt, mit Limetten- und Avocadobäumen, einer Bank im Schatten und einem Tisch davor. Ein paar Laken trocknen in der schwindenden Tageswärme.

»Heute Morgen sind die letzten Gäste abgereist, alle Zimmer sind noch frei.«

Wir tragen unser Gepäck nach innen in einen weitläufigen Raum. Die Rezeption ist schmal, unscheinbar, in einer Ecke stehen Sofas und Sessel, ein Fernseher hängt an der Wand, sogar einen DVD-Player gibt es und ein Regal voller Filme.

Der ältere Herr, steif und ganz in Schwarz gekleidet, wirkt wie aus einem anderen Jahrhundert. Von der Technik einmal abgesehen, scheint der gesamte Raum in einer anderen Zeit hängen geblieben zu sein.

»Das Zimmer muss noch vorbereitet werden«, sagt er zu Ismael, obwohl wir doch die einzigen Gäste sind und es schon fast Abend ist nach unserer fünfstündigen Fahrt von Ocelotlán, mit Halt an unterschiedlichen Orten zwischendurch. In jedem blieben wir ein bisschen länger, fand Ismael etwas mehr, das er mir zeigen wollte, unbedingt.

Ich frage, ob ich den Computer benutzen darf, der in einer Ecke steht, und ernte ein kurzes, unverbindliches Nicken. Zu meiner Überraschung ist der Rechner neu, die Tastatur sauber, nahezu unbenutzt, und die Verbindung baut sich rascher auf als in jedem Internetcafé, in dem ich bisher war.

Mein Vater schreibt, dass er mich bald besuchen kommt, diesmal mit seiner ganzen Familie. Er wird mich abholen, wenn wir zu meinen Großeltern fahren, die ihn immer wieder nach mir fragen.

Julia. Immer noch auf der Suche nach einem Job und auf der Suche nach einer neuen Wohnung. Was ich machen will, wenn ich wiederkomme, fragt sie. Ob ich mich nicht für Meeresbiologie interessieren würde, das könne man auch in Hamburg studieren.

Meine Arme fühlen sich schwer an, müde, können sich kaum aufraffen zu dieser letzten Mail, die ich dennoch schreiben muss.

Ich könnte bleiben. Es wäre so einfach, den Rucksack nicht wieder aufzusetzen. Es wäre so einfach, wieder in Ismaels Bus einzusteigen. Wenn mein Leben ein Film wäre, würde ich genau das tun. Die Sonne würde untergehen und die Straße wäre weit und endlos, die Luft um uns herum würde flimmern und Negro auf seiner Decke schlafen. Irgendein Song würde sich über unsere Gefühle legen, einer von Julia oder ein ganz anderer. Es gäbe keine Frage danach, was man sein will und wohin man möchte, nach den Dingen, die man zu Ende bringen muss. Ich würde Ismael ansehen und er würde mir zulächeln und ich würde wissen, dass es ein Lächeln für die Ewigkeit ist.

Nur ist mein Leben kein Film. Das wahre Leben hat kein Happy End, weil es nicht mittendrin aufhört. Es endet immer auf dieselbe Weise, manchmal mit Sonnenuntergang und manchmal ohne, aber danach geht es weiter, in irgendjemand anderem. So wie deins. Das weiß ich jetzt.

Ich sende die Mail ab, kann sie sehen, wie sie vom Irgendwo verschluckt wird, meine Gedanken immer noch voll von diesem Lied.

»Ronja«, sagt Ismael und sieht mich an. Offenbar hat er ihn schon mehrmals genannt, meinen Namen, leise, bis ich ihn gehört habe. »Unser Zimmer ist fertig.«

Wir folgen dem Mann eine breite Treppe hinauf in die zweite Etage. Negros Krallen kratzen auf dem Parkett, bevor er auf den Teppich läuft, der den langen, düsteren Flur durchzieht. Türen reihen sich daran, fünf oder sechs vielleicht, die Abstände zwischen ihnen ziemlich groß. Unser Gastgeber öffnet eine von ihnen und lässt uns in den Raum hineingehen.

Orangefarbenes Abendlicht bemalt die in Weiß und Gelb gehaltenen Wände mit zarten Mustern. Das Zimmer wirkt riesig, mit Sofa darin und Sesseln, einem dicken, schweren Teppich. Über uns wölbt sich ein Landschaftsgemälde mit einem See und einem Wald darum herum. Neben einem der Fenster steht ein alter Sekretär, die Schreibfläche aufgeklappt, an der Wand ein breiter Schrank aus demselben dunklen Holz, daneben eine Kommode. In dem Bett könnten bestimmt drei Personen gemütlich schlafen.

Ich wende mich um, will dem alten Mann danken, doch die Tür ist bereits geschlossen und Negro hat sich genau davor platziert.

»Gefällt es dir?«, fragt Ismael.

Ich stelle den Rucksack ab und gehe zum Fenster, das auf die ruhige, mit Jacarandabäumen gesäumte Straße weist. Die dichte Wolkendecke hat sich im Abendlicht aufgelockert.

»Es ist wunderschön, wie aus einer anderen Zeit. Woher kennst du dieses Haus?«

»Ich habe Don Luca vor ein paar Jahren kennengelernt. Er war in einem Restaurant in San Cristóbal essen, in dem ich damals gearbeitet habe, und der letzte Gast an jenem Abend. Wir haben ihm alle zugehört, wir konnten nicht anders. Es war eine sehr schöne Geschichte, die er uns erzählt hat, zu schön, um sie jetzt einfach wiedergeben zu können. Sehr bunt, sehr ruhig mitunter, aber manchmal auch sehr traurig, so war sein Leben. Viel Politik, viel Erleben von Zeitgeschichte. Seine Frau ist früh gestorben und er hat nur noch seine Tochter, keine anderen Kinder.«

»Das klingt irgendwie einsam.«

»Ich glaube, ihn stört das nicht. Dich hat es doch auch nie gestört, oder?«

Kaum merklich zucke ich mit den Schultern. Das ist etwas anderes, denke ich, dabei weiß ich das gar nicht. Langsam drehe ich mich zu Ismael um. »Was arbeitet er?«

»Soweit ich weiß, lebt er vom Schreiben. Keine Ahnung, ob er viele Bücher veröffentlicht hat. Anscheinend genügend, um sich davon zu ernähren und das Haus instand zu halten.«

»Ein Schriftsteller.«

»Ja, ein Schriftsteller.«

»Hast du jemals etwas von ihm gelesen?«

»Nein, nicht viel. Aber du.«

Sein Blick hält meinen fest, während sich draußen die Dämmerung über die Stadt senkt. Ich taste nach dem Buch, das sich durch den Stoff meiner Tasche abzeichnet.

Er tritt so nah an mich heran, dass ich seinen Atem auf meinem Gesicht spüre, seine Finger auf meiner Wange.

»Wenn du morgen gehst ...«, beginnt er, aber mit einer knappen Handbewegung unterbreche ich ihn.

»Ich gehe erst morgen. Morgen Abend. Wir haben noch einen ganzen Tag.«

*

Ein Tag ist sehr kurz, wenn man versucht, ihn festzuhalten. Ich esse kaum etwas zum Frühstück, während Ismael sich mit Don Luca unterhält. Die ganze Zeit über liegt meine Hand auf diesem warmen Buch auf meinem Schoß. Tausende Fragen hüllen mich ein, nur finde ich für keine den richtigen Moment. Eine nach der anderen schweben sie davon, hinausgezogen durch das offene Fenster, und machen Platz für den schweren Geruch der Stadt nach nächtlichem Regen. Don Luca verabschiedet sich mit einer höflichen, steifen Verbeugung, als ein helles Schellen das Eintreffen weiterer Gäste ankündigt.

Ismael türmt Vorschläge und Ideen vor mir auf. Zum Bosque de Chapultepec könnten wir gehen, in eines der dortigen Museen oder in den Zoo. Oder ins Museo Casa de León Trotsky, nach

Xochimilco zum Bootfahren auf den Kanälen, zur Plaza de las Tres Culturas, auf der die Architektur verschiedener Epochen ineinanderfließt. Ich nicke nicht und schüttle auch nicht den Kopf, mein Blick klebt fest an der altertümlichen Standuhr, die in einer Ecke des großen Frühstücksraumes klackend ihre Zeiger vorantreibt.

Auch hier bedeckt ein dicker Teppich den Boden, auf runden, dunkel glänzenden Holztischen wird das Frühstück serviert, wirklich serviert, die Köchin schiebt ihren Teewagen vor sich her, obwohl wir doch die einzigen Übernachtungsgäste sind. Kaum habe ich meinen Orangensaft ausgetrunken, wird mir nachgeschenkt.

»Sag doch was.« Ismaels Worte müssen sich durch dichten Nebel kämpfen, ehe sie bei mir ankommen.

»Was soll ich denn sagen?«

»Was du heute machen willst.«

Die Köchin räumt unser Geschirr ab, wirft nur einen geringschätzigen Blick unter den Tisch, wo Negro regungslos wartet.

»Es gibt da eine Buchhandlung in Coyoacán«, antworte ich. »Dahin würde ich gern noch mal gehen.«

»Die, in der du Don Lucas Buch gekauft hast?«

Meine Fingerspitzen streichen über die samtigen Muster auf dem Einband. »Ja, genau die.«

Ismael wirkt nicht sonderlich begeistert, widerspricht aber auch nicht, als wir eine halbe Stunde später endlich losgehen. Auf dem Stadtplan, den uns Don Luca geliehen hat, versuche ich, die Buchhandlung wiederzufinden. Wir laufen, Negro immer ein Stückchen voraus, ein Fußmarsch von etwa einer Dreiviertelstunde liegt vor uns. Irgendwo unterwegs kauft uns Ismael ein *raspado de tamarindo*. Der Straßenverkäufer gießt bräunlichen Sirup über gehobeltes Eis in einem Plastikbecher und mit einem Strohhalm trinke ich das durch den Tamarindensirup süße Eiswasser.

Diesmal achte ich kaum auf die Umgebung. Wir sprechen wenig, doch immer spüre ich ihn dicht neben mir. Vor über zwei Monaten erschien mir alles so groß, so fremd.

Und jetzt?

Ich weiß genau, dass wir hier richtig sind. Erkenne die Straße mit der Brücke ein Stückchen entfernt, die kleine Grünfläche in der Nähe, dort das weiß gestrichene Haus mit Internetcafé im Erdgeschoss. Hier das kleine, zwischen den anderen Gebäuden zusammengekauerte Häuschen, das vor Kurzem noch eine Buchhandlung beherbergte.

Die breite Fensterscheibe ist verschmiert, der Raum dahinter sieht viel größer aus, als ich ihn in Erinnerung habe. Papierfetzen auf dem Boden, Staub, ein paar Plastikverpackungen, ein einsamer Wasserhahn ragt aus der Wand.

»Sieht so aus, als wäre hier schon länger niemand mehr gewesen«, stellt Ismael fest.

»Aber es war hier. Ich bin mir ganz sicher, dass die Buchhandlung hier war.«

Er schirmt das Gesicht mit der Hand ab und blickt in den staubigen Raum hinein. »Es passiert schnell mal, dass Geschäfte verschwinden und dafür andere auftauchen.«

»Es ist auch kein anderes darin.«

»Nein, noch nicht.«

Er nimmt meine Hand, nebeneinander setzen wir den Weg fort, immer weiter, und ich lasse die Umgebung einfach an mir vorüberziehen, so lange, bis wir wieder vor dem imposanten Gebäude ankommen, in dem sich unser Hotel befindet, verborgen von außen, nicht einmal ein Hinweisschild. Ismael drückt die schwere Holzpforte auf und geht die Treppen hinauf über weiche Teppiche, jeder Schritt von ihnen aufgesogen. In meinem Magen bildet sich ein hüpfender Klumpen. Negro setzt sich zu mir auf den Boden unseres Zimmers und lässt sich am

Kopf kraulen. Nach einer ganzen Weile packe ich meine Sachen zusammen, stopfe meine Kleidung wahllos in den Rucksack, den Traumfänger vorsichtig dazwischen, die Zange, die mir Ismael geschenkt hat, ein Stückchen seines Silberdrahtes. Erst zum Schluss schütte ich meine Tasche aus, um nachzusehen, was ich mit ins Handgepäck nehme.

Ein paar lose Münzen, die letzten. Den Fotoapparat. Ein zusammengefalteter Zettel voller Muster und Bilder, Ismaels Zeichnungen und meine. Julias MP3-Player. Eine zerknitterte Busfahrkarte, klein und rosa, »Oaxaca«, steht darauf und »Puerto Escondido«. Das Tagebuch und meine Stifte. Ein paar zartrosa marmorierte Muscheln, gesammelt am Strand von Holbox. Eine Packung Kekse mit Schokoladenstückchen. Marisols Stein, der noch immer glänzt. Die Postkarte aus Ocelotlán. Dazwischen das Buch.

»Ich lasse es dir hier«, sage ich so leise, dass er es kaum hören kann.

Ismael sieht mich nicht an, als er erwidert: »Es ist nicht das Gleiche, wenn du es nicht vorliest.« Er starrt zum Fenster hinaus.

Bewegungslos bleibe ich auf dem Bett sitzen. »Trotzdem. Vielleicht liest es dir jemand anders vor.«

Seine Antwort ein kurzes Schnauben. »Ronja«, sagt er und es ist erst das vierte oder fünfte Mal, dass ich ihn meinen Namen sagen höre. Nur ein paar Buchstaben, die fast zerbrechen zwischen uns. »Willst du wirklich gehen?«

»Lass das.« Ich reagiere gereizter, als ich eigentlich wollte, atme tief ein, den Klumpen aus meinem Magen hinaus. Vorsichtig stehe ich auf und trete zu Ismael. Die Farben verändern sich, kündigen den Abend an. Zeit, aufzubrechen. »Ich will nicht darüber reden müssen«, flüstere ich. »Das macht es nicht besser, oder? Es verändert auch nichts. Zwischen unseren beiden Leben liegt so viel Wasser, dass wir ertrinken würden bei dem Versuch, uns in der Mitte zu treffen.«

»Ich bin ein guter Schwimmer.«

»Ich nicht.«

Er nimmt meine Hand in seine. Sein Daumen zeichnet unsichtbare Spuren in die Landschaft auf meiner Handfläche. Ich sehe ihm dabei zu. Bilde mir ein, das Schlagen der Standuhr unten aus dem Speisezimmer zu hören.

»Ismael«, sage ich und fange seinen Blick auf, der für immer in mir hängen bleibt.

*

Es ist Ismael, der meinen Rucksack trägt, es ist unser Hund, den wir mit in die U-Bahn nehmen, wo ich noch nie jemanden mit einem Tier gesehen habe. Die Türen gehen sofort zu, sobald das hupende Signal die Abfahrt des Zuges ankündigt. Wir stehen dicht gedrängt zwischen unzähligen Menschen. Ein Blinder mit einem Lautsprecher, aus dem blecherne Musik schallt, verkauft selbstgebrannte CDs. An der nächsten Station bietet eine junge Frau Stifte für zehn Pesos an. Wir steigen um, mitgerissen von dem Menschenstrom, der die marmornen Gänge überschwemmt. Negro winselt unruhig, versucht, die ungewohnte Leine abzuschütteln. Wieder CDs, danach Süßigkeiten. Klebrige Hitze eng aneinanderstehender Körper, die sich gar nicht berühren wollen.

Die letzte Station.

Ich halte Ismaels Hand in meiner, als wir auf die weitläufige Flughafenhalle zugehen.

Manchmal gehören Abschiede zu diesen Dingen, die man mitnimmt. Ein letzter, warmer Blick, bevor etwas zu Ende geht.

Dämmerung, und es beginnt zu regnen.

EPILOG

„Kaum eine Woche hier und schon bekommst du die erste Postkarte." Julia lächelt geheimnisvoll, als sie mein Zimmer betritt, das noch voller Unordnung ist. Voller Kartons und Kisten, die ich sortiert bepackt und gut beschriftet in den Umzugswagen eingeladen und völlig durcheinander wieder daraus ausgeladen habe. Die einzigen Dinge, die bereits seit mehreren Tagen unbewegt einen Platz in diesem Siebzehn-Quadratmeter-Raum gefunden haben, sind meine Matratze und der Traumfänger am Fenster.

„Was für eine Postkarte?" Gedankenverloren inspiziere ich auf der Suche nach meinen Pastellkreiden den sauber beschriebenen Zettel auf einem Karton.

„Eine Postkarte eben. Ich habe auch nur ein kleines bisschen gelesen."

Ich seufze gekünstelt. „Wenn ich gewusst hätte, wie wenig du von Privatsphäre hältst, wäre ich nicht mit dir zusammengezogen."

„Deswegen habe ich es dir ja vorher nicht erzählt." Sie legt die Karte auf die kleine Kommode neben der Tür, auf der sich bereits einige Bücher stapeln. Obenauf mein Roman aus Mexiko, die Seiten leicht gewellt vom Geruch des Meeres.

»Ich habe übrigens eine Flasche Sekt aufgemacht, so zur Feier des Tages.« Sie verschwindet kurz in den Flur und kehrt mit zwei gefüllten Gläsern zurück. Ganz zart klirren sie, als wir sie gegeneinanderstoßen. Das Getränk prickelt auf der Zunge.

»Wenn du Hilfe brauchst, sagst du Bescheid, okay?«

»Lieber nicht. Am Ende findest du noch mein Tagebuch.«

Sie wirft einen auf dem Boden herumliegenden Tischtennisball nach mir, verfehlt mich aber knapp. »Ich koche jetzt Nudeln. In einer halben Stunde gibt es Essen.«

»Danke.«

Sie nimmt mein leeres Sektglas mit. Endlich finde ich die Pastellkreiden, die natürlich nicht auf dem Zettel mit aufgelistet sind. Vorsichtig öffne ich den kleinen Karton und streiche über die glatten Stifte, sie ziehen einen weichen Farbfilm über meine Haut.

Die Abendsonne wirft orange-rosa Licht auf meine Bettdecke. Aus der Küche dringt ein alter Popsong, den meine Mutter immer beim Putzen hörte. Leise singe ich den Text mit, während ich die Kreiden bei meinen Pinseln, den Aquarellfarben und dem Zeichenpapier in der obersten Schublade der Kommode verstaue. Mein Blick wird von der Postkarte festgehalten, die ich schon wieder vergessen hatte. Das Meer, ein etwas kitschiger Sonnenuntergang. »Boca del Cielo« steht darauf.

Ich muss tief einatmen und ein dumpfes, pochendes Gefühl hinunterschlucken, das sich langsam in meinem Bauch ausbreitet. Vorsichtig, als könnte sie zerfallen, wenn ich sie anfasse, drehe ich die Karte um.

Er hat sich selbst gezeichnet, die Haare nass, um ihn herum Delfine. Nur zwei Sätze:

Dir kann nichts geschehen. Das Meer gehört uns.

GLOSSAR

agua de sabor	Eine Mischung aus Wasser, dem Saft gepresster Früchte und Zucker, z. B. mit:
agua de limón	- Limette
agua de melon	- Honigmelone
agua de naranja	- Orange
agua de sandía	- Wassermelone
agua de Horchata	Kühles, süßes Getränk auf der Basis von Reismehl mit Kondensmilch, häufig gewürzt, z. B. mit Vanille und Zimt
agua de Jamaica	Kalter Hibiskusblütentee
alpaca	Neusilber; silberähnliches Metall, das aus Kupfer, Zink und Nickel besteht
arroz con leche	Reis mit Milch, aber dünnflüssiger als Milchreis; wird mit Zucker und Zimtstangen gewürzt
Artesanía	Kunsthandwerk
artesano	Allgemein Kunsthandwerker, aber auch Schmuckverkäufer werden so genannt
cabaña	Eine Hütte aus einfach zugänglichen Materialien wie Holz oder Lehm
Café de olla	Süßer Kaffee, gewürzt mit Zimt und Nelken
caldo	Suppe, meist Brühe mit Gemüse und Fleisch
caldo de pollo	Hühnersuppe, häufig mit Karotten und Kartoffeln
callejón	Kleine Straße, Gasse
Calzada de los Muertos	Straße der Toten, die sich auf der Nord-Süd-Achse Teotihuacáns erstreckt

chilaquiles	Frittierte *tortillas* in scharfer Sauce, meist mit Fleisch und / oder Käse; wird hauptsächlich zum Frühstück gegessen
chiles en nogada	Mit Hackfleisch, Nüssen und Obststücken gefüllte Paprikaschoten, über die eine Sauce aus geriebenen Nüssen und Ziegenkäse gegossen und die mit Granatapfelkernen bestreut werden; das Grün der Paprika, das Weiß der Sauce und das Rot der Früchte symbolisieren die drei Farben der mexikanischen Flagge
churro	Frittiertes Gebäckstück in länglicher Form, das mit Zucker bestreut wird; in Mexiko gießt man üblicherweise süße Kondensmilch darüber
colorín	Schwarz-rote Samen
comida corrida	Preiswertes Mittagsmenü, bestehend in der Regel aus einem Teller Suppe und einem Hauptgang mit Fleisch; dazu gibt es ein *agua de sabor*
D. F.	Distrito Federal, »Hauptstadtbezirk«; wird in Mexiko häufig als Bezeichnung für die Hauptstadt Mexico City gewählt
dormitorio	Schlafraum für mehrere Personen
empanadas	Gefüllte Teigtasche
flan	Eine Art Pudding, bestehend aus Eiern, Milch und Zucker
frijoles refritos	Gebratenes braunes Bohnenmus
garrafón de agua	Mit Trinkwasser gefüllter, runder Kanister
gringa	Eigentlich Bezeichnung für eine US-Amerikanerin, wird jedoch häufig für ausländisch wirkende Frauen verwendet
haciendero	Besitzer einer *hacienda*

hacienda	Meist sehr großes, landwirtschaftlich genutztes Gut
lancha	Kleines Schnellboot
licuado	Milchshake
licuado de piña y alfalfa	Ananasmilchshake mit Luzerne
lonchería	Kleines Restaurant, in dem typische, rasch zubereitete oder vorgekochte Speisen wie *tortas*, *quesadillas* und *caldos* angeboten werden
masa	Tortillateig
mercado	Markt
Palacio Municipal	Rathaus, Stadtpalast; meist Kolonialgebäude am *zócalo*, in dem die Stadtverwaltung untergebracht ist
palapa	Einfache Hütte ohne Wände, bestehend aus Eckpfeilern und einem palmbedeckten Dach
papas fritas	Kartoffelchips
patio	Innenhof, meist unbedacht, häufig auch bepflanzt
PRI	Partido Revolucionario Institucional; war durchgehend mexikanische Regierungspartei zwischen 1929 und 1989
quesadilla	Warme Weizenmehltortillas, gefüllt meist mit Käse, je nach Zubereitung aber auch mit Fleisch und Salat
quiosco	(runder) Pavillon
raspado de tamarindo	Geraspeltes Eis mit Tamarindensirup
salbute	Frittierte *tortilla*, die beim Frittieren aufgeht und anschließend mit Fleisch und Salat gefüllt wird

taco	Kleine Maismehltortilla, belegt mit gebratenem Fleisch und Zwiebeln
tamal	In Mais- oder Bananenblätter eingewickelte, gedünstete und meist mit Fleisch gefüllte Taschen aus Maismehlteig
taquería	Einfaches Restaurant oder Essstand, an dem primär *tacos* angeboten werden
tienda	Kleiner Laden, in dem die wichtigsten Dinge des täglichen Gebrauchs angeboten werden, z.B. Waschpulver, Konserven, Getränke, Süßigkeiten, teilweise auch frisches Obst und Gemüse
torta	Weißbrotbrötchen, belegt meist mit Fleisch oder Käse und Salat
tortilla	Teigfladen aus Mais- oder Weizenmehl
tostada	Frittierte *tortilla*
Virgen de Guadalupe	Schutzpatronin Mexikos
zócalo	Bezeichnet den Zentralplatz eines Ortes; meist vor einer Kirche oder dem Rathaus

DANKSAGUNG

Wahrscheinlich ist es unmöglich, all den Menschen zu danken, die mir meinen Weg gewiesen, ihn geglättet oder mich ein Stückchen auf ihm begleitet haben. Die ihre Energie und Geduld darin investierten, einen besseren und netteren Menschen aus mir zu machen. Danke dafür. Schade, dass es nicht geklappt hat.

Trotzdem möchte ich versuchen, zumindest einigen ihren Platz einzuräumen. Tut mir leid, wenn das Ganze ein bisschen lang wird. Beim nächsten Buch wird die Danksagung kürzer. Bestimmt.

Da wären mein Opa und meine Mutter, von denen ich wohl die Liebe zu Büchern geerbt habe. Sie war der Grundstein für meinen Wunsch, selbst zu schreiben, und auch wenn sich das klein anhört, ist der Anfang der erste Schritt in die richtige Richtung. Ein anderer Anfang hätte sicher ganz woanders hingeführt.

Meine Oma, die immer merkt, wenn man Sorgen mit sich herumträgt. Das ist mehr, als viele andere Menschen vermögen.

Meine andere Oma, die es gern gelesen hätte, dieses Buch, dessen bin ich mir sicher.

Mein Vater und mein Bruder, an denen ich einen Humor trainieren konnte, mit dem man sich die Welt auch in schweren Zeiten auf Distanz halten kann. Es gibt Momente, in denen man nichts anderes hat als das.

Ganz allgemein vielen Dank an meine Familie, die, das habe ich früh gelernt, einen nicht im Stich lässt.

Dann wäre da noch Sophie, die auch wie Familie ist und zu einem großen Teil für dieses Buch verantwortlich. Ich danke dir dafür, dass du auch dann versuchst, mich zu ertragen, wenn ich unerträglich bin, und dass du mich in jene andere Welt mitgenommen hast. Unsere Erinnerungen prägen uns, doch manchmal ist es viel wichtiger, sie mit jemandem teilen zu können, der sie auch versteht.

All meine Freunde, von denen jeder auf seine Weise an mich geglaubt hat, zumindest irgendwie und irgendwann einmal. Danke für all die inspirierenden Momente und dafür, dass ihr meine Geschichten lest und zu meinen Lesungen kommt – zumindest, wenn ich euch besteche.

Danke an meine Autorengruppe, mit der ich die nicht unerhebliche handwerkliche Seite des Schreibens üben konnte, das sich nur deshalb zu dem entwickelt hat, was es jetzt ist. Besonders an Daniela und Marthe, die übrigens selbst sehr schöne Bücher veröffentlichen, und ganz besonders an Werner, von dem ich mehr über Worte, Sätze und Geschichten gelernt habe als von irgendjemandem sonst.

Danke an Anja und an den Schwarzkopf Verlag, die diesen Roman letztlich zu einem Buch gemacht haben. Und an die Menschen, die dieses Buch gekauft und es vielleicht sogar bis zum Schluss gelesen haben. Ich hoffe, es hat euch gefallen.

Danke an die Autoren, deren Romane und deren Sprache mich inspirieren und deren Figuren sich so lebendig anfühlen, dass man sie nie mehr vergisst.

Danke an die Bands und Musiker, die sich in Ronjas Soundtrack geschlichen und sie auf ihrer Reise begleitet haben. Manchmal entstehen Bilder und Sätze allein durch Musik und manchmal haucht sie allein einem Werk Leben ein.

Amelie

GLÜCKSALLERGIE

MANCHEN IST DAS GLÜCK HOLD, ANDERE MÜSSEN ERST MAL ZUR THERAPIE
EINE SYMPATHISCHE NEUROTIKERIN KREMPELT IHR LEBEN UM

GLÜCKSALLERGIE
ROMAN. AMELIE BAND 11
Von Pascale Graff
312 Seiten, Paperback
ISBN 978-3-86265-184-9 | Preis 9,95 €

Patrizia ist 35, Single und ernsthaft krank – zumindest glaubt die liebenswert-verschrobene Lektorin das: Schon lange leidet sie an einer Glücksallergie.

Patrizia beschließt, dass sich etwas ändern muss. Ein Selbstfindungsseminar soll ihr dabei helfen, endlich auf den Pfad der Glückseligkeit zu gelangen. Den findet sie zwar vorerst nicht, dafür aber den angehenden Psychotherapeuten Sven, mit dem sie ein Abkommen trifft: Jeden Mittwoch treffen sich die beiden zum Essen, sie zahlt und er hört zu.

Die Therapie zeigt schnell Erfolge. Patrizia bekommt ein Jobangebot, das sie nicht ablehnen kann, und stolpert ihrem Traumprinzen direkt vor die Füße. Zum ersten Mal scheint alles nach Plan zu verlaufen. Oder wartet das Schicksal doch nur darauf, ihr wieder einen Strich durch die Rechnung zu machen?

www.amelie-verlag.de

Amelie

DAS KRATZEN BUNTER KREIDE

EIN POETISCHER ROMAN ÜBER EINE DREIECKSBEZIEHUNG, IN DER NICHTS SICHER ZU SEIN SCHEINT

DAS KRATZEN BUNTER KREIDE
ROMAN. AMELIE BAND 10
Von Rebekka Knoll
256 Seiten, Paperback
ISBN 978-3-86265-183-2 | Preis 9,95 €

Maja spielt gern, am liebsten mit Jakob und Felix – um Nähe, Gefühle und Macht. Sie beginnt mit den zwei Männern eine Fernbeziehung, schreibt sich mit ihnen über Facebook, trifft sie auf lauten Partys, liebt sie zwischen Umzugskartons. Und obwohl Felix und Jakob wissen, dass sie sich Maja teilen, machen sie mit. Denn so unterschiedlich die zwei auch sind, sie beide besitzen Ehrgeiz – und haben nicht vor, diese Partie zu verlieren. Doch während Maja die Tage mit Felix und Jakob genießt, driftet sie nachts in immer geheimnisvollere Träume ab. In ihnen ist es plötzlich ganz still, sie kann nur ein Klopfen hören, Schritte oder das leise Aufprallen eines Basketballs.

Auf der Suche nach der Ursache blickt sie in ihre Kindheit zurück – und kommt dem Grund für ihre Spielleidenschaft gefährlich nah.

www.amelie-verlag.de

Amelie

HOFFENTLICH SCHENKT ER MIR WAS SCHÖNES!

EIN HERRLICH RESPEKTLOSER ROMAN ÜBER DEN UNERBITTLICHEN KAMPF MODERNER GROSSSTADTFRAUEN UM DIE PERFEKTE BEZIEHUNG

HOFFENTLICH SCHENKT ER MIR WAS SCHÖNES!
ROMAN. AMELIE BAND 15
Von Camilla Bohlander
240 Seiten, Paperback
ISBN 978-3-86265-252-5 | Preis 9,95 €

Line kann es einfach nicht glauben: Schon wieder ist eine Beziehung gescheitert. Seit Philipp sie Hals über Kopf verlassen hat, befindet sich ihr Selbstwertgefühl endgültig auf Talfahrt. Dass auch ihre beste Freundin Mel nach dem Ende einer langjährigen Beziehung allein dasteht, ist nur ein schwacher Trost.

Als wäre es die einzige Lösung, holen die beiden Freundinnen die Miniröcke aus dem Schrank und malen sich die Lippen rot an, um endlich ein männliches Allheilmittel zu ergattern. Das Wettrennen geht mal wieder los. Wer kann zuerst die perfekte Beziehung vorweisen? Doch langsam beginnt Line zu zweifeln: Ist dieser ganze Krampf wirklich nötig? Kann frau denn nicht auch allein glücklich sein? Zumindest auf einen Versuch will sie es ankommen lassen!

www.amelie-verlag.de

Amelie

EIN SCHUH KOMMT SELTEN ALLEIN

HERRLICH ÜBERSPITZT: EIN ROMAN ÜBER DIE »SCHUHSUCHT« UND ANDERE NICHT WENIGER WICHTIGE DINGE IM LEBEN VON FRAUEN

EIN SCHUH KOMMT SELTEN ALLEIN
ROMAN. AMELIE BAND 12
Von Silke Porath
248 Seiten, Paperback
ISBN 978-3-86265-185-6 | Preis 9,95 €

Dora liebt ihren Mister, ihr Tagebuch und – Schuhe. Sie geht mit Leidenschaft auf die Jagd nach dem perfekten Paar für ihre Sammlung. Ihr Job dagegen ödet sie an. Bis Dora für einen Kunden eine Marketingstrategie entwerfen darf: »Balu Hundekekse« werden Kult. Und Dora dick. Was nicht an den Keksen liegt. Nachwuchs kündigt sich an und damit das Ende des schönen Lebens.

Während Dora überlegt, wie sie in Zukunft ohne ihr geliebtes Schuhzimmer auskommen soll, flüchtet auf einmal der Mister. Zudem verliert Dora auch noch ihren Job. Doch so leicht lässt sie sich nicht unterkriegen. Als sie herausbekommt, dass ihr Chef eine Affäre hat, eröffnet sich für Dora die Chance ihres Lebens. Geht ihr Traum von der »Schuhkönigin«, dem perfekten Schuhladen für Mütter und Töchter, doch noch in Erfüllung?

www.amelie-verlag.de

Amelie

ICH GLAUB, MICH KNUTSCHT EIN TROLL

MANCHMAL MUSS MAN ERST 1.000 KILOMETER ZURÜCKLEGEN, UM ZU ERKENNEN, DASS MAN SCHON LÄNGST GEFUNDEN HAT, WONACH MAN SUCHT

ICH GLAUB, MICH KNUTSCHT EIN TROLL
ROMAN. AMELIE BAND 17
Von Charly von Feyerabend
288 Seiten, Paperback
ISBN 978-3-86265-253-2 | Preis 9,95 €

In einem Land am Meer, in dem die Menschen noch an Könige und Trolle glauben und die Natur mehr schätzen als ihre Arbeit, will Ina von vorn anfangen. Ihre Freundin Ronja und die Norweger sollen ihr helfen, endlich glücklich zu werden.

Dumm nur, dass der Grund für Inas Flucht aus Deutschland ebenfalls auf die Idee kommt, nach Oslo auszuwandern: Ihr Ex Sven, der sie nach acht Jahren Beziehung verlassen hat, fängt im selben Hotel an – und das auch noch als ihr Chef.

Ein zweites Mal davonlaufen will Ina aber nicht. Sie wird Sven schon zeigen, dass sie ganz gut ohne ihn klarkommt.

Als sie Sven an der Seite einer langbeinigen Schönheit sieht, entflammt jedoch ihre Eifersucht. Vielleicht sollte sie in der neuen Heimat doch lieber um ihre alte Liebe kämpfen ...

www.amelie-verlag.de

Amelie

DER MÄRCHENPRINZ 2.0

WENN DER TRAUMMANN ZUR SCHLAFTABLETTE MUTIERT
EIN ROMAN, DER DORT BEGINNT, WO MÄRCHEN FÜR GEWÖHNLICH AUFHÖREN

DER MÄRCHENPRINZ 2.0
ROMAN. AMELIE BAND 17
Von Janine Wilk
288 Seiter, Paperback
ISBN 978-3-86265-144-3 | Preis 9,95 €

Von einem Tag auf den anderen versinkt Isabelle im Chaos: Wohnung weg, Job weg und ihr Liebster David ist nach einem schrecklich missglückten Sex-Experiment ebenfalls auf und davon. Um ihr Leben wieder auf die Reihe zu bekommen, zieht Isabelle mit ihrer dreijährigen Tochter bei ihrer besten Freundin Pepper ein.

Die tröstet sie nicht nur, sondern hilft ihr auch beim Bespitzeln von Davids vermeintlicher neuer Flamme. Als Isabelle ihrem attraktiven Exkommilitonen Mark begegnet und sich ein fantastisches Jobangebot auftut, scheint es wieder bergauf zu gehen. Aber kann sie Kind und Karriere unter einen Hut bringen? Und was ist mit Mark – soll sie sich auf ihn einlassen?

Und schon bald wird klar, dass David in Isabelles Leben auch wieder ein Wörtchen mitreden will ...

www.amelie-verlag.de

Amelie

SALAT MUSS DURCHS KANINCHEN

EIN ROMAN ÜBER ECHTE FRAUENFREUNDSCHAFT UND DAS TURBULENTE LEBEN IN PATCHWORK-FAMILIEN

SALAT MUSS DURCHS KANINCHEN
ROMAN. AMELIE BAND 14
Von Ulrike Renk & Silke Porath
280 Seiten, Paperback
ISBN 978-3-86265-254-9 | Preis 9,95 €

Endlich haben sich Silke und Maja ihren Traum von der gemeinsamen WG erfüllt! Sie haben beide tolle Jobs und zusammen ertragen sie selbst die Marotten der verschrobenen Nachbarin. Das Einzige, was die Stimmung der besten Freundinnen trübt, ist der Liebeskummer. Denn der Umzug hat Maja und Silke zwar vereint, sie aber von ihren Liebsten Zoran und Oliver getrennt.

Als Oliver beschließt, mit seiner pubertierenden Tochter in Silkes Nähe zu ziehen, scheint zumindest ihr Glück vollkommen. Doch dann kündigt sich unerwartet Nachwuchs bei ihr an – und die Freundschaft der beiden Frauen wird auf die Probe gestellt. Denn während Maja sich nach einer Familie sehnt – sie erträgt sogar Zorans kleinen Teufelsbraten Marten mit mütterlicher Gelassenheit –, entspricht die Schwangerschaft so gar nicht Silkes Plänen ...

www.amelie-verlag.de

Amelie

PAYOFF

RASANT, KOMISCH UND RICHTIG SCHÖN BÖSE – UNTERHALTUNG FÜR RADIOHÖRER UND DIEJENIGEN, DIE ES NIEMALS WERDEN WOLLEN!

PAYOFF
ROMAN. AMELIE BAND 1
Von Christina Haubold
304 Seiten, Paperback
ISBN 978-3-86265-088-0 | Preis 9,95 €

Sabine arbeitet beim Radio, genauer gesagt beim Privatradio. Dort moderiert sie mit ihrem Kollegen Klaus die wichtigste Sendung, die ein Radiosender haben kann: die Morningshow. Ihr Leben scheint also perfekt zu sein. Doch seltsamerweise fühlt es sich ganz und gar nicht so an.

Bitterböse, komisch und ein wenig sadistisch erzählt Sabine von den Geschehnissen in der verrückten Welt des Radios, in der sie im Laufe der Zeit so manche Erschütterung durch Gewinnspiele, Media-Analysen, Weihnachtsfeiern und Wochenendmeetings erlebt. Und als wäre das nicht schon schlimm genug, verliebt sie sich auch noch in einen ziemlich merkwürdigen Typen.

Das Chaos in Sabines Leben erreicht schließlich seinen Höhepunkt hoch über der Stadt – und Sabine tut etwas, was sie nie für möglich gehalten hätte ...

www.amelie-verlag.de

DIE AUTORIN

Franziska Fischer wurde 1983 in Berlin geboren. Sie studierte Spanische Philologie und Germanistik an der Universität Potsdam und arbeitet als freie Lektorin und Autorin. Einige Reisen nach Mittelamerika und Mexiko haben sie zu ihrem Debütroman »Das Meer, in dem ich schwimmen lernte« inspiriert. Derzeit lebt sie in Berlin.

Franziska Fischer
DAS MEER, IN DEM ICH SCHWIMMEN LERNTE
Roman | AMELIE Band 16
ISBN 978-3-86265-255-6

Mit Illustrationen von Ebru Agca

© Schwarzkopf & Schwarzkopf Verlag GmbH, Berlin 2013
AMELIE ist ein Label des Schwarzkopf & Schwarzkopf Verlages.
Alle Rechte vorbehalten. Dieses Werk ist urheberrechtlich geschützt. Jede Verwendung, die über den Rahmen des Zitatrechtes bei korrekter und vollständiger Quellenangabe hinausgeht, ist honorarpflichtig und bedarf der schriftlichen Genehmigung des Verlages. Lektorat: Uta Alder
Titelfoto: © Plush Studios / gettyimages.com | Autorinnenfoto: © Stefanie Brandenburg

Internet | E-Mail
www.schwarzkopf-schwarzkopf.de | www.amelie-verlag.de
info@schwarzkopf-schwarzkopf.de